ليليتو

القضية الثالثة

بسم الله الرحمن الرحيم

عنوان الكتاب: ليليتو

اسم الكاتب: وائل سامي

ISPN: 9798224203840

جميع الحقوق محفوظة

إلى أين تسعى يا جلجامش؟

فالحياة التي تبحث عنها لن تجدها ...

إذ عندما خلقت الآلهة البشر، قدرت الموت عليهم ...
واستأثرت هي بالحياة ...

أما أنت يا جلجامش ...

فلتكن معدتك مليئة دوما ...

وكن مرحا ليل نهار ... وأقم الأفراح في كل يوم من أيام
حياتك ... وأرقص وابتهج نهار مساء ...

وأجعل ثيابك نظيفة زاهية ... وأغتسل بالماء ...

دلل الطفل الذي يمسك بيدك ...

وأسعد الزوجة التي بين أحضانك ...

فهذا هو نصيب البشرية ...

لوح طيني يحمل نص من ملحمة جلجامش في بلاد الرافدين
اللوح محفوظ في متحف البيرجامون – المانيا

اندفعت امرأة في العقد الرابع من عمرها طويلة نحيلة سمراء البشرة تقطع الممرات الطويلة بأحد دور رعاية الأيتام بخطوات واسعة أقرب إلى الهرولة وهي تبسمل وتحوقل، وجسدها كله يرتجف من فرط الانفعال والقلق والتوتر، تحاول عبثاً تسوية حجابها فوق رأسها ولكن أصابعها المرتجفة جعلت المهمة عسيرة حقا، ألقت طرفيه حول رقبتها كيفما أتفق واقتحمت مكتب مديرة الدار وهي تهتف:

- مدام عفاف النجدة لقد اختفى طفلاً أخر من الدار.

هبت مدام عفاف من خلف مكتبها الذي يحمل على سطحه لافتة صغيرة باسمها ومنصبها الذي زاولته لمدة تتجاوز العشرة أعوام وهي تضرب بكفها المفتوح صدرها في جزع هاتفة:

- يا رب سلم، هذا كثير ثلاث أطفال في ثلاثة ايام، يا رب سلم.

وانطلقت تركض خلف المرأة الاربعينية التي سبقتها على الطريق وهي تضرب قمة رأسها بكفيها دون أن تتوقف لحظة واحدة عن الولولة والدعاء طلبا للرحمة والستر حتى وصلتا إلى عنابر الأطفال حيث وقف رجلين من العاملين بالدار بينهما امرأة في العقد الثالث من عمرها قصيرة ممتلئة قليلا بيضاء شاحبة كانوا يسدون مدخل العنبر مانعين الأطفال من الدخول

والمرأة تأمر الجميع بالعودة إلى أسرتهم دون جدوى فاندفعت نحوها مدام عفاف لتلتقط عضدها بقسوة وهي تجذبها إلى داخل العنبر متجاوزة الرجلين اللذان افسحا لهما الطريق فور رؤيتها لتتبعها الأربعينية وهي لازالت تدعو وتستغفر فنهرتها مدام عفاف قبل أن تلتفت إلى المرأة الأخرى وهي تهتف في وجهها:

- كيف حدث هذا؟ ألم آمرك ألا تغادري مكانك في العنبر؟ كيف تم هذا تحت سمعك وبصرك؟ إنها فضيحة، ثلاث أطفال في أسبوع واحد بسبب إهمالك، أخبريني كيف يحدث هذا؟

كان العنبر مخصص للأطفال حديثي السن في العام الأول من عمرهم أو أقل ولم يكن به الكثير من الأسرة فقط سبعة من أسرة الأطفال ذات الجوانب المرتفعة نظرا لندرة مثل هذه الحالات في المجتمع المصري وكان المفترض أن تكون جميعها مشغولة ولكن ثلاثة منها بدت خاوية على عروشها في حين ارتفع عواء الأطفال الأربعة الأخرين ليختلط بحالة الهرج الذي صنعها الأطفال الأكبر سنا أمام الباب مما ساهم في زيادة الضغط وانفلات الأعصاب فصرخت مدام عفاف طالبة من الجميع السكوت ولكن ذلك لم يزد الأمر إلا سوءاً فالتفتت إلى الرجلين آمرة إياهم بإعادة الأطفال إلى مضاجعهم وأغلقت الباب بعنف

وعادت إلى المرأة التي لم تتخلى عن عضدها قائلة وهي تعتصر ذراعها وتبرز نواجذها وكأنها تهم بقضم وجهها:

- سأفتح محضر بالحادث وستتولى الشرطة التحقيق معك لن أقبل بمثل هذه الحوادث في الدار التي أرؤسها هل تفهمين.

ارتعدت المرأة وهي تهتف بصوت أقرب إلى البكاء:

- ولكني لم أفعل شيئا أقسم لك لم أبتعد عن الأطفال وبقيت داخل العنبر طوال الليل أقسم لك.

زامت مدام عفاف وتركت عضدها بحركة عنيفة لتهتف بضيق:

- وكيف اختفى الصغير إذن؟ ماذا حدث؟ تكلمي.

ارتجفت المرأة وهي تقول:

- أقسم لك لم أفعل إلا ما طلبت، لقد دخلت العنبر في التاسعة وتسلمت الأطفال من دادة سميرة.

وأشارت إلى المرأة الأربعينية التي أومئت برأسها دلالة على موافقتها لقول علياء وأكملت قائلة:

- ولقد كان الأطفال الخمسة في أسرتهم يا مدام عفاف وسلمتهم لعلياء بنفسي.

أردفت علياء ودموعها تنساب على وجنتيها:

- نعم أنا لم أنكر كان الاطفال هنا وقد قمت بتغيير حفاضاتهم وترتيب أسرتهم ثم أرضعتهم بمعونة دادة سميرة التي غادرتنا في الساعة العاشرة وخلد جميع الأطفال إلى النوم.

أيدت سميرة مرة أخرى قولها قائلة:

- ولم أعد إلا في الساعة التاسعة صباحا لأجد علياء نائمة على مقعدها امام الأسرة وأحدهم خالياً وقد أختفي الطفل عماد دون أثر.

هتفت مدام عفاف باستنكار:

- نائمة، هل جننت؟، بعد كل ما مررنا به في الأسبوع الماضي واستطعت النوم.

انهارت علياء وأرتفع نشيجها وهي تهتف بين دموعها:

- اقسم لك أنا لم أنم لقد بقيت ساهرة حتى قرب الفجر واطمأننت على الأطفال مرة أخرى وصليت في داخل العنبر وبقيت بجانب الأسرة حتى حضرت مدام سميرة لتجدني على مقعدي لم أتحرك ولم أكن نائمة أقسم لك.

زفرت مدام عفاف وهي تدير بصرها بينهما وهي لا تعرف من تصدق في حين حدقت المرأتين في وجوه بعضهما بتحد أختلط

بلوم وعتاب علياء وتشف وتتمر من سميرة قبل أن تهتف مدام عفاف قائلة:

- لا يهم حقا، لا يهم هل كنت نائمة أم لا، لقد كان الأطفال في مسئوليتك، والأن فقدنا واحدا أخر، ليكن الله في عوننا، سنحال جميعا إلى السجن، أنها مسئولية كبيرة، مسئولية كبيرة وأنا لم أعد أحتمل.

وانهارت فوق المقعد الوحيد في العنبر فمصمصت سميرة شفتيها وهي تقول:

- لقد أنضم عماد إلى طارق ويحيى وانتهي الأمر، يجب أن نفكر في باقي الأطفال، يجب أن نبلغ السلطات، ربما يغلقون الدار ويوزعون الأطفال على دور الرعاية الأخرى، ولكنه واجبنا حتى لو ألقيت المسئولية علينا في اختفائهم.

هبت مدام عفاف من مقعدها وهي تهتف في غل:

- لن تفتح إحداكم فمها إلا بأمري، هل تفهمن؟ سأحل الأمر بنفسي حتى ولو كان أخر ما أفعله في حياتي.

واندفعت تغادر العنبر مخترقة الزحام الذي فشل الرجلين في فضه فهتفت في غضب شديد:

- وليعد كل طفل إلى فراشه وإلا لن يكون هناك إفطارا اليوم، هل تفهمون.

ببطء تحرك الأطفال عائدين إلى عنابرهم وقد قدروا أن الأمر لا يستحق خسارة وجبة الإفطار، في حين اندفعت عفاف تلاحقها علياء وسميرة عائدة إلى مكتبها، وما أن دخلت مكتبها حتى التفتت لتفاجئ بهما خلفها فهتفت في غضب:

- هل تركتما الاطفال وحدهما؟ هل جننتما؟ بعد كل ما حدث.

هتفت علياء:

- لقد انتهت ورديتي، إنها وردية مدام سميرة، وعم حسن وعم جميل يقفان أمام باب العنبر لا تقلقي.

فصرخت عفاف في وجهها:

- ورديتك؟! هل تقولين ورديتك؟ ورديتك التي فقدنا فيها طفلي، لن ترحل أحدكن حتى نعثر على عماد، سنفتش الدار كلها لو اقتضى الأمر، ولكن يجب أن نعثر على طفلي مهما كلف الأمر.

تمتمت علياء بصوت غير مسموع فهتفت عفاف فيها:

- ماذا تقولين؟ هل لديكي ما تضيفينه؟ تكلمي.

تنهدت علياء في ضيق وهي تقول:

- أنت تعرفين جيدا أن الأطفال لن يعودوا، لقد انتهى الأمر، لقد فعلنا كل هذا من قبل، لا جدوى من المحاولة والبحث، أنها تأخذهم إلى تحت، ولن يستطيع أحد أن ينتزعهم منها أبدا.

أكتسى وجه مدام عفاف بالبلاهة وهي تحملق في وجه علياء قائلة:

- من تقصدين؟ هل تعرفين من أخذ الأطفال أجيبِ من فعل هذا؟

أجابت سميرة سؤالها قائلة في رعب وتوجس:

- الجنية.

أنعقد حاجبي مدام عفاف وهي تهتف مستنكرة:

- جنية؟

ابتلعت سميرة ريقها وهي تتلفت حولها في خوف:

- نعم الجنية التي تسكن الدار إنها تختطف الأطفال.

شعرت مدام عفاف بأن سميرة قد جنت تماما فقالت لها بصوت خفيض وهي تحدق في عينيها مباشرة محاولة أن تكتشف إلى أي مدى بلغ بها الجنون:

- يا ترى هل تعلمين إين تخبئ الأطفال الذين تختطفهم تلك الجنية.

أطرقت علياء في حين بادلت سميرة نظرات عفاف بمثلها وهي تقول:

- إنها لا تخبئهم، إنها تأكلهم، تطعمهم لصغارها، جميع من في الدار يعلم هذا، ولكن لا أحد سيخبرك به مباشرة، إنهم يخشونها، يخشون على أطفالهم ولكني لا أخشى شيئا فأنا لا أنجب كما تعلمين ولن تستطيع إيذائي.

اقتربت مدام عفاف بوجهها من سميرة وهي تقول بحزم وثقة:

- إن لي في هذه المهنة عشرون عاما ولم أسمع عن جنيتك التي تأكل الأطفال هذه أبدا ولم يسبق بحال من الأحوال أن اختفى طفل واحد تحت مسئوليتي طوال سنين عملي فأكتمِ حديثك الغبي واغربي عن وجهي لا أريد أن أراكما إلا والطفل في ايديكما وإذا سمعت مثل هذا الحديث مرة أخرى سيكون أخر يوم لك في هذه الدار هل فهمت؟ .

تجهم وجه سميرة في حين جذبتها علياء من ذراعها وهي تعتذر لمدام عفاف لتخرجا من الغرفة وما أن خرجتا حتى انهارت مدام عفاف على كرسيها ودفنت وجهها في كفيها وهي تفكر في المصيبة الجديدة التي باتت أقرب إلى خبر يومي تنتظره كل

صباح عاجزة عن اتخاذ أي إجراء خوفا من المسئولية وعاجزة عن التغاضي عن الأمر تحت أي مسمى.

كانت مدام عفاف بلا أبناء مات زوجها منذ زمن طويل فتفرغت لعملها في ملاجئ الاطفال معوضة بذلك الفراغ الذي خلفه موت الزوج وانقطاع الولد في قلبها وارتقت في المناصب حتى شغلت منصبها اليوم كمديرة للدار وخلال تاريخها الطويل بالدار لم يحدث أبدا أن شكك أحدا في إخلاصها أو حبها للأطفال فقد كان عملها هو كل حياتها ابتغت فيه حب الأطفال وفعل الخير والتقرب إلى الله به ولكنها اليوم على حافة تهدد بضياع تاريخها الطويل في لحظات إذا اكتشف أحد المفتشين ما يحدث بالدار.

استغفرت الله وقرأت المعوذتين ونفخت في كفيها ومسحت بهما وجهها ونهضت متجهة إلى الحمام الخاص بها فخرجت من الغرفة ومشت متمهلة في الممر الطويل الذي تطل عليه غرفتها وهي مازالت تفكر في طريقة للخلاص من هذا المأزق.

لا حل إلا أن تعثر على الأطفال أو الخاطف ولكن كيف؟

لقد نظمت العاملين في الدار في ورديات دقيقة التزم بها جميع العاملين لحراسة الأطفال وحمايتهم دون جدوى جعلت العاملات ينمن مع الأطفال داخل العنابر، وها هي تفقد طفل أخر، إنها حتى لم تغادر الدار طوال الأيام الماضية إلا في وقت متأخر

جدا لتعود في فجر اليوم التالي مما أصابها بالإرهاق والتعب وأثرت قلة نومها على مظهرها فأحاطت عينيها الهالات السوداء اللعينة ولكن ما الجدوى.

استغفرت الله وهي تزيل القفل الذي وضعته بنفسها على باب أحد الحمامات الذي اختارته لاستعمالها الخاص وتعتني يوميا بنفسها على تنظيفه وتعطيره ولا تسمح لأحد على الإطلاق بالدخول إليه.

دخلت الحمام وأغلقت الباب بهدوء مرهق يائس وفكت حجابها وقد قررت أن الوقت قد حان لصلاة تجمعها بين يدي الله تشكوا همها وتدعو بانجلاء الغمة وبدأت في خطوات الوضوء وهي تتمتم ببعض الأدعية.

كان الحمام غير كبير قسم إلى قسمين قسم خارجي يحتوي على حوضين لغسل الوجه ودولاب صغير به بعض حاجياتها من المناشف والصابون وأدوات النظافة الشخصية وصيدلية صغيرة بجوار المرآة التي تعلو حوض الغسيل، أما القسم الأخر فكان غرفتين صغيرتين جدا تحويان مرحاضان أغلقت إحداهما بقفل كبير وتركت الأخرى لاستعمالها الشخصي.

انتهت من وضوئها فالتقطت المنشفة تجفف وجهها وما وصل إليه الماء من جسدها قبل أن تلتقط حجابها وتعيد ارتدائه مرة أخرى.

نظرت في المرآة إلى وجهها الشاحب ذو الهالات السوداء لم تكن جميلة وقد جاوزت الآن الخمسين من العمر ولكن ألمها ما تراه من هزال وشحوب على وجهها فتنهدت وهي تتحسس وجنتيها وتشد جلد وجهها بأناملها محاولة رفعه إلى الأعلى قبل أن تزجر نفسها قائلة:

- هل هذا وقته.

القت نظرة أخيرة على حجابها قبل أن تتجه إلى باب الحمام وما أن خرجت حتى أعادت وضع القفل على الباب وأحكمت إغلاقه واستدارت متوجهة إلى مكتبها.

كان ذلك عندما ارتفع عواء الصغير

من داخل الحمام

الحمام نفسه الذي خرجت منه للتو

*****

د. حاتم

منذ نعومة أظافري وانا مفتون بهذه الحياة، أسير في هذه الدنيا متسع العينين في انبهار، أرى وأسمع كل شيء بطريقة تختلف عن باقي البشر، أرى أبعد من الموجودات التي حولي واتجاوز بعقلي المفاهيم التقليدية عما يحيط بي إلى ما هو أعمق وأدق وأكثر إبهاراً.

مفتون دائما بالأساطير وكيفية تفكير البشر وحيرتهم أمام الظواهر والأحداث التي عاصرتهم، فنسجوا حولها تصورات ربما تكون خيالية مستحيلة في عصرنا وعلومنا ولكن!

ماذا لو كانوا على حق؟ ماذا لو كانت تلك الأساطير هي الحقيقة وما يقدمه لنا العلم هو القشور التي لا تغني ولا تسمن من جوع؟ طبعاً كثير من الأساطير تتنافى مع الدين، وأنا رجل أعرف ربي وأدين بدينه وأعرف رسولي عليه الصلاة والسلام والحمد لله ولكن الأمر كله في المنظور، كيف تفهم ما رأى هذا الرجل القديم في بيئته وأدى به إلى هذا التفسير الذي كون الأسطورة، ليس المهم ما فهم هو، ليس مهم كيف فسر الحدث بل المهم حقا ماذا رأى وعجز عن تفسيره فأنشأ عنه الأسطورة.

أنا د. حاتم المناصري رئيس قسم (....) بجامعة (.....) بعضكم يعرفني وبعضكم يجهل كل شيء عني وربما يكون بعضكم من

طلابي الذين أتشرف بالتدريس لهم، في العقد الخامس من عمري، أشيب الشعر، ابيض البشرة، وإن كان جسدي لايزال يبدوا للناظرين في أتم صحة، إلا أن اعتلال قلبي يكذب خبر الجسد، ولكني اتحامل على نفسي، وأخفي مناطق ضعفي جيداً. كما ذكرت عشت حياتي أطارد الأساطير ومناطق الغموض في عالمنا ولكن لم أتصور أبدا أن يأتي اليوم الذي أصطدم فيه بالحقيقة بهذا الشكل المفجع بل وأنتقل من خانة المتفرج المنبهر إلى بؤرة الحدث ودائرة الخطر.

كيف حدث هذا؟؟

لا أذكر حقا البداية الحقيقية للأحداث المؤسفة التي مرت بي ولأخلص تلاميذي وابني الروحي، ولكن لابد أن ذلك كله بدأ مع مجيء د. ليلى ودخولها عالمي.

كان صباحاً عادياً بالنسبة لباقي البشر، ولكن بالنسبة لي كنت أشعر بشيء مختلف في الهواء في شعاع الشمس في وجوه الطلبة، وقد شُغل عقلي المنبهر دائما بهذا التغيير وأخذت أتطلع في الوجوه أبحث عن أسباب هذا الشعور حتى التقيت بها.

كنت قد وصلت إلى مكتبي كالعادة في ساعة مبكرة من اليوم ولم يكن اليوم الدراسي قد بدأ بعد والحقيقة أنه لم يكن لدي محاضرات في هذا اليوم ولكني لم أتخلف عن الحضور إلى

الكلية في أي يوم من الأيام فلقد كنت أؤنس وحدتي بوجوه الطلبة والأساتذة من حولي فبعد وفاة زوجتي صرت أقضي معظم وقتي بين المدرجات أو في مكتبي أو الحديقة المحيطة بالكلية تجدني بسهولة في أي من تلك المواضع وأزعم أنني كنت ضيفاً خفيفاً على طلابي وأعتقد أن علاقتي بهم كانت تدور في إطار من المودة والألفة خفف كثيرا من شعوري بالوحدة الذي كان يلازمني فور عودتي لداري الخالية.

ما أن وصلت مكتبي حتى وجدت طابعاً عاماً بالهرج بين المدرسين وبعض الطلبة الذين تجمعوا على غير موعد في الممر الذي يقود إلى مكتبي في هذا الصباح الباكر ولما كنت غير معتادا على مثل هذا المشهد فلقد أشرت إلى أحد طلبتي الذين أعرفهم جيداً بالاقتراب وسألته عما هنالك فأجاب ولمعة عجيبة تضيء عينيه:

- هناك من ينتظر سيادتك في المكتب منذ نصف ساعة.

فقط لو كان من ينتظرني في المكتب أحد راقصات شارع الهرم فقد أستطيع تفسير تلك اللمعة وهذا التجمهر، غير ذلك لا أتصور سببا لهذا التجمع الغريب حول باب مكتبي!

توكلت على الله وارتديت الوجه الحازم الذي قلما أستعمله ونهرت الواقفين وأمرتهم بالعودة إلى مدرجاتهم، ثم فتحت باب المكتب ودخلت.

لا أزعم هنا أنني ملاك ترفرف أجنحته من خلفه وتحيط رأسه هالة النور الإلهي ففي النهاية أنا رجل لا أختلف عن أي رجل آخر وكان مرآها له وقعاً في القلب وأثراً في النفس لا يمكن مقاومته بأي حال من الأحوال، عينيها بلون الفستق واسعتان فاتنتان كحيلتان طويلتا الأهداب، بيضاء البشرة بشدة وكأنها لم ترى شمساً في حياتها، وجنتيها محمرتان ربما بفعل الارتباك أو الانفعال لا أدري، أنفها صغير ينحدر بنعومة فوق شفتين ورديتين صغيرتين مكتنزتين، يحيط بكل هذا وجه مستدير رقيق تتفجر بشرته بحيوية ونعومة تعجزك حقاً عن تقدير عمرها الحقيقي ولكنها في أغلب الظن في العقد الثالث أو هكذا ظننت. وكانت محجبة حجاب الموضة الذي ترتديه الفتيات هذه الأيام، كان وجهها يتألق في وشاحها الأخضر بدون ذرة واحدة من مساحيق التجميل التي أجزم أنها لا تحتاج أي منها، ترتدي تاييراً أنيقا مكون من بلوزة بيضاء فوقها جاكت فستقي يلائم لون عينيها أضفى على مظهرها الفاتن رسمية محببة فوق جيب قصير يصل إلى ركبتيها وحذاء بلون الزمرد عالي الكعب.

نهضت فور دخولي المكتب وهي تشد جيبتها للأسفل لتستر ركبتين ناعمتين جميلتين انحسر عنهما الثوب من أثر الجلوس وتقدمت تمد كفها مقدمة نفسها قائلة:

- صباح الخير يا فندم أنا د. ليلي القاضي منتدبة في قسم سيادتك بديل د. محمود الغيطي رحمه الله من جامعة السويس أرجو ان أكون ضيفاً خفيفاً على طاقم التدريس هنا وعلى الطلبة أرجو أن تغفر لي أنني اقتحمت مكتبكم بهذا الشكل.

واتسعت ابتسامتها ليسقط قلبي في أسر بريق صفين من اللؤلؤ لا يضاهي جمالهما إلا ابتسامتها الساحرة، وفهمت سر تجمع الطلبة والأساتذة بالخارج فمن العسير حقا أن تحيد بعينيك عن وجهها فإن فعلت هي فسيبقى القلب معلقاً في محرابها تملؤه اللهفة ليحظى بنظرة أخرى من فستقتيها الواسعتين.

انتبهت إلى كفها الممدود في حرج بعد أن بقي معلقاً في الهواء لفترة ليست بالقصيرة وأنا شارد في عينيها فتنحنحت مقاوماً فتنتها قدراً يسيراً يسمح لي بالتقاط كفها وأنا أمني قلبي بملمسهما قائلا:

- شرفتي يا د. ليلي أن شاء الله ستكونين سعيدة بين أسرتك الثانية هنا تفضلي أنا...

انعقد لساني لحظة وقد شرد عقلي في ملمس كفيها، لا لم يكن كما ظننت، نعم كان كفيها ناعمان بلوريان هشان صغيران ويصعب أن تجد عيبا فيهما، وكأنما خلقا حسب النموذج الأولي الذي صنعت منه كل أيادي النساء، ولكن...

كانت باردة.

ليست برودة الرهبة أو الخوف بل برودة غريبة كأنك تلمس لوح من الزجاج الأملس، هل وضعت كفك على زجاج نافذتك في الصباح من قبل؟ حسنا يمكنك أن تجرب أن لم تكن فعلت ولكن ذلك كان ملمسها بالضبط، وكأن الدماء لاتصل إلى كفيها أبداً.

دائما ما أفزعني ملمس البرودة لأنه يذكرني بالموت، يفترض بالإنسان أن يكون دافئا ما دام حياً ولكن هذه الفاتنة لم يكن بكفها أي شعور بالدفء! وكأني أقف أمام جثة!

انتزعت كفي في اشمئزاز غير مبرر، أثر شعوري المباغت بداخلي أني أصافح جثة فأجفلت، شعرت بالحرج من موقفي فتجاهلت الموقف برمته وأكملت حديثي وكأن شيئاً لم يكن وأشرت إلى مقعدها الذي فارقته منذ لحظات قائلاً:

- تفضلي يا دكتورة أنا د. حاتم المناصري رئيس القسم كما تعلمين، أهلاً بك في أسرة القسم لقد شرفتنا حقاً.

استدرت حول المكتب وجلست على مقعدي وأنا أتحاشى النظر إلى وجهها الممتقع حتى لا أقع مرة أخرى في حبائل فتنتها وأن قل انبهاري بها كثيرا عن ذي قبل، مما سمح لي بالسيطرة على مشاعري قليلاً وأكملت حديثي قائلاً بعد أن جلست في حذر وقلت:

- أرجو ألا نكون قد أثقلنا عليك بمجيئك إلى القاهرة هل تدبرت أمر السكن بعد؟

أجابت بشيء من الفخر:

- على العكس لقد كانت فرصة عظيمة فأنا أدير جمعية (...) لرعاية الأيتام ولها عدة فروع في بعض المحافظات الكبرى، لقد أنشأنا أحد الفروع حديثاً بالقاهرة وكان هذا عسيراً بحق بسبب التراخيص والإجراءات الحكومية ولقد كانت الفرصة مناسبة لمتابعة أعمالها عن قرب، أما من ناحية السكن فلا تشغل بالك لقد استأجرت شقة مفروشة لأقيم بها فترة الانتداب.

ارتفع حاجبي رغماً عني في انبهار بدد الكثير من حذري فلم أكن أتوقع هذا من فتاة بمثل هذا الجمال فمعظمهن فارغات العقل فقلت في انبهار صادق:

- حقاً، لم أكن أعلم هذا، أنه عمل عظيم وثوابه أعظم، أين هي هذه الدار الجديدة؟ فأنا أحب أن أزورها وربما يمكنني تقديم بعض المساعدة فأنال جانبا من الثواب.

وصفت لي عنوان الدار وهي تبتسم في فخر شديد ثم قالت:

- أنه من دواعي سروري أن تشرفنا بنفسك يا دكتور إن صحبة الأطفال هناك متعة لا تضاهيها متعة أنا أقضي معظم وقتي بينهم لا أمل منهم أبدا.

ترددت قليلاً وثقل السؤال على لساني حتى سقط من بين شفتاي سهوا:

- وماذا عن أطفالك أنت؟ هل أنت متزوجة؟

تغير وجهها فشعرت بالحرج واسرعت أصلح ما أفسده لساني الزلق قائلا:

- لم أقصد التطفل على حياتك الشخصية يا دكتورة أنا أسف لا تجيبي ان لم يكن هذا مريحاً لك.

هزت رأسها في حزن وأجابت على الفور:

- أبدا يا دكتور لا شيء من هذا، أنا مطلقة منذ فترة ليست بالقصيرة، لي أولاد ولكن تم انتزاعهم مني انتزاعاً ولم أرهم منذ زمن ليس بالقصير.

شعرت بحزنها يمزق نياط قلبي فآثرت تغيير مجرى الحديث قائلا:

- حسنا اراح الله قلبك في القريب وأسعدك برؤيتهم إن شاء الله، لقد نورت القاهرة كلها وليس الكلية فحسب حمداً لله على سلامة الوصول، اليوم يمكنك اعتباره استراحة من عناء السفر ويمكنك البدء من الغد إن شاء الله، هل اطلعت على جدول المحاضرات؟

أخرجت من حقيبتها ورقة مطوية لوحت بها فقلت وعيني معلقة بمعصمها:

- عظيم، سأرسل أوراق اعتمادك إلى الشئون الإدارية، وبهذا تكونين أحدث عضو في أسرة القسم سنتكلم كثيراً فيما بعد عن المنهج وعن الأنشطة التي تحبي الاشتراك بها ولكن بعد أن تلتقي بالطلبة إن شاء الله.

نهضت وقد عادت الابتسامة إلى محياها الجميل فزادتها فتنة وصافحتني شاكرة وانصرفت فجلست على مقعدي أفكر في هذا الموقف الغريب وانا أتحسس أثر برودة كفها في كفي -ماذا حدث لي؟ كيف أسمح لنفسي في هذا السن أن أنجذب هذا الانجذاب المربك أمام أحد زميلاتي في القسم بل وتحت رئاستي؟

تنهدت واستدعيت عم بسيوني ليحضر لي القهوة الصباحية وأنا ألوم نفسي على عدم تقديم شيئا من واجب الضيافة للفاتنة التي كانت بحضرتي، لقد أذهلني جمالها بشدة حتى نسيت ذلك تماما ولكن ما أثار فضولي حقا كان معصمها، وللدقة الوشم على معصمها!

في البداية ظننت أنه وشم الصليب الذي يضعه الإخوة المسيحيون ولكن عندما تمعنت فيه أكثر لم أفهمه أبدا، كان يشبه كلمة لاتينية رأيتها في مكان ما أو كتاب ما ولكني نسيت تماما كنهه ولكنه أصاب مخاوف مجهولة بداخلي وكأنما قرع ناقوسا في عقلي يحذرني مما هو آت.

نفضت تلك الأفكار عن رأسي وانغمست في عملي حتى قاربت الساعة الثالثة عصراً، تمطيت وقررت أن أخرج إلى الحديقة لأنعم ببعض الهدوء والتأمل والسلام النفسي وخاصة وقد قارب اليوم الدراسي على الانتهاء ومعظم الطلبة في محاضراتهم والحديقة تكون شبه خالية في هذا الوقت من اليوم.

اتخذت طريقي إلى الأسفل قاطعاً ممرات المبنى الإداري ومررت بالمكتبة الخاصة بقسم الدراسات العليا وكانت خالية تماما، راودتني فكرة الدخول والبحث عن معنى الكلمة التي

رأيتها على معصمها ولكنها غابت عن ذهني تماما، ببساطة نسيتها، حسناً غدا يمكنني التحقق منها مرة أخرى.

وصلت الحديقة الواسعة وكانت المفاجأة بانتظاري هناك.

كانت د. ليلى تجلس على العشب في ظل أحد أشجار الحديقة العتيقة الضخمة تقرأ كتاباً كالمراهقات في الأفلام القديمة لا تميزها عن طلبة الجامعة لدقة حجمها وعظيم فتنتها، مستغرقة تماماً فيما تقرأ غير منتبهة لما حولها وقد ضمت ساقيها أسفل منها في تحفظ فاحتللت أحد المقاعد البعيدة وجلست أتأملها ساحرة.

هذا اقل وصف يمكن أن يصف هذا المشهد الذي لن يفارق خيالي لفترة طويلة.

استعذت بالله من الشيطان الرجيم وقررت أن ارحل باكراً اليوم، أنا حقا أحتاج لقليل من الراحة من هذا الهجوم العاطفي الذي مزق روحي فرفعت الهاتف النقال وطلبت سعيد فرج تلميذي المفضل وابني الروحي واستأذنته في الزيارة فرحب بذلك بشدة، أغلقت الخط ونهضت ورغماً عني عادت عيني تبحث عنها أسفل الشجرة لتراها للمرة الأخيرة اليوم قبل أن أرحل ولكن د. ليلي لم تكن هناك!!

متى انصرفت ؟؟

تنهدت بحسرة واتخذت طريقي إلى خارج الجامعة ومنها إلى بيت تلميذي الحبيب وزوجته باحثاً عن سلوى تغير من كمياء عقلي.

ولم أكن أعلم أنهما يبحثان عن المثل عندي.

*****

سعيد فرج تلميذي المفضل وأحدث معيدي القسم ربما أختلط عليك الأمر عنما ناديته بتلميذي سابقاً، في الحقيقة سعيد هو أبناً لم أنجبه كنت صديقاً لوالده رحمه الله وكان طفلاً نابغاً يبشر بمستقبل عظيم وكنت أتابعه منذ كان صغيراً واتولاه بالرعاية والتوجيه حتى صار تلميذي حقا في الكلية.

وفي صيف عامه الأخير حدث ما حدث، في تلك الأيام الحزينة لازلت أذكر نظراته والدموع تملأ عينه دون أن تجرؤ على البوح بما في قلبه الذي مزقه حادث أودى بحياة والديه على حين غرة في فاجعة كادت تدمر مستقبله تماما فلقد كان والده رجلاً بسيطاً لا يملك إلا أبنه هو ثروته الوحيدة، وكانت وفاته ضربة قاصمة لظهر الفتى، كاد على أثرها أن يترك الكلية وينهار مستقبله لولا رعاية الله ثم وجودي بجانبه، فاتخذته ولداً لي حتى تخرج بامتياز وبفضل علاقاتي وتميز الفتى استطعت تعيينه كمعيد بنفس القسم الذي أرأسه.

كان قد مضت شهورا قليلة على زواجه من فاتنة الكلية مريم الجميلة والتي ظفر بها بعد عناء وبعد ان كادت علاقتهما تنهار أكثر من مرة بسبب ثقل الحِمل وضيق الرزق حتى وفقني الله إلى التدخل في اللحظة المناسبة لإتمام الزواج بما استطعت من عون بعد توفيق الله.

لم يكن زواجهما كزواج أي شخصا عرفته، فلقد عاصر زواجهما أحداث عظيمة كادت تودي بحياتهما كما أودت بحياة صديق عمري د. محمود الغيطي، تلك الأحداث التي كنت شاهداً عليها وطرفاً فيها رغم أنفي ولكن في النهاية استقر الزوجان السعيدان في أحد الشقق المستأجرة بأحد أحياء القاهرة القديمة. صففت سيارتي وترجلت وأنا أحمل صندوقاً به بعض قطع الجاتوه اشتريتها في طريقي إلى مسكنهما كانت شقتهما في الدور الرابع ولم يكن باستطاعتي صعود السلم الطويل نظراً لحاله قلبي فحمدت الله على وجود المصعد وفي دقائق كنت أقرع الجرس وأنا أرسم ابتسامة عريضة على وجهي. فتح سعيد الباب هاشاً باشاً واحتضنني مرحباً حتى كاد يسقط صندوق الجاتوه من يدي، كان في الأمر مبالغة فأنا أراه شبه يومياً في الكلية ولكنها كانت المرة الأولى التي أزوره في بيته فبعد الأحداث الأخيرة شعرت أن من حقه أن يحظى ببعض

الخصوصية مع عروسه وخاصة بعدما فسد شهر العسل بسبب الأحداث المؤسفة التي مرت بهما وأثرت على علاقتهما ببعضهما ولكني كنت مؤمناً أنهما يحبان بعضهما بشدة وعلى أتم استعداد للتضحية بحياة كل منهما في سبيل الأخر بل أنهما أثبتا ذلك أكثر من مرة وبالتأكيد سيتجاوزان تلك الأزمة الأخيرة.

دخلت الشقة متحاشياً النظر ابعد من موقع قدمي لحرمة المكان وأرشدني سعيد لغرفة ضيقة بها أنتريه أنيق، لم تكن الشقة كبيرة ولكنها كانت كافية لعصفورين كي يبنيا عشهما في أمان، الشقة مكونة من غرفتين وصالة صغيرة لم تتسع إلا لمنضدة ذات مقاعد ستة تقوم مقام السفرة بالإضافة لغرفة للنوم والغرفة التي أجلس بها.

كنت سعيداً جدا وكان ترحاب سعيد كبيراً وهو يلومني على عدم زيارته من قبل فاعتذرت له بانشغالي بأبحاثي وتبادلنا المزاح وأفلت من لساني السؤال المعتاد:

- هل من جديد في الطريق؟ أنا مشتاق حقا لأرى أبناءك يملئون هذا البيت.

وجم سعيد للحظة وشعرت أن وجهه يخفي حزناً عميقاً وهو يجيب:

- كل شيء بأمر الله.

كدت أسأله عما به ولكن مريم أتت بجمالها وخفة روحها فنهضت أسلم عليها وأداعبها وارتفعت ضحكاتنا وأنا أشعر أن هذه الضحكات تخفي أمراً عظيماً ولكني تغاضيت عن الأمر حتى يحدثاني فيه فلم أكن أريد التطفل على حياتهما.

جلسنا نتبادل الحكايات والذكريات، كان سعيد يرتدي ملابس الخروج كاملة في حين أحاطت مريم جسدها بروب مخملي رقيق وكانت صباغة شعرها الشقراء التي صنعتها في زفافهما قد زالت أو كادت وانحسرت إلى الأطراف وعاد شعرها الأسود ليبرز جمال وجهها ودقة ملامحها ولم يغب عن عيني أثراً من بكاء في عينيها أثار قلقي بشدة.

قلت ممازحاً مريم محاولاً الانفراد بسعيد لأفهم ما يحدث:

- ماذا هناك يا عروسة هل أنتم بخلاء إلى هذا الحد ألن أشرب شيئا في منزلكما؟

أجاب سعيد في حماس بالغ:

- مستحيل، سنتغدى سويا أنه ميعاد الغداء وهذه أول زيارة لك لمنزلنا لن أسمح أن تغادر دون أن تتناول الغداء.

حاولت الاعتذار ولكن سعيد كان شديد الإصرار وقالت مريم:

- أنا لن أتعب في شيء لقد طلبنا طعاماً اليوم من أحد المطاعم الشهيرة ولقد كان هذا من حسن حظنا فلن تتحمل معدتك طهوي.

ضحك سعيد في حين غمغمت أنا ضاحكاً قائلا:

- لا أصدق هذا أعلم أنك طاهية ماهرة لا يشق لك غبار ولكن لا بأس.

رن جرس الباب فقام سعيد لفتح الباب فانحنيت أمام مريم في جلستي مقترباً منها قائلاً:

- خير يا مريم، رغم جو البهجة الذي تحاولان إقناعي به ولكني أستشعر شيئا بينكما، ماذا حدث؟ هل أساء لك سعيد؟ هل حدث بينكما شيء؟

طفرت الدموع في عيني مريم وأرتسم حزن على محياها جعل قلبي يتخلى عن بعض نبضاته وشعرت بالألم يغزو كتفي الأيسر ولكني تحاملت على نفسي وأنا أستحثها بنظراتي على الكلام ولكن سعيد عاد إلى الغرفة في هذه اللحظة داعياً إياها لترتيب المائدة فقد وصل الطعام الذي طلباه من الخارج.

فارقني الزوجان للحظة لأعداد المائدة فالتقطت أحد الأقراص من علبة دواء القلب التي أحملها معي دائما وألقيت به أسفل لساني وانا أغلق عيني في صبر منتظراً انفراج الأزمة حتى

سمعتهما يناديان بعد قليل من الخارج وأقترب سعيد من باب الغرفة داعياً إياي إلى المائدة.

تبعت سعيد بعد أن شعرت بالتحسن قليلاً وانضممت لهما على المائدة العامرة بصنوف مختلفة من اللحوم جلباها من أحد مطاعم المشويات بالإضافة إلى الكثير من المحاشي وكانت الكمية كبيرة حتى ظننت أنهما دعيا قطيعا من الذئاب على الغداء لا رجلا هرما مثلي.

تبادلنا الضحكات الحذرة والنكات وعرفت بعض أخبارهم القليلة واطمأننت على والدة مريم ولكن الجو العام كان مصطنعاً بشدة وفور انتهاء الطعام انضممت إلى سعيد في شرفة الدار وقدمت لنا مريم العصير فاعتذرت عنه بداء السكري الذي اكتشفت إصابتي به مؤخرا فهرولت إلى مطبخ الدار لتعد لي فنجاناً من القهوة المرة التي صارت مشروبي المفضل والوحيد منذ أصابني المرض اللعين وكانت هذه اللحظة التي أنتظرها.

اقتربت من سعيد وأنا أنظر في عينيه حتى لا يهرب مني وسألته:

- ماذا هناك؟ أنتما لستما على ما يرام، ماذا أصابكم؟

تنهد سعيد وأطرق قليلاً ثم قال:

- تعلم بظروف زواجنا وأن حماتي لم تكن راضية تماماً عن هذه الزيجة.

أشرت برأسي علامة الموافقة وأنا أتخيل أكثر من سيناريو للأحداث ولكن سعيد استطرد قائلا:

- منذ عودتنا من طابا بعد شهر العسل الذي أختزل لأسبوع واحد لم نستمتع به حتى وأنا في دوامة يا د. حاتم.

ربت على كتفه وأنا لا أعلم حقا ما به ولكن شعوري بألمه جعلني أرفق به ورجوته أن يكمل قبل عودة مريم من المطبخ فقال في أسف:

- منذ الشهر الأول وحماتي تتابع مريم ترقباً لجنين محتمل يتكون في رحمها ولكن الشهر مر وخلفه شهر وشهر ولم تعد حماتي قادرة على الصبر أكثر وبدأ الإلحاح على زيارة الطبيب كل يوم في كل زيارة وكل اتصال حتى قررت أن أتجنب هذا الإلحاح بزيارة الطبيب بالفعل.

تأففت وقلت في ضجر:

- ولماذا هذا الإلحاح لم يمض على زفافكم إلا شهور قليلة وهذا الأمر مقدر بيد الله وهل لنا أن نتدخل في حكمته.

- هذا ما حدث يا دكتور.

تنهدت وقلت:

- وبعد ماذا كان رأي الطبيب.

طفرت دمعة في عين سعيد أبت أن تغادر جفنه وهو يقول:

- لقد كنا هناك اليوم صباحاً اخترت طبيبة اقترحتها حماتي علينا ولكني رفضت أن تصحبنا حماتي في هذه الزيارة منعا للحرج.

- أكمل.

ابتلع ريقه وأكمل قائلا:

- كشفت الطبيبة على مريم وقالت إنها بصحة جيدة ولا يوجد لديها أي موانع للحمل ثم طلبت الكشف على ولم أعترض فلست بجاهل لأرفض هذا الأمر وكنت مطمئنا أن التأخير في الحمل لا علاقة له بمشكلة عضوية ما فتقدمت للكشف ولكن.

- ولكن ماذا؟

استطاعت الدمعة أخيرا أن تغادر مقلتيه لتنحدر سريعة حارة على وجنته فمسحها بسرعة وهو يقول مراقباً مريم وهي تغادر المطبخ قادمة باتجاهنا تحمل القهوة:

- كما تتوقع يا دكتور أنا لا أنجب، عيب خِلقي يمنعني من الإنجاب.

كانت الصدمة شديدة أفقدتني توازني النفسي وتزاحمت علامات الاستفهام في عقلي وفي هذه اللحظة دخلت مريم وهي تحمل القهوة وتبينت بذكائها الفطري ما كُتب على وجوهنا فتنهدت وهي تضع قهوتي وجلست لتربت على ساق سعيد قائلة:

- لم يتغير شيء نحن سعداء معا ولا ينقصنا شيء، لا تستمع لكلام أمي أنها فقط قلقة علينا بعد كل ما واجهناه، ولكنها ستفهم أني أحبك وانت عندي أغلى من الدنيا كلها.

ثم نهضت من مقعدها وجلست على ركبتيها أمامه واحتضنت كفيه في كفيها واستطردت قائلة:

- كل هذا لا يهم ما دمنا معا، ثم لماذا هذه التعاسة؟ لم نفقد الأمل بعد، بالتأكيد سينجح العلاج وحتى لو فشل لن نتوقف عن المحاولة حتى لو اضطررنا للتخصيب الصناعي أو الحقن المجهري فلا داعي للحزن.

حرر سعيد كفيه من كفيها وأحاط بهم وجهها ليقبلها بين عينيها ثم رفعها لتجلس على مقعدها مرة أخرى وهو يقول:

- لن أفقد الأمل ما دمنا معا، ولكن أمك! أنها لن تصبر على كل هذا.

كان الموقف مؤثرا والطعنة غادرة ولم أكن أملك من الكلمات ما أواسيهما به فقلت بصوت مرتعش:

- لا تقلق بشأن أم مريم أنا سأتولى أمرها أعرف كيف أقنعها، لم ينتهي العالم ولقد تقدم الطب كثيرا عن ذي قبل سيرزقكما الله الذرية ولن يخيب أملكما ولكن أكثرا من الدعاء والصدقة فهي ترفع غضب الله وتداوي المرضى كما قال رسولنا الكريم.

أَمنا على قولي وتليا الصلاة على الرسول صلى الله عليه وسلم، فتناولت قهوتي وقد خيم الصمت للحظات شردت عقولهما فيها فقلت في مرح:

- هيه، ما هذا المأتم؟ انتهينا، قلنا إن الأمر بيد الله، هو الرزاق الكريم، فابتهجا وتفاءلا بالخير أن شاء الله.

ابتسما ودار الحديث بيننا بعدها حتى فارقتهما بعد صلاة العشاء عائدا لداري وأنا أزعم لنفسي أنى أضفت شيئا من البهجة إلى يومهم الحزين وفي ذهني يدور حديث د. ليلي عن دار الأيتام التي ترعاها وهمست لنفسي قائلا:

- سبحان الله هناك من يشتاق للولد ويبيع عمره من أجله وهناك من يلقيه على أبواب الملاجئ ليرعاه الغريب ولا يضيع ربك أحداً.

*****

سبحان الله هناك من يشتاق للولد ويبيع عمره من أجله وهناك من يلقيه على أبواب الملاجئ ليرعاه الغريب

تثائب وكيل النيابة من أثر يوم مرهق مر به وهو يعلق معطفه على مشجب بجوار المكتب قبل أن يجلس على مقعده وهو يستطرد موجها الكلام لأمين السر الجالس على طرف المكتب:

- في ساعته وتاريخه _ أكتب الساعة والتاريخ _ بسراي النيابة الكلية فتح المحضر بمعرفتي أنا كمال أبو الفضل وكيل نيابة (...) وبحضور أمين السر _ أكتب اسمك _ للتحقيق في جريمة قتل السيدة ليلى عبد الحليم القاضي وبعد أن انتهينا من مناظرة جثة المجني عليها كما هو ثابت بمحضر المعاينة قمنا باستدعاء المطلوب سؤاله أمامنا وشرعنا في سؤاله كالتالي.

أنهى وكيل النيابة الديباجة المعتادة وتوجه بنظره إلى الشاب الجالس أمامه في توتر وقد عقد ساعديه أمام صدره وأحنى كتفيه للداخل في ترقب وقلق وسأله:

- س: اسمك رباعي وسنك ووظيفتك ومحل إقامتك

- سعيد محمد فرج حسن السن ٢٤ سنة معيد بكلية (....) جامعة (....) ومقيم (..........)

راقب وكيل النيابة أمين السر وهو يسجل البيانات التي تلاها سعيد للحظة قبل أن يعاود سؤاله قائلا:

- ما علاقتك بالمجني عليها ليلى عبد الحليم القاضي؟

- ليست لي علاقة مباشرة بالدكتورة ليلى فقد التقيت بها مرات قليلة لا تتعدى الثلاث أو الأربع مرات ولأسباب غير شخصية وللحظات قليلة فقد كانت علاقة غير مباشرة كما أوضحت فهي أستاذة بنفس القسم والكلية التي أعمل بها ولكنها تدرس مادة أخرى غير مادتي التقيت بها مرة أو مرتين هناك في مكتب د. حاتم المناصري كما أنها رئيسة الجمعية التي تتبعها الدار التي تقدمت بطلب الكفالة عن طريقها للصغير عماد والتقيت بها هناك في أول زياراتي للمكان وهذه كل علاقتي بالمجني عليها.

- ما معلوماتك عن واقعة قتل السيدة ليلى عبد الحليم القاضي.

- فقط ما سمعت من د. حاتم ومدام عفاف مديرة الدار وما قرأت على صفحات الجرائد انه قد تم العثور عليها في قبو الفيلا التي اتخذتها كدار لرعاية الأيتام وقد تلقى جسدها عدد من الطعنات التي أودت بحياتها.

- أين كنت في يوم الثاني عشر من أكتوبر في الساعة الثالثة فجرا.

كاد سعيد يبتسم ولكنه تراجع بسرعة وقال:

- في منزلي لقد عدت في تمام الساعة الرابعة مساءً من الكلية ولم أغادر المنزل بعدها.

- هل لديك شهودا على ذلك؟

- نعم زوجتي وكذلك حارس العقار يمكنهما تأكيد أقوالي.

- ما قولك فيما أتهمتك به أحد مشرفات دار (...) لرعاية الأيتام السيدة سميرة حامد السيد من رؤيتها لك في حديقة الدار تدور حول المبنى في الساعة الثالثة صباحا$؟

- لابد أن الأمر اختلط عليها فلم أزر الدار إلا ثلاث مرات ولم ألتقِ بالسيدة سميرة غير هذه المرات ولابد أن الظلام والسهر قد جعلاها تتوهم أنني من رأته يحوم حول المكان ثم أنه لا يوجد أي سبب يحملني على التسلل للدار فجرا أو قتل د. ليلى فعلاقتي بها كانت محدودة جدا كما ذكرت والدار ليس بها ما يدعوا لاقتحامها.

- هل حدث أي خلاف بينك وبين المجني عليها أثناء زيارتك للدار؟

- لا لقد سار الأمر بشكل أسهل مما كنت أظن وانتهينا من الإجراءات بسرعة.

- هل تعلم بأي عداء بين المجني عليها وأحد العاملين بالدار يدفعه للتخلص منها.

- كما ذكرت فعلاقتي محدودة جدا مع الدكتورة ليلى ولا أعلم بأي أعداء لها أو أصدقاء كما أن زيارتي للدار كانت لمهمة الكفالة فقط ولم أختلط بالعاملين أو الرواد.

- هل لديك أقول أخرى؟

- لا.

- أغلق المحضر في ساعته وتاريخه بعد سماع اقول الشاهد ووقع عليها.

قدم أمين السر المحضر لسعيد للتوقيع فوقع عليها قبل أن يعيدها إليه وهو يسمع وكيل النيابة يقول:

- من المفترض يا أ/ سعيد أنك تفهم جيدا أن عليك عدم مغادرة البلاد حتى انتهاء التحقيق والمثول أمامنا في أي وقت يتم استدعائك فيه لاستكمال التحقيق.

- بالطبع يا سيدي، هل يمكنني الانصراف الأن.

أشار وكيل النيابة له بالانصراف فغادر بسرعة ونظراته تكاد تثقب ظهره وما أن غادر حتى قال لأمين السر:

- قم باستدعاء السيدة مريم زوجته وحارس العقار للمثول أمامنا غدا.

قالها وشكوكه تتصاعد وتتراكم في عقله.

لماذا اتهمت سميرة هذا الشاب بالذات دون كل رواد الدار؟

سؤال لا يستطيع الإجابة عنه.

حتى الأن.

****

مـــريـــم

أتذكر يوم دخلت الحرم الجامعي في أول يوم من بدأ دراستي العليا كيوم فارق في حياتي، لأنه يوم أن رأيته، وعلى الفور تغيرت مخططاتي كلها لسنوات قادمة.

ان الفتاة منا لا تحب بالمعنى المفهوم لدى الرجل، في أغلب الأحيان هو حب مدفوع ثمنه مقدما لا تستطيع أن تنفق منه إلا بعد أن تودع فيه، وسيم ثري إذا هو مناسب وسأقدم حبي له فهو يستحق، هكذا تفكر الكثير من الفتيات باعتبار نفسها منحة أو هدية لمن تراه يستحق، وهذا الاستحقاق يتوقف على عوامل كثيرة الوسامة القوة الشجاعة المواقف، ولكن كل هذا هراء إذا اختفت النقود، لن تجد فتاة تعترف بهذا ولكني لست ككل الفتيات أو هكذا ازعم، لم اوضع في هذا الاختبار من قبل، هل سأصبر على فقر زوجي فقط لأني أحبه ، ام سيتغير هذا الحب إلى كراهية تحت تأثير الفاقة، ولكن اعتقادي الخاص أنني سأقاوم وأصبر إذا فقط وجدت من يتشبث بي ويحبني حقا.

وعندما رأيت سعيد لأول مرة قررت أن يكون هو هذا الرجل الذي أضحي من أجله، نعم فالتخلي عن كل ما أتمنى وتتمناه كل فتاة هو تضحية قبل كل شيء، لا سيارة أو فيلا لا مال وفساتين وإكسسوار ومكياج لا نوادي لا سفر ورحلات في كل

مكان لا شيء، فقط هو، وبيت متواضع وطفل او اثنين كان كل طموحي وقتها.

كنت أعلم أنه فقير ولكن طموحه يبلغ عنان السماء، فقير لكنه مخلص حنون فخور بنفسه، رجولي الملامح ليس كأبناء جيلنا الذين صار الخلط بينهم وبين الفتيات أمراً وارداً، شهم شجاع مثابر حقا لم أكن أتمنى أي شخص أخر ليحل محله في قلبي.

حسنا لم تكن الرحلة سهلة، ولكنها مُرضية، عشت معه رحلة كفاحه ووفاة والديه وتفوقه الدراسي، ازماته وانفراجاته، العواصف التي واجهتها علاقتنا أكثر من أن تحصى، وكان ثابتاً كالطود متشبثا بي بحق، ولكن...

كان موضوع الانجاب هو أعنف تلك العواصف على الإطلاق، في هذه اللحظة فقط أدركت أنني خاسرة، نعم خاسرة، ولا شيء يعوض تلك الخسارة، أو يطبب ذاك الجرح في صدري، وقتها شعرت بالخيانة، لقد خانني سعيد دون أن يفعل، خان أحلامي وتضحياتي، خان حبي له ورغبتي كأي أنثى في طفل من محبوبها، يحمل ملامحه وملامحها، يجسد ثمرة هذا الحب وتلك التضحيات.

هل أبقى مخلصة رغم هذا، هل يستطيع الحب أن يداوي تلك الطعنة الغادرة.

حقا لم أكن أعلم، كانت مشاعري تتذبذب ما بين الثورة والشفقة، بين الحب والألم، بين رغبتي في ضمه إلى صدري وبين رغبة قاسية في الانفجار.

ولكني تماسكت برحمة من الله وصبر أُنزل على قلبي، ووجدتني وقد انجلى بصري أراه كما لم أراه من قبل.

لكم قاسيت يا سعيد في هذه الحياة وحرمت ملذاتها لتبلغ ما بلغت، لتفاجأ بهذه الطعنة في رجولتك، أي هوان وأي انكسار.

ووجدتني رغم جروحي أشمر عن ساعدي استعدادا للمعارك القادمة، لن أتخلى عن زوجي وحبيبي، سأقف معه في مواجهة العالم مهما حدث، هكذا عاهدت نفسي يوم رأيته وهكذا سأكون، سكون زوجته وابنته وسيكون زوجي وابني، وحدنا سنقف أمام اقدارنا، ووجدتني ألهث بالدعاء لعل الله يغفر لنا ذنباً أو ظلماً وقع منا فتتغير أقدارنا، وهو الذي قال (أدعوني أستجب لكم).

وكانت المعركة الأولى مع سعيد نفسه، دخلتها بكل أسلحتي من حب وحنان غمرته بهما، أعطيته من فيض عواطفي الكثير لعلها تجبر انكسار قلبه وكان توفيق الله ثم تعلقه بي وصبره وايمانه من أكبر الاسباب التي ساعدتني على النصر في تلك المعركة فتحسنت نفسيته شيئا فشيئا ولكن ظل طيف من حلمه بطفل يغزو ملامحه أحيانا فينقبض قلبه ويرتسم الحزن على

وجهه وإن كان لا يجرؤ على مصارحتي به حتى أتى اليوم الذي بدأ فيه كل شيء.

كانت المعركة الثانية مع أمي، ولم تكن معركة سهلة فبجانب إحساسي بالانكسار لم يكن لي غير حضنها لأفرغ فيه ألمي واختفي فيه من أوجاعي بعيدا عن عيني سعيد، وكانت أمي كأي أم تتمزق من داخلها مع كل دمعة تسقط من عيني، ولا أعرف حقا كيف صبرت واحتسبت وناضلت لتخفف عني ألمي ووحشتي بارك الله لي فيها.

كان د. حاتم قد تكفل بإخبارها ولم يذكر شيئاً عما دار بينهما من حوار، ولكن نتيجته كانت واضحة فلم تقم أمي بأي فعل أو تصرف يسيء إلى سعيد، ولم يكن هذا ممكنا بحال فلقد امتنع سعيد عن زيارتها وصار الترتيب بيننا أن يوصلني في الصباح في طريقه إلى الجامعة عنما أنوي زيارتها ليمر في نهاية اليوم لاصطحابي مقتصرا على عبارات بسيطة يتبادلها مع أمي على باب دارنا وينتهي الأمر، وكنت أحرص على أن أزيل عن وجهي كل أثر للبكاء أو الانهيار الذي ينتابني فور دخولي من الباب إلى أن تنتهي الزيارة، واستمر الحال بضعة شهور على هذا المنوال وتحسنت حالتي رويدا رويدا وصرت أكثر صبرا

وتحملا ورغم ذلك كنت اشعر بشرخ في روحي وجرح لا يندمل حتى اتى ذلك اليوم.

كنت في زيارة اعتيادية لأمي أوصلني سعيد في الصباح على أن يعود لاصطحابي في المساء وفي ذلك اليوم كنت أفضل وقد تحسنت نفسيتي كثيرا وخاصة مع المأدبة العامرة التي أعدتها أمي والتي سال لها لعابي من محاشي ومشاوي والتي هددت عرش رشاقتي ولكن أمي رفضت أن نأكل معا وأصرت على انتظار سعيد ليأكل معنا.

وانقبض قلبي مما تنوي أمي، وارتسمت في ذهني سيناريوهات عديدة للحوار الذي سيدور بينها وبين سعيد والذي تأجل شهورا وربما ترى أمي أنه قد حان الوقت لمناقشته، مسكين يا سعيد لا اتخيلك إلا بين نابي امي في هذه اللحظات العصيبة.

اصابني التوتر بقية اليوم ولم يخفف إحساسي بالجوع من وطأة احساسي باقتراب النهاية، وجهزت نفسي بعبارات وآيات لأتدخل بها لتخفيف وطأة المعركة على سعيد، ولكن تسرب قليل من الاطمئنان إلى نفسي أن من ينوي المشاجرة لا يعد لغريمه مثل هذه المائدة العامرة.

ولكن ما كانت تخفيه أمي لم يكن في أي من حساباتي.

وجاء سعيد في موعده مرهقا مضضعاً بعد يوم طويل بين الطلاب في الجامعة ليتفاجأ بأمي لدى الباب وعلى وجهها ابتسامة لم يعهدها منذ ذلك اليوم الأسود وعلى الفور جذبته من معصمه إلى داخل المنزل في حركة غادرة لم يتوقعها فوقف مبهوتا وهي ترحب به وتدعوه ليتناول طعام الغداء معنا وتقسم أنها لن تسمح له بالانصراف إلا بعد أن يشاركها مائدتها رغم محاولاته المستميتة للتملص من الدعوة، وفي النهاية رضخ سعيد ودخل في هدوء متوجس.

كان تصرفها غريباً وغير متوقع جعل الحمض يتصاعد في حلقي وسعيد ينظر لي مستفهماً دون أن أملك رداً على نظراته غير الدعاء أن يمر اليوم على خير، وعلى الفور بدأت أمي بإعداد المائدة وانا أساعدها في توتر في حين انزوى سعيد في ركن المكان في توجس، وأكاد أقسم أن أمي بذلت في الترحيب به وإزالة الحاجز النفسي بينهما أضعاف ما قد تبذله من أجلي في موقف مماثل، وعلى مائدة الطعام تعمدت تبادل المزاح معه وجذب أطراف الحديث بالسؤال عن أحواله وعمله ولكن كل ذلك الترحيب لم ينجح في إزالة حالة الترقب لدى سعيد مما هو آت او قلل من صراع الأفكار في ذهنه عن سبب هذا التغير، والحق أن أمي وأن كانت في البداية غير مرحبة بتلك الزيجة

ولكنها رغم كل شيء كانت تبتغي مصلحتي، وعندما وجدت من سعيد الحب والحنان عليها قبل أن يكون على ابنتها ورأت السعادة التي أبديها حين الحديث عنه بدأت ترتاح له وتتعامل معه بدون تكلف ولولا ما حدث لكانت تلك الجلسة لها وقعاً مختلفاً على النفوس.

بعد ان تناولنا طعام الغداء الذي تبقى منه ما يكفي لوجبات أخرى قادمة طلبت مني أمي إعداد الشاي ودعت سعيد برفق للجلوس معها بشرفة الدار، تبادل النظر معي للحظة فابتسمت له مشجعة في كل الأحوال كانت هذه اللحظات قادمة لا محالة وربما توقيتها الآن بعد أن هدأت النفوس أفضل كثيراً عن ذي قبل.

فتوجهت إلى المطبخ الصغير بدار أمي وبدأت بإعداد الشاي وانا أدعوا الله أن تسير الأمور على خير فلم أكن أحتمل تلك الجفوة بين سعيد وأمي ولكن الأمر كان أبعد ما يكون عن مجرد مصالحة عادية أو عتاب بل كانت تحمل أمي في جعبتها مشروعاً حياتياً كنت أتمنى أن أكون أول من يعرف به.

ولكنها اختارت أن تناقشه مع سعيد أولا دون أن تأخذ رأي أو حتى تناقشه معي.

وكانت استجابة سعيد لما طلبته أمي غريباً

وغير متوقع

****

تطلع وكيل النيابة كمال أبو الفضل إلى الملامح المريحة للسيدة المحتشمة التي تجلس أمام مكتبه وتأملها للحظات، كانت في العقد الخامس من عمرها محتشمة الثياب وقد تدلى خمارها ليستر صدر ثوبها الطويل الواسع وبطبيعة الحال كانت التوتر يغمر وجهها وما انفكت شفتيها تتمتمان بآيات الذكر والدعاء فشعر بالشفقة عليها ولكنه نفض هذا الشعور مستعيداً موضوعيته وهو يعتدل جالساً في تحفز قائلاً لأمين السر الجالس بطرف المكتب دون أن يحيد بعينيه عنها:

- في ساعته وتاريخه _ أكتب الساعة والتاريخ _ بسراي النيابة الكلية فتح المحضر بمعرفتي أنا كمال أبو الفضل وكيل نيابة (...) وبحضور أمين السر _ أكتب اسمك _ للتحقيق في جريمة قتل السيدة ليلى عبد الحليم القاضي قمنا باستدعاء المطلوب سؤاله أمامنا وشرعنا في سؤاله كالتالي.

أنهى وكيل النيابة الديباجة المعتادة وتوجه بحديثه إلى السيدة محل التحقيق التي ازداد توترها مع بدأ التحقيق فقال:

- لا تقلقي يا مدام عفاف هذا مجرد تحقيق روتيني لا أحد يتهمك بشيء فقط بعض الأسئلة وتعودي لدارك.

تنفست بعمق محاولة السيطرة على اعصابها قبل ان تشير برأسها موافقة فبدأ التحقيق قائلا:

- س: اسمك رباعي وسنك ووظيفتك ومحل إقامتك؟

- عفاف عبد الحميد السيد رجب السن أثنين وخمسون عاما مديرة دار (...) لرعاية الأيتام وأقيم في (...)

- منذ متى وانت مديرة للدار المذكورة؟

- الحقيقة منذ شهور قليلة ففرع الجمعية بالقاهرة حديث العهد ولكني أحتل ذات المنصب منذ عشرة أعوام بالجمعية بفرعها بمدينة السويس وتم انتدابي لإدارة فرع القاهرة فور الانتهاء من تجهيزه بترشيح من المرحومة د. ليلي القاضي رئيسة ومؤسسة الجمعية.

- ما علاقتك بالمجني عليها السيدة ليلى عبد الحليم القاضي؟

- هي رئيسة ومؤسسة الجمعية التي أعمل بها.

- هل اقتصرت علاقتك بالمجني عليها على العمل فقط

تلعثمت مدام عفاف وابتلعت ريقها بصوت مسموع وهي تتحاشى نظرات وكيل النيابة قبل أن تقول:

- الحقيقة رغم أن د. ليلى رحمة الله عليها أسست هذه الجمعية لرعاية الأيتام وهو فعل خير جعله الله في

ميزان حسناتها ولكن على الصعيد الشخصي لم تكن أبدا متواجدة او مشغولة بأعمال الجمعية طوال الفترة التي قضيتها في عملي بالدار بفرع السويس ومن ثم كانت العلاقة بيننا تقتصر على العمل فقط وفي معظم الأحيان كانت تكتفي بمتابعة أعمال الدار من خلال الهاتف دون أن تكلف نفسها الحضور وكانت قد تركت لي السيادة المطلقة على أعمال الدار ومنحتني سلطة اتخاذ القرار في كل صغيرة وكبيرة حتى تم انتدابي لرئاسة الدار بالقاهرة.

- هل تغيرت علاقتك بالمجني عليها بعد توليك إدارة فرع القاهرة.

تنهدت مدام عفاف وشرد بصرها وهي تقول:

- لقد صارت امرأة أخرى، تغير كل شيء، لم أعد لي أي سلطة في الدار، في الحقيقة هي لم تنتزع أي من صلاحياتي، ولكن كان من الصعب اتخاذ أي قرار منفرد في ظل تواجدها شبه الدائم بالدار، الحقيقة إنها تغيرت كثيراً في البداية صارت أكثر لطفاً وتعاطف مع الصغار وخاصة حديثي الولادة، ولقد عزوت ذلك إلى

الأحداث التي مرت بها والتي دفعتها دفعاً لمغادرة السويس في أول فرصة سنحت لها.

- هل تأثرت علاقتك بالمجني عليها بعد أن سُحبت منك صلاحياتك بالدار.

- في الحقيقة لا، صحيح أني اصبت بضيق لبعض الوقت ولكن ليس إلى حد قتلها مثلا، فأنا انسانة مستقيمة متدينة أعرف جيدا حدود عملي، ولم يكن لي هم سوى مصلحة أطفالي، فهم الهدف الأساسي والنهائي لعملي، ورغم ما ذكرت إلى أن د. ليلى رحمها الله لم تنتقص من قدري في أي لحظة وكان تواجدها في الدار دافعا للعاملين على الانضباط كما أنها كما سبق أن وذكرت رحيمة لطيفة مع الأطفال ومن ثم لم يكن لدي ما أشكو منه، وتقبلت تواجدها بلا مشاكل بل بعد فترة صرت سعيدة به فقد زلل اهتمامها المفاجئ بالدار كثيرا من المشاكل التي واجهتني في إدارتها.

- ومتى بدأت الأمور في التغير؟

انتفضت مدام عفاف واتسعت عيناها وهي تحملق في وجه وكيل النيابة قائلة:

- من قال إن الأمور تغيرت؟

لوح كمال بذراعيه وهو يقول:

- كل شيء يقود لهذا، لطيفة رحيمة خيرة مهتمة بالأطفال لا مشاكل لا أعداء فلماذا قتلت؟ كل ما ذكرت يا مدام تكلمت فيه عن المجني عليها قبل حدث ما، حدث غير كل شيء وجعل المجني عليها هدفا لجريمة قتل.

تنهدت مدام عفاف واستكانت في مقعدها للحظات قبل أن تقول:

- صدقني أنا لا أعرف شيء عن مقتلها ولكن أحداثا غريبة صاحبت الفترة التي تواجدت فيها د. ليلى بالدار اصابت جميع العاملين بالدار بالذعر والتوجس منها وخاصة بعد زيارتها السريعة إلى السويس لرؤية اطفالها.

- وهل كنت من ضمن المذعورين المتوجسين من د. ليلى؟

- لا بالطبع، في الحقيقة لقد كنت قلقة من تحمل المسئولية ولكني لم اربط ولو لثانية بين د. ليلى وما حدث فلم يكن لها أي مصلحة في ذلك.

تراجع وكيل النيابة في مقعده وأشار خفية لأمين السر بالانتباه وتسجيل كل ما ستقوله وعاد بنظره لمدام عفاف سائلاً:

- وما هي الأحداث التي مرت بالدار واصابت العاملين بالذعر والتوجس من المجني عليها.

ابتلعت مدام عفاف ريقها وتحاشت مرة أخرى أن تلتقي عينيها بعيني وكيل النيابة الصقريتين واجابت:

- بداية أعترف لسيادتكم أن دافعي للتستر على تلك الأحداث لم يكن الخوف فقط أو محاولة للحفاظ على مقعدي أو الهروب من المسئولية، فقط لم أكن أعرف التصرف الصحيح، ومن كان ليصدقني، د. ليلى نفسها -رحمها الله-لم تصدق عندما صارحتها بما يحدث بالدار.

التفتت بوجه مرهق يائس إلى وكيل النيابة مستطردة:

- ولكنى سأخبرك كل شيء، لعل ذلك يخفف من حملا ثقيلا على كاهلي، فإن صدقتني فلأن الله أرد أن ينير بصيرتك، وإن لم تصدقني فلعل في هذا عقابي على تقصيري.

نظر إليها وكيل النيابة للحظة وتراجع في مقعده قائلا:

- حسنا قصي علي كل شيء من البداية بالتفصيل ولا تخشي شيئا.

وبدأت عفاف تقص على الرجل ما حدث ... منذ البداية

ولكنها أبدا لم تكن تعرف نهاية للأحداث

****

تنهدت مدام عفاف وتراجعت في مقعدها وشرد نظرها في الفراغ وهي تتذكر ما شهدته من أحداث وقالت في صوت غائم محمل بالأثقال:

- د. ليلى رحمها الله كما تعرف هي دكتور جامعي كانت تعمل بجامعة السويس كامتداد لأبوين أكاديميين أفنيا عمرهما في ذات المهنة وذات الجامعة ولعل ذلك كان أحد أسرار تفوقها على أقرانها وكانت متزوجة من أحد أصحاب النفوذ والثروة وكأي زيجة حدثت خلافات أدت للانفصال، لا أعرف التفاصيل الدقيقة ولكن د. ليلى كما علمت كانت صاحبة قرار الانفصال.

ابتلعت ريقها في صمت وشرد عقلها أكثر وهي تستطرد:

- كانت الجمعية قائمة في ذلك الوقت وكنت مديرة للدار وعاصرت تلك الأحداث المؤسفة رغم أني كنت بعيدة عن التدخل في هذه الأمور الأسرية ولكن الأقوال في مدينة السويس تنتشر بسرعة لتصل إلى مسامعك رغما عنك.

- تقصدين أحداث الطلاق بين المجني عليها وزوجها.

- بالطبع وقد صاحب ذلك القبض على والدها بتهمة سياسية مدبرة توفت على أثرها أمها حزناً على رفيق حياتها ليصاب الأب بالشلل من الصدمة ثم يلحقها بعد وقت قصير.

ارتسم الألم على وجه وكيل النيابة وغمغم قائلا:

- يا الله لا أستطيع تصور كل هذا، لقد عانت المجني عليها وأسرتها الكثير بالفعل.

- لم يقتصر الأمر على ذلك فلقد حصل الزوج على حضانة أطفالها الإثنين ومنعها من رؤيتهما ولم يكف عن مطاردتها وتدبير المكائد لها حتى دفعها دفعا للهرب من السويس بعيدا عن نطاق نفوذه.

أعتدل وكيل النيابة في مقعده وهو يسألها في اهتمام:

- هل تظنين أن طليق المجني عليها له يد من قريب أو بعيد في مقتلها؟

- لا أعلم حقا، ولكن مضايقاته تراجعت كثيرا بعد انتقال د. ليلى إلى القاهرة.

نهض وكيل النيابة من مقعده ودار حول المكتب ليجلس على المقعد المقابل لها وهو يفكر للحظة قبل أن يشير لها بإكمال روايتها فقالت:

- كل هذه الأحداث كانت قد أبعدت د. ليلى عن الاهتمام بالدار كما ذكرت ولكن بعد مجيئها إلى القاهرة منتدبة بجامعة القاهرة بدأت حياتها في التغير وبدأت الاهتمام أكثر بالدار.

اعتدلت في مقعدها وبدأ الحماس يغزو صوتها وأكملت:

- مكان الدار حاليا هو فيلا قديمة لأحد رجال الحكم قبل الثورة وبالطبع كانت تحت الوصاية ولكن استطاعت د. ليلى استخلاصها بصعوبة وبمبلغ مناسب دفعت فيه كل ميراثها من والدها وهو ما أدهشني في الواقع فلا يوجد ما يشير في السابق إلى هذا الاهتمام الذي يدفعها للتخلي عن كل ميراثها تقريبا في سبيل دار لرعاية الأيتام لم تكن في دائرة اهتمامها من قبل وناقشتها في هذا ولكن أجابت بأن هذا الميراث مال أبيها وهو أحق بأن يصل ثوابه إليه وأنها قصدت أن تنفق المال كله في فعل الخير تكريما لأبيها.

تململ وكيل النيابة في جلسته وقال:

- طبعاً هذا مفهوم بعد الصراع الذي عاشته وفقدها لوالديها ولكن هل ممكن أن نصل إلى الجزء الذي أصاب العاملين في الدار بالتوجس منها.

- حسنا لقد تمكنت د. ليلى في وقت قياسي من إنهاء الإجراءات وبدأنا في استقبال الأطفال من كافة الجهات المعنية وكما ذكرت كانت لطيفة رحيمة بالأطفال وكانت الدار تستقبل الأطفال من سن ٣ سنوات حتى قررت فجأة فتح قسم للأطفال حديثي الولادة ولم يكن هذا بخبر سعيد بالنسبة للعاملين فالأطفال حديثي الولادة في حاجة لرعاية كبيرة ونسبة الوفيات بسبب الإهمال في دور الرعاية مرتفعة ومن ثم فالأمر مسئولية كبيرة ولكنها أصرت دون سبب مفهوم وتم إنشاء القسم وبدأنا باستقبال الأطفال، هنا بدأ كل شيء.

- ماذا تقصدين ببدأ كل شيء؟

تنهدت مدام عفاف وقالت بعد تفكير:

- لا أعرف حقا كيف أصف ذلك، لقد تغيرت كثيراً، صارت تتواجد في الدار بصفة فجائية، لا تعرف متى أتت أو متى رحلت فجأة تجدها فوق رأسك، حتى نظراتها تغيرت بعد أن كانت لطيفة رحيمة صارت خبيثة عدوانية، أحيانا كنت أصل في الصباح الباكر لأجدها تغادر الدار لا أعلم متى أتت لتغادر ولا أين قضت ليلتها بالضبط، صارت توزع العقاب على

العاملين بلا شفقة على أقل تقصير أو إهمال ولكن كل هذا التغيير لم يكن يذكر بجانب ما كانت تفعله في عنبر الأطفال حديثي الولادة.

سئل وكيل النيابة في اهتمام مشوب بالإثارة:

- العنبر الذي أصرت على انشاءه دون الإصغاء لأحد اليس كذلك؟ ماذا كانت تفعل بالضبط؟

- في أحد الأيام تغيبت أحد العاملات في الدار والمسئولة عن العنبر لأزمة صحية أصابتها فتناوبت العاملات بالعنابر الأخرى على رعاية الصغار وحدث أن دخلت أحد العاملات العنبر على صوت صراخ أحد الأطفال لتفاجئ بالدكتورة ليلى وقد حملت الرضيع بكفيها وقد دنت بوجهها من وجهه وهي تتلو شيئا ما بصوت خفيض وقد ارتسمت على وجهها نظرات كارهة مشمئزة كأنها شيطان رجيم وقد اشتعلت عيناها غضبا فما أن رأت العاملة حتى ألقته في فراشه إلقاءً وصرخت في العاملة طالبة منها الخروج على الفور والحقيقة أنه عندما جاءتني العاملة باكية كنت في شدة الدهشة لأنني لم أعلم بوصول د. ليلى ولم يرها أحد من العاملين تدخل الدار ولكني لم أصدق أن تفعل د. ليلى

هذا مع رضيع! فواسيت العاملة وهدأت من روعها دون أن أفهم حقاً ما حدث متعللة بظروف د. ليلى وضغوط العمل عليها بين الدار والجامعة حتى جاء التصرف التالي الذي جعل العاملين يتوجسن منها خيفة.

- حسنا لا تستنفدي صبري، تطرقي على الفور إلى الموضوع.

غمغمت مدام عفاف في رعب:

- لقد طلبت أن أخبرك بالتفاصيل عما حدث، على كل حال بدأت د. ليلى تحوم حول هذا العنبر وكثيرا ما فوجئت بها العاملات بالدار تقرأ أشياء على رؤوس الأطفال ولكن لم يحدث شيء ذا قيمة حتى بدأت حوادث الاختفاء الغامضة

وصمتت مدام عفاف للحظة دارت في أثناءها الخواطر في رأس وكيل النيابة ولكن أي منها لم يصل إلى تصور حقيقي عما حدث وكان ما حدث غريباً لأبعد الحدود

****

أم مريم

كان الصدمة فوق الاحتمال، لم أتصور يوماً أن أعيش مثل هذا اليوم، عندما جاءني د. حاتم بالخبر وأمطرني بكل هذه الآيات القرآنية لم أستطع الرد بغير دموعي، حقاً لم أكن أملك غيرها، لست امرأة متعلمة أو مثقفة ولكني لم أكن يوما بذيئة أو متنمرة تربيت على احترام رجل الدار والرضا بالأقدار تزوجت صغيرة السن وفارقني زوجي في السنوات الأولى من زواجنا ليتوفاه الله أثر مرض عضال أصابه ليترك لي مريم أبنه ثلاث سنوات ولولا معاشه القليل ومساعدة الأهل والأقارب من بعد رعاية الله لا أدري ما كان سيئول إليه مصير صغيرتي اليوم، لقد تحملت الكثير وضحيت بحياتي في سبيلها حتى صارت اليوم ما هي عليه، كان فخري بها وبما حققته فوق كل تصور إنها إنجازي وطموحي وحياتي وما أحرزت من الدنيا.

أنا أم مريم، لم يناديني أحد بغير هذا الاسم منذ سنوات حتى نسيت اسمي الحقيقي ولم أكن أرغب في تذكره فيكفيني أني أمها، أم مريم.

لذلك لم أكن سعيدة بزواجها من سعيد رغم أنه شاب مهذب ذو خلق ودين، ولكن كان عسيراً أن أقبل أن تحيا ابنتي نفس الحياة التي عشتها من الفاقة والحاجة إلى الناس، ولكن الزواج تم رغم

إرادتي، في ذلك اليوم جاءني د. حاتم أيضا وأمطرني بحججه وآيات القرآن مما جعلني أري رفضي تجديفاً وكفراً بالله! ورضخت رغم ألمي ورجوت الله ألا تعيش ما عشت من ألم وتعب وحزن ولكن أراد الله غير ما أردت.

وبنفس الموقف ونفس الأسلوب جاءني د. حاتم بالكارثة الجديدة التي هزتني وفتت قلبي على صغيرتي، وكيف أرضي بذلك؟ كيف أتقبل أن تعاني صغيرتي مثل ذلك الألم، كيف أصبر وكيف أعيش بعد هذا الخبر؟

بكيت كما لم أبكي من قبل، وقتها شعرت أن كل شيء ضاع، شبابي وعمري ودموعي وقهري، كفاحي وسنوات عذابي، كل شيء ضاع في لمح البصر.

هل أجبره على الطلاق فتصبح ابنتي مطلقة تزوي زهرة شبابها في انتظار من يقبل الزواج بها وربما لا يأتي أبدا؟ أم أصبر لعل الله يدخر لها حظاً أفضل من حظوظي؟ صراع لم أستطع أن اطلع عليه أحدا واحترت في اختيار الصواب.

لا أريد أن أدمر حياة ابنتي بقرار طائش يفسد عليها حياتها وفي نفس الوقت لا أستطيع قبول فقدان ابنتي لحلم كل أنثى في طفل.

ومضت الأيام وأنا عاجزة عن اتخاذ القرار، تأتيني ابنتي بدموعها فأكفكفها وأطلب منها الصبر على قضاء الله، صبرا

لا أستطيعه أنا ولا أقوى عليه وتجنبت سعيد وتجنبني هو، فلم يكن أي منا بقادر على هذه المواجهة، كان ظني أنني سأنهي هذه الزيجة في اللحظة التي أتكلم فيها معه فلا يمكن أن يتحمل رجل ما أدخر له من قول.

وفي أحد الأيام بعد أن انتهيت من غداء تناولته وحدي، جلست على الأريكة وفي يدي كوب من الشاي الأسود أشاهد التلفاز أنيس وحدتي، وكان يعرض أحد المسلسلات الطويلة من النوعية التي لا تنتهي أبدا، وكانت تناسبني كثيراً، فلطالما خشيت النهايات وكرهتها، لينقطع المسلسل على فقرة إعلانية مباغتة في أشد لحظات المسلسل تشويقاً، فأطلقت سبة لم أعتد مثلها ووضعت الكوب على المنضدة ونهضت لبعض أعمال المنزل تذكرتها حتى تنتهي الفقرة الإعلانية.

عندما عدت لجلستي كانت الفقرة الإعلانية لم تنتهي بعد وهناك على الشاشة كان إعلان يطلب منا كفالة طفل بالتبرع لأحد دور الرعاية بالمال.

كنت قد اعتدت على مثل هذا الإعلانات أكفل طفل تبرع لأطفال مرضى القلب وأطفال مرضى السرطان وغيرها، ولفترة ما كانت هذه الإعلانات تؤلمني فأخرج ما في حقيبتي من نقود وأهرع إلى أحد مكاتب البريد لأودع أموالي بأحد الحسابات

المعلن عنها، ولكن مع التكرار وكثرة المطالبات للعديد من الأماكن صار الأمر عسيرا ثم صار اعتيادياً لا يحرك الكثير من مشاعري واكتفيت بإخراج زكاة فطري في شهر رمضان من كل عام لأحد مستشفيات السرطان دون غيرها.

لا أعلم ما حدث في هذا اليوم، لقد شعرت أن الإعلان يخاطبني أنا بالذات وجوه الأطفال لمست شيئا بداخلي ووجدتني أبحث عن هاتفي لأحصل على لقطة للشاشة وقد كتب عليها أرقام الاتصال والعنوان فلم أكن أجيد القراءة والكتابة وظللت أتطلع إلى وجوه الأطفال ومعدتي تتقلص وقلبي يخفق بشدة لا أفهمها.

وانتهى الإعلان وبدأ المسلسل وبدأت متابعته ولكن بنصف عقل فلم تستطع أحداثه صرف عقلي عن التفكير فيما رأيت، كان عقلي هائماً وأفكاري مبعثرة فلم أستطع فهم مشاعري حتى أنتهى المسلسل، فبقيت في مكاني لساعات غير منتبهة لما يدور على الشاشة وجملة واحدة تدور في رأسي.

أكفل يتيم!!

ولما لا؟

ربما كانت إشارة من الله

ربما هي إرادة الله وتوفيقه الذي جعلني أعود قبل نهاية الفقرة الإعلانية لأرى هذا الأمل في عيون الأطفال.

وبدأ تفكيري يتجه نحو ابنتي، أنا أعلم ابنتي جيداً لن تقبل أن تتكفل بطفل ولن ترى هذا حلا لمصابها، سترى فقط كتذكير لها بما فقدته في كل لحظة، أن ترى طفل يخرج من رحمها ليملأ حياتها.

ولكن في الناحية الأخرى هناك سعيد

سعيد مكسور

محروم من نعمة الأبوة

إذا استطعت إقناعه فربما يستطيع إقناع مريم

وهكذا بدأت خطتي

كانت مريم آتية لزيارتي في اليوم التالي فنهضت في حماس وشمرت عن ساعدي الجد، وبدأت بإعداد أطيب أكل صنعته منذ سنوات أعددت كل شيء وتركته على أن يطهى في اليوم التالي فلا أضيع اليوم في التجهيز والإعداد وأتفرغ لابنتي تماما ورحت أرتب أفكاري بهدوء وكان الليل قد انتصف عندما انتهيت من إعداد كل شيء.

وجاء اليوم التالي

جاء بعد ليلة قضيتها بلا نوم تتصارع الأفكار في رأسي وسيناريوهات عديدة تتشكل في خلايا عقلي أضجت مضجعي حتى أشرق الصباح فنهضت في همة ونظفت الشقة على أفضل

ما يكون فاليوم سيدخل زوج ابنتي الدار ويجب أن يكون كل شيء على ما يرام.

جاءت مريم في تمام الثامنة صباحاً وهو الموعد المعتاد الذي يوصلها فيه سعيد إلى مدخل البناية ليعود في الخامسة ليصحبها إلى مسكنهما، ولكن اليوم كان ترتيباً أخر سيقع أعددت له في عناية.

كانت مريم في حال طيبة وقد بدأ إشراق وجهها يعود من جديد ليخفي هالات السواد من تحت عينيها فابتهجت لذلك، تناولنا إفطارنا ثم جلسنا نتجاذب أطراف الحديث، تكلمنا في كل شيء وأي شيء إلا موضوع الإنجاب تحاشيته تماماً، وحان الوقت لبدأ الطهو فنهضنا معا إلى مطبخ الدار وبدأنا الإعداد لمائدتي العامرة.

وشعرت بدهشة مريم وقد بدأ لعابها يسيل كلما أخرجت صنفاً من الثلاجة العامرة بالأصناف لأضيفه لقائمة الطهو الطويلة وتحمست في مساعدتي وهي تسألني عن سر هذا الكرم الحاتمي ولكنني تجاهلت سؤالها وأنا أتشاغل عنها بما في يدي من طعام أو أحاول تغيير دفة الحديث في موضوعات النساء التي لا تنتهي حتى أنتهى الطعام في تمام الرابعة فهمت مريم لتحضير

المائدة ولكني منعتها برفق طالبة منها الانتظار حتى يأتي سعيد ليشاركنا الطعام.

توترت مريم بشدة بعد هذا ولكم تمنيت أن أريح قلبها ولكني قررت فتح جبهة تلو الأخرى وآثرت أن أبدأ بسعيد حتى لا أفشل في إقناعهما بما في رأسي إذا اجتمعا على الرفض.

وجاء سعيد وبعد مقابلة باسمة دعوته للغداء والحقيقة إنني رغم الابتسامة والترحيب أصابني توتر كبير عند مرأى نظرته المنكسرة وكأنه يتوقع القادم ورغم استعدادي للموقف ولهذه المقابلة شعرت في صدري بغصة قاومتها بصعوبة وأنا أتجاذب أطراف الحديث معه برفق ولين لأمحو رهبته وتوتري حتى اجتمعت به في شرفة الدار.

كانت مريم في المطبخ تعد أكواب الشاي وكانت هذه فرصتي الوحيدة لأفاتحه في الموضوع لم يكن لدي أحد هذه الغلايات الحديثة لذلك قدرت أن إعداد الشاي سيستغرق ما يكفي من الوقت لولا الغصة التي أصابتني وجعلت النطق معجزة.

ما أن جلسنا في الشرفة حتى بادرني سعيد بمجاملاته المعهودة وأثنى على طهوي وشكرني على دعوتي فأثنيت عليه وأنه ولدي مثله مثل مريم وبعد ثوان نفذ الكلام وحل الصمت فحاولت الاقتراب منه وأنا أقول في توتر شديد:

- سعيد أريد أن أكلمك في موضوع هام قبل مجيء مريم فأصغي لي جيدا.

أطرق برأسه وارتسمت ملامح البؤس والهم جلية على وجهه فقلت قبل أن أفقد سيل أفكاري:

- إن مريم أبنتي الوحيدة هي من خرجت به من هذه الدنيا هي ثروتي وحياتي وكل شيء أعيش من أجله ولكن أبنتي الأن تعيسة ولا أقدر مهما فعلت وقلت أن أعيد لها ما فقدته من روحها ولكن أنت تستطيع.

رفع رأسه الي والدموع تملأ عينيه وقال:

- وماذا بإمكاني أن أفعل أنا أداوم على جلسات العلاج ولا أدخر جهداً أو مالاً في حدود إمكانياتي لتحقيق ذلك، منذ دخلت بيتك وأن أعتبرك أمي التي فقدتها غمرتني بحنانك وعطفك حتى نسيت همي وأهديتني أبنتك درة قلبي وقلبك وبماذا أجبت على كل ذلك؟ بالنقص والخذلان لن أتعجب أو أندهش إذا طلبت مني طلاق مريم وتركها لمن يستحقها ولكني أخبرك بهذا الان وانا متأكد منه كما أنا متأكد من جلستنا هذه، لن تجدي من يحب مريم ويخاف عليها مثلما أحبها، إن ما تطلبيه مني سيقتلها كما سيقتلني صدقيني ولكن سعادة مريم قبل كل

شيء وإذا كنت تري أن سعادتها مع غيري فليكن ولكن دعيها تقولها لي أولا.

هززت رأسي في عطف واستنكار معا لائمة إياه قائلة:

- ومن ذكر الطلاق هنا؟ هذا هو الحب الذي تتحدث عنه كفانا الله الشر، فليكن!! هل هذا كل ما تستطيع قوله، ولكني لن أعاتبك فأنا أشعر بك، أنا لا ألومك على شيء، وهل كان بيدك شيء ولم تفعله؟ هل أعترض على حكم الله؟ هو الرازق يهب لمن يشاء الإناث ويهب لمن يشاء الذكور وليس لنا من الأمر شيء، ليس هذا ما جال بخاطري ولكن شيئا أخر تماماً.

رفع رأسه قليلا وقد بدا الاهتمام على وجهه وإن لم يتكلم فأكملت:

- لعلها إشارة أو توفيق من الله وربما تعويض عما فقدتموه، وربما كان سبباً جعلكم الله إياه لسعادة غيركم وما يسعد الإنسان إلا بالعطاء فلما لا نستغل ما أنتم فيه ونقلب الحسرة سعادة وينالكما ثواباً كبيراً.

غابت ملامح سعيد في حيرة شديدة قبل أن يقول:

- عن أي سعادة وأي عطاء تقصدين ماذا يدور بخلدك.

قلت في لهفة ظاهرة:

- أمس رأيت شيئا في التلفاز أنظر...

قدمت له هاتفي على الصورة الملتقطة من شاشة التلفاز فعقد حاجبيه في دهشة واستنكار فبادرته قبل أن يرفض قائلة:

- أولا هو ليس حراماً وفيه ثواباً كبير فهو ليس تبني ولكن كفالة وربما أكرمكم الله فرفع عنكم ما أنتم فيه بسبب مثل ذلك أتذكر قصة الثلاثة الذين حبسوا وراء صخرة في كهف فتضرع كل منهما بعمل حسن قصد به وجه الله حتى تفتت الصخرة؟ أنت من قص لي هذه القصة أتذكر ؟

لانت ملامح سعيد قليلا وبدأ في التفكير وشعرت بمريم آتية فقلت له:

- سأتركك لتفكر وإذا اقتنعت هاتفني وتذكر أنا لا ألومك على شيء ولكن يجب أن تفكر في سعادة مريم وسعادتي كأم وتأكد أنك أيضا ستكون سعيدا.

ودخلت مريم بأكواب الشاي فصمتنا جميعاً وإن بدت على وجه سعيد التفكير العميق في حين بدت على وجهي راحة لم أشعر بها منذ اليوم الأسود الذي أبلغني فيه د. حاتم الخبر الحزين.

وبين نظرات مريم القلقة ونظرات سعيد الحائرة شعرت أن القادم أفضل ومازال في جعبة الأقدار ما يصلح الأحوال.

فقط لو يقتنع سعيد ومريم

ولما لا؟

******

أظلت انواء الكرم سماء السويس بغطاء من السحب الثقيلة الداكنة وتساقطت الامطار غزيرة مُحيلة الشوارع إلى برك من المياه والأوحال وفي أحد شوارع السويس الراقية خلا الطريق من المارة الذين لاذوا بمنازلهم هرباً من الأمطار التي استمرت لساعات وزاد المشهد سوءاً انقطاع التيار الكهربي عن الشارع فبدا مقفراً مهجوراً مظلماً إلا من مصباحي سيارة فاخرة اقتربت في هدوء من مدخل الشارع الخاوي وقد أنار مصباحيها واجهات المحلات المغلقة مبدداً بعضاً من ظلمة الطريق لتتقدم غير عابئة بالأمطار والأوحال وتقف أمام أحد البنايات الشاهقة وما أن توقفت حتى هبط سائقها بسرعة يحمل مظلته ويدور حول السيارة ليفتح الباب الخلفي وهو يمد مظلته ليقي الراكب من هطول الامطار.

ما أن أنزل الراكب قدمه بحذائها الفاخر على الأرض في وسط الأوحال حتى وبخ السائق على ذنب لم يقترفه عندما أتسخ حذائه اللامع على الفور ونفضه مزيلا بعض الوسخ قبل أن يكمل نزوله من السيارة ويتقدم إلى مدخل البناية الواسع يتقدمه السائق حاملاً المظلة وما أن اطمئن إلى أن الراكب تجاوز المدخل حتى عاد إلى السيارة وقد أحمر وجهه رغم الطقس البارد من أثر التوبيخ الذي تعرض له في حين تقدم الراكب الغامض وعبر

المدخل في غطرسة شديدة متلفتاً حوله بحثاً عن الحارس الذي لابد قد لاذ بغرفته محتمياً بها من البرد القارس وعندما لم يجد له أثراً تقدم إلى الدرج الصاعد في حيوية لا تناسب سنه التي تعدت العقد الخامس بقليل وفي شموخ تقدم إلى باب أحد شقق الطابق الثالث ووقف أمامه يتأمله للحظة قبل أن يطرق الباب برفق.

كان الظلام يجسم على كل شيء من حوله ولكنه كان كمن يعرف طريقه جيداً حتى يخيل للمراقب أنه يرى في الظلام مثل السنوريات وبعد لحظة سمع من خلف الباب من يسأل عن الطارق ولمح أسفل الباب ضوءً خفيفا متراقصاً فتنحنح قليلا وأجاب السائلة:

- افتحي يا ليلى أنا يسري.

طال الصمت للحظات قبل أن يسمع صوت المزلاج وهو يتحرج ليطل وجه ليلى وهي تحمل هاتفها وقد أضاءت كشافه ليسقط على وجه يسري فرفع زراعه يتقي النور المباشر قائلا:

- ابعدي الهباب ده.

أنزلت الهاتف قليلاً وقالت في توتر شديد:

- أنت؟ لماذا أتيت إلى هنا؟

لم يستطع تبين ملامحها بسبب الظلام ونور الكشاف الموجه اليه ولكنه تخيل ملامحها المذعورة في عقله فشعر بغبطة شديدة وقال في تلذذ ووحشية عجز أن يخفيها:

- هل ظننت أني لن أصل إليك هنا؟ أبتعدِ عن طريقي؟

هم بدخول الشقة ولكنها اعترضته قائلة:

- لا يمكنك الدخول أنا أقيم وحدي وسمعتي تهمني.

هتف في ضيق:

- ومن يجرؤ على الكلام أنا زوجك أم نسيت من أنا؟

- لم تعد زوجي، لقد حصلت على الطلاق، لم يعد شيئا يربطني بك، لماذا اتيت على كل حال؟

ابتسم ابتسامة قبيحة وهو يحاول اختراق الظلام بعينيه ملتقطاً ملامحها الجميلة وقال:

- أوحشتني ألم تشتاقي إلي؟ إلى زوجك؟

شعر بصوتها القاسي كخنجر أستقر بين ضلوعه مسموماً نصله بحقد ومقت شديد وهي تهتف:

- ولا لحظة، لم أشتاق إليك أبداً، كيف جرؤت على المجيء إلى هنا والتبجح بهذا الشكل، هل نسيت ما فعلته بأبي وأمي؟ هل نسيت ما فعلته بي وبأولادي؟

هل ظننت أنك تستطيع استمالتي ببعض الكلام المعسول بعد كل هذا؟ يا لك من مغرور.

تأفف وقد طال وقوفه أمام الباب وقال في ضيق:

- حسنا دعينا نتفاهم بالداخل.

- لا يوجد ما نتفاهم عليه لقد انتهى الأمر.

همت بإغلاق الباب فوضع قدمه مانعاً إياها في اللحظة الأخيرة وهو يقول في غضب شديد:

- ليس يسري العجمي من يغلق الباب في وجهه، تعلمين أني أستطيع احضارك بالقوة لو أردت ولكني أتيت بنفسي كبادرة خير فلا تجعليني ألجأ لأسلوب تعلمينه جيدا.

- لماذا أتيت؟

أعتدل في وقفته وقال:

- أفهم أنك لا تطيقين رؤيتي ولكن ألم تشتاقي لأطفالك؟

ارتجفت ليلى ودمعت عيناها فحمدت الله على الظلام الذي منحها شيئا من الكرامة وإن بدا اختلاج صوتها واضحاً وهي تقول:

- أطفالي سأحصل عليهم في النهاية لا يمكنك منعي من رؤيتهم للأبد سيعودون إلى أحضاني أجلاً أم عاجلاً.

- ولماذا لا نجعله عاجلاً إذاً؟ تعالي معي لرؤيتهم الأن لو أردت أنا لن أمنعك بل سأوصلك بنفسي إليهم، ألم تشتاقي إليهم؟ إذا كفا عناداً وأحزمي حقائبك أنا أنتظرك في الأسفل.

تمالكت ليلى نفسها وهتفت بمرارة:

- واهماً أنت إن ظننت أني سأصحبك إلى أي مكان أخبرني صراحة لماذا أتيت؟

أطرق برأسه للحظة قبل أن يرفعها ويتناول الهاتف من يدها ليصوب الضوء اليها ببطء أعجزها عن الرفض أو المقاومة وتطلع إلى ملامحها الجميلة وهو يقول:

- حسنا سأخبرك، رودينا مريضة جداً، لم تكف عن البكاء منذ افترقنا وهجرتها ...

هتفت ليلى في غضب وحنق واستنكار اختلطا بلهفتها على ابنتها:

- أنا هجرتها؟ لقد منعتني من رؤيتهما منذ طلبت الطلاق أيها الشيطان النذل هل ستقتل أولادي أيضا كما قتلت أبوي أنهم أولادك يا أحمق.

تنهد متجاهلا قولها وأستطرد قائلا:

- أمتنعت عن الطعام والشراب إلا قسراً وفي النهاية اضطررت لإدخالها المشفى بعد تدهور حالتها الصحية، وأدم أيضاً، أنه ممتنع عن الكلام، الأطباء يقولون إن لا شيء به ولكنه لا يتكلم على الأطلاق يقضي طوال الوقت في غرفته ولا يطيق أن يلمسه أحد إلا مربيته.

- حسبي الله ونعمة الوكيل

وانهمرت دموعها غزيرة فقال لها:

- أنتِ السبب في مصابهم ولكنه ليس وقت الحساب أحزمي حقائبك سنعود إلى المنزل الأن.

- أبدا لن أعود معك ولكني لن أتخلى عن أبنائي دعني

- وسأكون هناك غداً صباحاً ويفضل ألا تكون موجوداً أو يمنعني أحد رجالك من رؤيتهما.

- كما تشائين لن يمنعك أحد سيكون أدم بصحبة مربيته لزيارة أخته غدا ويمكنك الجلوس معهما كما تشائين ولكن في حراسة رجالي لن أسمح بأي فعل غبي قد تقدمين عليه.

ومع أخر كلماته عاد التيار الكهربي فجأة فأخفت ليلى وجهها الباكي بيدها في حين أستدار يسري مغادراً بعد أن ألقى تحت

قدميها أحد كروته الشخصية وقد دون على ظهره اسم المستشفى ورقم الغرفة وبهدوء أستقل سيارته وغادر الحي في صمت متجاهلاً نظرات سائقة المسترقة في مرآة السيارة الداخلية وفجأة ضرب مسند المقعد الأمامي وهو يهتف بغل:

ـ   حسنا يا حمقاء تظنين أنك أفلت من يدي حسنا أن الغد لناظره لقريب.

*****

وقفت ليلى في مدخل المستشفى الخاصة التي ترك يسري عنوانها على ظهر الكارت الخاص به حائرة تحمل حقيبة كبيرة على كتفها وتتلفت حولها في قلق شديد لم تكن المرة الأولى لها في دخول المستشفى بعد أن عانت مع ابويها الكثير بين جدرانها ولكن توترها جعل حيرتها مضاعفة وهي تبحث عمن يرشدها إلى حجرة ابنتها حتى انتبهت لموظفة الاستقبال التي جلست خلف كونتر مرتفع تسجل دخول بعض الحالات الجديدة وترد على الجمهور المزدحم حولها فتجاوزت الواقفين أمامها وسط اعتراض البعض لتسألها عن وجهتها فدلتها بغير اكتراث كبير لتنطلق في لهفة أم مكلومة ترتقي السلالم بسرعة وفي الممر الطويل خارج حجرت أبنتها وقف رجلان يدخنان رغم حظر التدخين داخل المستشفى تبدو على ملامحهم الغباء والشراسة

ما أن لمحاها حتى ابتسم أحداهما في نصر وقال الأخر باحترام مبالغ فيه لا يخلوا من سخرية مستترة:

- مدام ليلى مرحبا بك إن الصغيرة تنتظرك على أحر من الجمر وكذلك أدم ومربيته بالداخل تفضلي.

فتح الأخر لها باب الغرفة وابتسامته الساخرة لازالت تعلو شفتيه مما أورثها خوفا مجهولا بلا مبرر حقا ودار في ذهنها أن يسري لن يجرؤ على إيذائها في مستشفى تمتلئ بالزوار والمرضى فضلا عن الممرضات والأطباء فخطت داخل الغرفة في حدر وتوجس لتفاجئ بما ترى رغم علمها المسبق بما ستواجه ولكن المشهد كان عنيفا مؤلما حقا.

على الفراش الوحيد بالغرفة رقدت رودينا بأعوامها الأربعة وعيونها الفستقية الواسعة التي ورثتها عن أمها رقيقة كالملاك وقد تبعثر شعرها الطويل على الوسائد، ثبت في زراعها محقن صغير متصل بزجاجة شارفت على النفاذ علقت على حامل رأسي بجوار الفراش ومن فتحتي أنفها تدلى أنبوبين لم تدرك وظيفتهما شاحبة كالورقة رقيقة كفراشة ناحلة ضئيلة لا تكاد تلمحها بين الوسائد في حين جلس أدم على ساقي مربيته صامتا شاردا في الفراغ.

ما أن شعرت رودينا بدخول أمها حتى حاولت نهوض وهي تهتف بصوت متهدج ضعيف كجسدها المسجى على الفراش:

- ماما ... ماما... وحشتيني يا ماما.

القت ليلى حقيبتها على أحد المقاعد ومن لهفتها غفلت عن تحية المربية العجوز الجالسة في الركن لتندفع نحو ابنتها لتحتضنها بشوق رهيب والطفلة تبكي وترتعش بين ذراعيها حتى ابتعدت عنها ليلى بعد أن هدأت قليلا واراحت رأسها على الوسادة وهي تبتسم لها بين دموعها ابتسامة ملأتها المرارة والحزن ثم التفتت إلى المربية التي جلست في الركن وكأنها تمثال شمعي وعلى ركبتيها جلس أدم لا يبدي أي انفعال ففتحت ذراعيها تدعوه إلى حضنها وهي تهتف:

- أدم ألن تسلم على ماما.

تردد أدم قليلا ثم نزل ببطء عن ساقي المربية ليتقدم بتردد أكبر إلى أمه فالتقطته ليلى في شوق لم يبد أثره على الصغير الذي ظل على تحجره بدون أن ينطق أو يحاول احتضانها بالمثل كان في منتصف عامه الثالث يشبه أبيه كثيرا ولكن أخذ منها اتساع مقلتيها واستدارة وجهها فقالت وهي مازالت تحتضنه وقد أوجعها رد فعله:

- أدم؟ ألم تشتاق إلى ماما؟ هيا أعطني حضناً كبيراً فلقد
اشتقت إليك جداً.

تملص أدم من بين ذراعيها بعد لحظة ووقف أمامها صامتاً
ودمعة خائنة تسيل على وجهه قبل أن يهرع إلى مربيته التي
التقطته على الفور ليدفن وجهه في صدرها ويبكي في صمت.
لوهلة تحجرت ليلى في مكانها لا تدري ماذا تفعل والدموع
تتسابق على وجنتيها وقد عجز لسانها عن السؤال عما أصابه.
لا، لا يمكن أن تترك أطفالها في هذه الحالة لقد ضاع صغيريها
بعيداً عنها مسحت دموعها وهي تلتفت إلى رودينا لتسألها في
رفق:

- ماذا هناك يا (رودي) لماذا لا تأكلين؟ لقد أقلقت ماما
كثيراً، الم أطلب منك الاعتناء بنفسك وبأخيك جيداً
عندما ذهبت مع بابا؟

كان وجه الفتاة غارق في الدموع ومظهرها بأنبوبي التغذية
المدليان من أنفها قاسي على ليلى ولكنها حاولت التماسك قدر
الإمكان أمامها وحافظت على ابتسامتها حتى لا تفزع الطفلة
التي حاولت الفتاة النهوض وهي تقول بصوت متهدج باكي
تصارع فيه أنفاسها للخروج:

ـ أنا آسفة يا ماما ... متزعليش مني ... مش عايزة أكل ... أنا عايزاكي تقعدي معايا ... مش بحب الأكل ده... مش عايزة ... اروح هناك ... أنا بحب أكلك أنت يا ماما ... أنت كنت بتغنيلي ... وتضحكيني... أنا بحبك قوي يا ماما ... ولكن طنط بتصرخ فيا ... مش بتلعب معايا ... ليه سيبتيني يا ماما ... أنا مش بحب البيت ده ... أنا عايزة أقعد معاكي أنت ... أنا بحبك يا ماما ... متزعليش مني يا ماما ... مش حعمل حاجة وحشة تاني ... بس خديني معاكي ... عشان خاطري يا ماما خديني معاكي.

وانخرطت في بكاء حار امتزج بكلماتها المتهدجة، فشعرت ليلى بقلبها يتمزق على طفلتها، واحتضنتها بشدة وأمطرتها بالقبلات، ودت لو تفتح ضلوعها لتسكنها بجوار فؤادها، ولكن الوقت ضيق جدا، فأسرعت بين دموعها التي عاودت الهطول وهي تحاول تمالك مشاعرها فالتقطت الحقيبة الثقيلة التي جاءت بها ووضعتها على حافة الفراش وأخرجت منها بعض العلب البلاستيكية وهي تقول:

- وماما كمان تحبك جدا جدا جدا، ولقد أحضرت لك كل الطعام الذي تحبينه هيا سنأكل الأن وسنغني معا.

التفتت تدعو أدم للمشاركة قائلة:

- تعالى يا أدم ألا تريد أن تأكل معي؟

نطقت المربية التي ظلت طوال الوقت صامتة تراقب فقط ما يحدث قائلة:

- لا يمكنك إعطاءها طعاماً دون استشارة الطبيب قد يؤذي هذا معدتها الرقيقة أصلاً.

- ليس طعاما ثقيلا مجرد بعض الحلويات والمقرمشات.

زامت المربية وتغضن وجهها أكثر وهي تقول:

- لابد من استشارة الطبيب هذه أوامره.

أسقط في يد ليلى واحتارت فيما تفعل في حين أمسكت رودينا كفها بضعف ظاهر وقالت:

- ماما هو أنا حاموت زي طنط ما قالت ... أنا مش عايزة أموت ... خلي طنط تموت ... أنا معملتش حاجة ...

احتضنتها ليلى مرة أخرى وقد سقطت الكلمة على روحها كالصخرة شعرت بالعجز والسخط يصبغان قلبها باللون الأسود، بركان ثائر من المشاعر المختلطة لا يجد منفذا ليصب حممه فيصهرها من الداخل ... رحماك يا الله

قالت وهي تهدأ من روعها:

- لا يمكن أن تموتي وماما هنا، لا تخافي لا أحد سيموت، لا تخافي يا حبيبتي، ماما ستحميكِ.

دخلت في تلك اللحظة فتاة ضئيلة الحجم في زي الممرضات وعلى وجهها ابتسامة حذرة وقالت وهي تقترب من فراش رودينا:

- كيف حال ملاكي اليوم؟ هيه تبدين أفضل بعدما جاءت ماما بنفسها اليس كذلك؟

وكأنما أنقذتها من حيرتها هتفت ليلى تسألها في لهفة:

- هل يمكنني إطعامها؟ أرجوك أنها مجرد بعض الحلوى والمقرمشات.

نظرت إليها الممرضة بدهشة وهي تراجع الطعام بعينيها بسرعة وقالت:

- ومن منعك؟ أن ما أصابها من ضعف هو نتيجة عدم تناولها الطعام حتى أصابها الهزال أننا نجبرها على تناول الطعام عن طريق أنبوبي التغذية وكل أملنا أن تأكل وحدها دون معين.

نظرت ليلى شذرا إلى المربية التي أيقنت أنها فقط لمراقبتها بتعليمات مشددة من يسري وأفسحت المجال للممرضة للاطمئنان على رودينا ففحصتها بسرعة قبل أن تقول:

- لا بأس حالتها أفضل كثيراً عن أمس لقد أسترد جسدها بعض قوته، كان فقط بحاجة لبعض الغذاء.

نظرت رودينا إلى أمها بعين مستعطفة وهي تقول:

- ماما أنا جوعانة.

- يا حبيبتي.

هتفت مريم وهي تقفز إلى الفراش لتغمر رودينا بالقبلات ثم جذبت ذراع ثبت عليها لوح عريض يستعمل كمنضدة للمريض وبدأت بوضع العلب عليه وإطعام صغيرتها وهي تغني لها أغنية من أغاني الأطفال تحبها رودينا بشدة وفي نفس الوقت تنظر إلى أدم تحثه على المجيء والمشاركة، تردد أدم قليلاً ثم فارق مربيته واقترب منها ملبياً دعوتها وقد أغرته الحلوى والطعام اللذيذ الذي فاحت رائحته في الغرفة فأجلسته على حافة الفراش وقدمت له بعض ما جلبته لتمضي ساعة خلف أخرى استغرقتها ما بين ضحكات وغناء وطعام حتى نامت رودينا بين ذراعيها في حين بقا أدم بجوارها فاحتضنته قائلة:

- لماذا لا تتكلم يا أدم؟ تعرف أني أحب صوتك، ألا تتذكر عنما كنا نغني وراء برامج الأطفال؟ هل أنت غاضباً مني؟ لا تغضب يا أدم لم أكن أعلم أن كل هذا سيحدث والا ما تركتكما أبداً، سامحني يا صغيري.

ببطء التفت ذراعي الصغير حول خصرها وشعرت بدموعه تبلل سترتها فقالت وهي تهدهده:

- أبكي يا حبيبي لا تخشى شيئاً، أبكي حتى تودع البكاء، فمن اليوم لن تبكي مرة أخرى أبداً.

شعرت بوخزة في قلبها وهي تعده بما لن تستطيع أبدا تحقيقه رغما عنها، التفتت إلى المربية العجوز محاولة الهروب من مشاعرها بسؤالها عن أحوال صغارها في غيابها ولكنها كانت قد غابت عن الوعي في غفوة قصيرة شأن كبار السن وفي نفس اللحظة دخلت الممرضة مرة أخرى وهي تقول:

- حان موعد الدواء.

التفتت إلى المربية لتراها غافية على مقعدها فقامت بإزالة القارورة المعلقة بجوار الفراش والمحقن المثبت بذراع الصغيرة ثم ببطء أزالت أنبوب التغذية عن أنفها فبكت وهي نائمة دون أن تفتح عينيها ممزقة قلب ليلى عليها وهي ترى طول الأنبوب الخارج من أنفها ثم قامت الممرضة بجمع كل هذا وإلقائه في سلة بعيدة عن الفراش وعادت لتقف بجوار ليلى وهي تتأمل رودينا النائمة كفراشة لا تكاد تبدو بين الأغطية وقالت:

- إن جسدها مجهد فقط، لم تعد بحاجة للبقاء هنا طالما تناولت الطعام ولم ترفضه، لم تعد بحاجة إلى محاليل إضافية.

ثم انحنت بجوار أذن ليلى وقالت هامسة مستطردة:

- لقد حان الوقت أن تأخذي صغارك وتهربي.

انتفضت ليلى مع هذا التغيير المفاجئ في دفة الحديث ونظرت إلى الممرضة في دهشة فقالت وهي تراقب مرة أخرى المربية النائمة:

- إنه لا ينوي على خير، زوجك يبيت لشيء ما لقد سمعته يتحدث مع رجاله عبر الهاتف، إنه في الطريق الآن، لقد قال لمساعده بالحرف أنه يدلي لك الحبل لتخنقي به نفسك، لقد سمعت كل شيء، اهربي بسرعة وخذي أطفالك معك.

- وماذا عن رجاله بالخارج؟

- لقد تدبرت الأمر وجعلت موظفة الاستقبال تستدعيهم لأنهاء بعض الأمور المالية والمربية نائمة إنها فرصتك الآن.

صمتت ليلى طويلاً وهي حائرة توزع نظراتها بين رودينا المستلقية على الفراش في ضعف كملاك سقطت أجنحته وأدم الذي أخذ يتطلع إليهما في قلق غير مدرك لما يحدث من حوله ثم إلى الممرضة الراجية أمامها أن تهرب.

وإلى أين تهرب؟

هل تحتمل حالة رودينا مطاردات والدها؟

أنه لن يسمح بهروبها بهذه البساطة بل هو قادر على إغلاق كل منافذ السويس بمكالمة واحدة وربما أتهمها باختطاف الصغار بعد أن حصل على حق الحضانة بالخداع والتدليس لتصبح في يوم وليلة مجرمة[1] هاربة بلا مهرب.

لا لن ترضي أن يمر أطفالها بهذه التجربة أبداً.

كانت قد حسمت قرارها منذ أتت في الصباح ورأت رودينا وأدم في هذه الحالة الواهنة، نعم لابد أن تضحي من أجل أطفالها، ستبقى وليكن ما يكون.

نظرت إلى الممرضة مرة أخيرة وهي تقول:

- شكرا لك لقد كنت أكثر رحمة بأطفالي من أبيهم بل ومن أمهم التي تركتهم بين يدي شيطان لتنجو بنفسها.

التقطت أدم الذي ألقى رأسه على كتفها في صمت وتركها تحتضنه في حين استطردت هي:

- ولكن كل هذا قد مضى الأن لقد عدت لا يمكنني الهروب لأبقى مطاردة مع أطفالي ما تبقى لي من عمر،

---

[1] في الحقيقة لا يمكن اتهام الأم باختطاف أطفالها ولكن ليلى لا تعلم ذلك

هذا إن لم يمسك بي وافقدهما للأبد أشكرك مرة أخرى سأبقى من أجل أطفالي.

ربتت الممرضة على كتفها في شفقة قبل أن تتنهد قائلة:

- حسنا لا أريد لك إلا الخير فلقد أحببت رودينا جدا ولم أكن أحب أن تمضي حياتها وهي تفتقدك ولكن لا بأس ما دمت ستبقين لن يضيع الله تضحيتك من أجل صغارك، ولعله خير.

غادرت الممرضة الغرفة ونهضت ليلى تجمع أشياءها داخل الحقيبة وبينما استغرقت في ذلك فتح الباب بهدوء وأطل منه وجه يسري وعيناه تلمع بنصر ممزوج بإعجاب واضح بفتنتها الطاغية، ظل يراقبها للحظات دون أن تنتبه إليه قبل أن يدخل ويغلق الباب خلفه فانتبهت ليلى وتراجعت في رهبة وخوف ولكنه تجاهلها تماما محاولا إنزال هزيمة نفسية أخرة على روحها، وأقترب من فراش رودينا فأجفل آدم وجرى إلى مربيته في خوف ظاهر وأيقظها فنظر يسري إلى ليلى قائلاً:

- لقد أحببت أن أريك نتيجة أفعالك، نزواتك ورغباتك الخاصة لا تؤذي إلا احبائك والأقرب إلى قلبك، أخطاءك لا تقع عليكِ وحدك نتيجتها، بل على كل من يحيط بك، وفي النهاية لا يحدث إلا ما أريده أنا.

نطق الثلاث حروف الأخير بزهو وغرور شديد شعرت معه ليلى برغبة في القيء ولكنها تماسكت بأعجوبة وذرفت دموعها مرة أخرى وهي تقف أمامه صامتة لا ترد على افتراءاته وشريط حياتها معه يمر من أمام عينيها، تعنيفه الدائم وضربه المستمر على أقل الأخطاء فرض إرادته في كل شيء حتى أصغر دقائق حياتها وتذكرت أبويها وما دفعاه من ثمن لقاء وقوفهما بجانبها عندما أقامت دعوى الخلع ونتيجة ذلك أن فقدا حياتهما وتركاها بلا سند أمام طاغية بل وفقدت حضانة طفليها الذين ظنت أنها نجت بهما على خلفية إتهام والدها بالانتماء لجماعة إرهابية، شيطان لا يتلذذ بشيء إلى تعذيبها وتحطيمها من الداخل والخارج، ولكنها ستتحمل، يجب أن تتحمل من أجل طفليها، لا يوجد بديل أخر، ليس لهاذان الصغيران إلا هي، ورحمة الله قبل كل شيء.

تنهدت بعد لحظة من الصمت فالتفت إليها وفي عينيه نظرة قاسية وكأنه يستنكر أنفاسها في حضرته، كان وسيماً قمحي اللون وقد بدء الصلع يبسط سطوته على مقدمة رأسه في أواخر الثلاثينات فارع الطول رياضي القوام أسود الشعر والعينين والقلب معاً.

أقترب منها وتطلع إلى فستقتيها الدامعتين وقال في برود متحد:

- سأذهب الأن لأنهاء أوراق خروج رودينا، السيارة تنتظرك بالأسفل وحقائبك بها أيضا لقد جلبت كل مقتنياتك وأنهيت عقد أيجارك مع المالك، أتوقع أن اجدك في السيارة عند نزولي، ستصحب المربية رودينا وأدم إلى السيارة الأخرى فور وصولك إلى الفيلا ستلزمين غرفتك حتى آتي في المساء.

صمت قليلاً ثم قال مستطرد:

- ومعي المأذون ليعقد لنا مرة أخيرة.

ابتلعت ريقها وقالت:

- سأبقى مع ابنتي حتى تخرج وسأبقى معها ومع أدم في غرفتي في الفيلا حتى أطمئن عليهما.

نظر إليها طويلا ثم قال:

- إن كنت مطيعة، سأدعك تفعلين ذلك، فقط إن التزمت بما قلته بالحرف، ولكن بعد أن يعقد المأذون قراننا مساءً، ليس قبل هذا، لا أريد أن تراودك أي أفكار مجنونة.

أشار إلى المربية بعد أن رمقها بنظرة نارية وكأنه يلومها على غفوتها فانتفضت في رعب تلملم أشيائها استعدادا للرحيل

فأستدار مغادراً الغرفة وما أن خرج حتى ألقت ليلى بنفسها بجوار ابنتها ودفنت وجهها في الوسادة تبكي بحرقة.

وبين دموعها شعرت بهما، كفان صغيران رقيقان يربتان على ظهرها في رفق، كأنهما يخشيان إزعاجها بلمساتهما، شعرت أن كل حياتها لا تساوي شيئا أمام تربيتة من كفهما على ظهرها.

ومن أجلهما ستبقى... وبهما ستهرب من هذا الكابوس.

وبدأت ملامح خطة ترتسم في عقلها، خطة قد تنهي كل شيء،

ولكن يجب أن يطمئن لها أولاً وبعدها ...

وارتسمت على وجهها ابتسامة لم تزر وجهها منذ شهور.

أو سنوات .... ابتسامة أمل.

****

ســعيـــــــد

ليس أسعد من أن يجمعك الله بمن تحب إلا أن تثمر شجرة حبكما بطفل من صلبك، ولم أنل هذا الرجاء، لم أعترض يوما على قضاء الله، حتى يوم وفاة أبي وأمي فجأة في حادث مؤسف لم أقنط أو أعترض على مصابي، أو أعترض على مشيئته، ولكن في ذلك اليوم وأنا أمسك بيدها في عيادة الطبيبة كان موقفاً مختلفاً، موقفاً فقدت فيه أرضي وسمائي وأظلمت فيه حياتي كلها، عقيم، يالها من كلمة لم أتصور أبدا طوال حياتي أن تقال لي أنا بالذات، كلمة لها كل هذا الأثر في نفسي وفي حياتي، كلمة مدمرة زلزلت أساساتي وزعزعت رجولتي في لحظة، كلمة أطلقتها الطبيبة وهي ترسم على وجهها حزنا كاذباً، شفقة لا أكثر ولا أقل، وأحسست بيد مريم تفلت من يدي، فقط يومها تساءلت، لماذا؟ هل هو غضب من الله على ذنب اقترفته، هل ما طلبت كثيراً على شخصاً مثلي، فعز على الله أن يمنحني إياه، هل أنا مجرد نسخة معيبة يجرب فيها القدر أقلامه، هيا فلنحرمه من والديه، ولماذا نتوقف هنا أحرمه أيضا من أن يكون له ولد، وماذا بعد؟ نظرت إلى مريم في قنوط، نعم هي من تبقى، فهل ستبقى، وفيما أخطئت هي لتحمل وزراً لم تقترفه، فيما أخطئت لتعاقب بالحرمان، أنا تعودت على الحرمان منذ

كنت صغيراً، تمنيت يوما أن يكون لي طفلاً فلا أشعره يوما بالحرمان الذي شعرت به، هل في هذا أخطئت، ألهذا حرمت الذرية، وفيما أخطئت؟ أهكذا سأكون أخر نسل أجدادي وذريتهم، سيضيع أسمي وأسم ابي وجدي ومن خلفهما في عالم النسيان عند موتي، إذا لما لا يكون هذا الأن؟ حقا تمنيت أن أموت في هذه اللحظة، وكيف أعيش وهذا الخنجر مغروسا في صدري وفي رجولتي؟ كيف أواجه مريم؟ ماذا أقول لها وانا من وعدها بالجنة فلم تجد معي إلا نارا تصطلي، تركتني مريم وخرجت، تداري دموعاً عجزت عن حبسها، وعجزت عن البوح بها.

لماذا؟ ظل هذا السؤال يتردد في ذهني لساعات وأنا عاجز عن الكلام، كما عجزت أجد الجواب على سؤالي، بجواري مريم تسير كمن سلبت روحه، لا تتكلم ولا أتكلم، لا أعرف حقا كيف وصلت إلى المنزل هل سرنا أم ركبنا، لا أعلم.

فور وصولنا هرعت مريم إلى غرفتنا وأغلقت الباب، وبقيت وحدي، ما أطولها الساعات حين تكون وحيداً، بلا أمل.

كان اتصال د. حاتم ثم حضوره طوق نجاة أرسله الله لي ليعيدني إلى عقلي فاستغفرت الله ورضيت بقضاء الله بعقلي ولكن قلبي ظل يتأرجح بين الإنكار والاستنكار، أفكر ربما

أخطئت الطبيبة فلأجرب طبيبا أخر، ثم تفور دمائي فأصرخ من داخلي لماذا أنا؟ ماذا فعلت لأنال هذا الجزاء؟ ثم أهدأ واستغفر وأتوب لأعود من جديد.

صرت خاوياً مجرد قشرة داخلها فراغاً وريحاً تعوي، فقدت ثقتي بنفسي بل فقدت ثقتي بمريم، أي حب هذا الذي يجعلها ترضى بمثل هذا، حتى وإن قالت ما قالته أمام د. حاتم سرعان ما ستجد من يبث السموم في رأسها بفكرة الانفصال، لم يبق شيء تستمر لأجله، حتى أنا لم يبق شيئا مني.

وصرت أترقب اليوم الذي ستصارحني فيه برغبتها تلك، وربما يأتي القرار من أمها فترضخ هي له في ضعفها، وكمنتظر الموت حكماً مقضياً صرت أدفع هذا اليوم كل يوم، تجنبت لقاء حماتي تماماً، وواظبت على العلاج حتى لا يكون تقاعسي حجة في مواجهتي رغم انعدام الأمل في داخلي، وغمرت مريم حباً كما غمرتني كأني أعوضها عما فقدت أو كأني أثبت لنفسي أني مازلت رجلاً، ولكنه كان حباً زائفاً خاوياً مصطنعاً فقد الطعم والرائحة والأمل.

لذلك عندما دعتني أم مريم للدخول وأجلستني على مائدتها لم أستطع أن أعي إلا أن اليوم الذي تفاديته قد حان وقته، الحكم قد صدر ففيما يفيد الدفاع، وأي دفاع؟ ليس لدي ما أرد به أو أدافع،

فقدت أسلحتي، فقدت عزة نفسي، وكرامتي، فقدت كبريائي وثقتي بنفسي، وفقدت رجولتي، فبما أدافع؟

ولكن أم مريم كانت تحمل الكثير

حقا لا أفهم كيف فعلتها؟

أم مريم التي ظننت أنها ستفرق بيني وبين حبيبتي تجلس اليوم أمامي تواسيني وتهدئ من روعي! تلتمس لي أعذاراً كنت أولى بتقديمها منها! والأعجب تقدم لي حلاً لترميم حياتي ومستقبلي مع ابنتها! حقا لم أكن أعلم كم هي امرأة عظيمة، رممت الصدع في روحي في جلسة واحدة وأعادت لي الحياة بعد أن فقدتها.

ولم لا؟

وكيف لا أرضى وبأي حقاً أرفض؟

لم يكن إقناع مريم سهلاً كما ظنت أمها، تناقشنا في الأمر وحاولت أن تقنعني إنها راضية بقضاء الله وألا نتعجل لعل العلاج يؤتي ثماره، وأنها تخشى ألا تحب هذا الطفل أو الطفلة فتظلمها، وماذا لو أنجبنا فيما بعد وشاء الله أن تحمل طفلاً من صلبي، ما مصير هذا الصغير الذي تعلقت حياته بنا؟ ولكنني أنهيت النقاش متشبثاً بحبها لي أني أريد ذلك، وبعينين تملأها الدموع وافقت، شعرت لحظتها كم تملكتني الأنانية في قولي هذا فنحيت مشاعرها جانباً، وكيف جرؤت على هذا؟ وهي من

ضحى بالكثير من أجلي، ووجدتني أعتذر وأعتذر، ارفض الموضوع من كل الزوايا، أسب نفسي وأنانيتي، ولكنها أصرت على تحقيق رغبتي كتضحية أخيرة، لأحمل ذنب موافقتها بجوار ذنب خذلانها بعجزي عن أمنحها طفلاً من صلبي.

وبالطبع حملت همي وإحساسي بالذنب إلى د. حاتم، وهناك في مكتبه بالكلية رأيتها لأول مرة، ليلى، بل د. ليلى، دكتورة منتدبة من جامعة السويس للعمل بأحد أقسام الكلية وتحت إشراف د. حاتم مباشرة.

في ذلك اليوم الذي تلا مناقشتي مع مريم حول موضوع الكفالة، توجهت إلى مكتب د. حاتم وكان كعادته يجلس بمكتبه يطالع بعض الدوريات العلمية التي لا يتوقف عن متابعتها بحثاً عن كل ما هو جديد فدخلت دون استئذان لأجلس أمامه محملاً بالذنب ممتلأً ضيقاً وحنقاً على نفسي لولا بقية من كرامة لبكيت أمامه، فألقى الدورية جانباً وسألني قائلاً:

- ماذا هناك هل تشاجرتما؟ إنه موضوع الإنجاب هذا أليس كذلك؟ يا ولدي لا تتعجل مريم امرأة صالحة باسلة قلما تجد مثلها وهي تتألم الآن، فتسلح بالحكمة وتذكر أنها لا ذنب لها فيما جرى.

ثم أستدرك وكأنما أدرك أن كلامه فيه جرحاً لي يذكرني بأنني السبب فقال:

- وليس لك ذنباً أيضا إنها إرادة الله يا ولدي.

صمت قليلاً ثم قلت في ضيق:

- أعرف هذا وأعلم قدر صبرها وتضحيتها الذنب ذنبي أنا، أحمق، كيف أفعل هذا بعد كل ما قدمت لي، بعد كل ثباتها إلى جواري، بعد كل حبها وإيثارها لي على نفسها، أحمق ... أحمق.

تنهد د. حاتم وهو يزيح بعض الأوراق من أمامه ليعيرني انتباهه كاملاً وقال:

- حسنا يا أحمق لما لا تقص عليا كل شيء من البداية حتى أرى مدى حمقك وأصلح ما أفسدته يداك.

أشحت بوجهي في ضيق للحظة ثم وجدتني مضطراً أن أقص عليه ما حدث، ففي النهاية هذا ما جئت من أجله فبدأت أقص عليه ما كان منذ زيارتي لأم مريم وحتى مناقشتي لها أمس وزلة لساني التي أوقعتني فيما أنا فيه من إحساس بالذنب.

تنهد د. حاتم وأسترخى في مقعده متطلعاً إلى الفراغ في تفكير عميق حتى ظننته سيغفو قليلاً فاستحثثته على الكلام قائلاً:

- دبرني يا د. حاتم ماذا ترى لا تتركني هكذا معلقاً.

اعتدل د. حاتم في جلسته وقال في إعجاب واضح:

- حقا لم أكن أتوقع هذا الموقف من أم مريم أنت تعلم أن علاقتي بها لا تتجاوز أني كنت أستاذ مريم وأستاذك والوسيط بينكما.

- لكنها تحترمك كثيرا يا د. حاتم وتستمع لك لقد تصورت للحظة أنك من اقترحت عليها ذلك الأمر.

- في الحقيقة لا، أنا لم أقترح مثل ذلك الأمر، رغم أنه دار بخلدي للحظات لأسباب سأشرحها لك فيما بعد، فلم أكن لأتدخل في أمر كذلك مالم يطلب مني، فأنا لا اريد التطفل على حياتكما، ولكن الأمر يحتاج إلى التفكير بالعقل لا بالقلب ففي النهاية هناك طرف ثالث سيؤثر قراركما على حياته ومستقبله.

- لقد زدت من حيرتي يا دكتور، ماذا أفعل مع مريم؟ هل أمضي في الأمر أم أتراجع؟

تنهد د. حاتم وأجرى أتصالاً سريعاً بأحدهم قبل أن يقول:

- ولدي لا أستطيع أن أتخذ قرار مثل هذا نيابة عنك يجب أن تحزم أمرك بنفسك، بالنسبة لمريم يجب أن تتكلم معها بعقل خالي من العواطف، ليس أمراً صحياً لعلاقتكما أن تكتما انفعالاتكما، حاول أن توضح لها

موقفك بالعقل، لا تعتذر عن ذنب لم تقترفه ولكن وضح وجهة نظرك جيدا وفكر مليا فيما ستقوله لها.

سمع طرقات على الباب فقال بسرعة:

- ولتفعل هذا يجب أن تكون متيقناً من اختيارك واثقا فيه ولعل لدي من يساعدك على اتخاذ هذا القرار... أدخل...

هتف بكلمته الأخيرة داعياً الطارق إلى الدخول ففُتح الباب لأراها للمرة الأولى وليست الأخيرة دخلت بهدوء كنسمة صيف في يوم حار، ترتدي ثوباً فستقياً يناسب لون عينيها جعل لهما بريقاً أكثر لمعاناً وجاذبية، وقد عقصت شعرها للخلف فبدت أقرب لطالبة جامعية، وبهدوء أحنت رأسها تحية لد. حاتم الذي أشار لها بالجلوس فجلست وهي ترمقني بنظرات خفية متسائلة - بالتأكيد - عن شأني وسبب استدعاءها.

انطباعي؟ حقا لا أعلم كيف أصفه لك، وجهها المستدير وعيونها الواسعة الفستقية، بشرتها البيضاء اللامعة فبدا وجهها كالبدر بين الظلمات، كيف يمكن أن أصف انطباعي، حسنا كنت مصعوقاً مذهولاً مأخوذاً بجمالها.

شعر د. حاتم بالخجل من نظراتي المثبتة على وجهها مما أصابها بالحرج فقال جاذباً الأنظار إليه منتزعاً إياي من شرودي:

- لعلك تعرفت على د. ليلى من قبل أن لها فترة منتدبة لدى جامعتنا من جامعة السويس بديلاً للراحل د. محمود الغيطي.

- في الحقيقة سمعت عنها الكثير من الطلبة ولكننا لم نلتقِ من قبل إلا اليوم ربما لاختلاف مواعيد محاضراتنا تشرفنا د. ليلى.

أشار د. حاتم إلى شخصي المتواضع فشعرت برهبة ووضاعة في نفسي لا مبرر لها إلا صغر شهادتي ومنصبي أمامهما فغصت في مقعدي وهو يقول معرفاً:

- ولدي وربيبي سعيد فرج، من خير من أنجبت هذه الجامعة معيد بالكلية بقسم (....).

- تشرفنا.

نطقت كلمتها في رقة شديدة آسرة قبل أن تحول نظرها لد. حاتم قائلة:

- خيراً يا دكتور؟ لماذا استدعيتني؟

- في الحقيقة هو خير بإذن الله.

وجه نظره إلى شخصي قائلاً:

- د. ليلى بجوار عملها كأستاذ جامعي تدير أحد منازل رعاية الأيتام ولقد افتتحت منذ فترة فرعاً جديداً لها بالقاهرة وقد تشرفت بزيارته منذ فترة وهو أية في التنظيم والرقي والأطفال هناك يلقون أفضل معاملة بارك الله في مجهودها وعملها وجعله الله في ميزان حسناتها.

وصلت الرسالة إلى ذهني كاملة، شعرت بالتوتر يجتاحني، ما الذي تورطني فيه يا د. حاتم، جئتك مستنجداً بحكمتك لتضعني في هذا الموقف وأنا لم أحسم بعد قراري، لم أفز بمباركة مريم، لم أستعد مادياً ولا نفسياً لاستقبال هذا الصغير!

شعر د. حاتم على الفور بتوتري فقال بهدوء متغاضياً عن صمتي غير المبرر وعدم الرد على عبارته بأي من عبارات المجاملة لد. ليلى وقال موجها الكلام إلى د. ليلى:

- الأمر يا دكتور أن سعيد يرغب حقا في زيارة للدار ورأيت أن من الحكمة أن نعلمك بالأمر قبل الزيارة بفترة كافية وربما تزيدينا من المعلومات حول نشاطات الدار ما رأيك؟

- سيكون ذلك من دواعي سروري بالطبع، أن الأطفال هناك سيكون مسرورين بالطبع بهذه الزيارة وهذا الاهتمام.

ابتسمت لها مجاملاً وأنا أشعر أن قدمي تنزلقان لفخ د. حاتم، من قال إني أرغب في الزيارة؟ وكيف أقنع مريم أنها فكرة د. حاتم وليس الأمر من تدبيري؟ بالطبع ستظن أنني أتحايل عليها وأحاول التأثير على مشاعرها بهذه الزيارة.

بدأت د. ليلى الكلام وتركيزي منعدم تماماً، عقلي تائه في تصور المواجهة بيني وبين مريم عندما أعود للمنزل كان تركيز د. ليلى منصباً على وجهي وكأنها تقرأ خلجات روحي وهي تقول:

- إن الدار قائمة على التبرعات وبعض المساهمات من رجال الأعمال والدعم الحكومي للجمعيات الأهلية، لكن الدخل حالياً لا يكفي قطعاً لكل ما أتمنى أن أحققه من خلال الدار، هذا يجبرنا على استقبال أعداد محدودة من الأطفال نستطيع من خلال التمويل المتاح رعايتهم الرعاية الصحيحة، تتولى الدار رعاية الأطفال من الولادة وحتى سن الثامنة عشر فقط فتوفر لهم المأوى والرعاية الصحية، كما تكفل لهم تعليم مناسب للمرحلة

العمرية، وبالطبع البحث عن عائلات مناسبة تكفلهم إذا أتيحت لهم تلك الفرصة، وهي عائلات يتم التدقيق بشدة في طلباتهم لكفالة الأيتام، فإذا لم يصادف الصغار الحظ في مثل ذلك فإنهم يستمرون في الدار حتى يصلون إلى السن القانوني ليتحمل كل منهم مسئولية نفسه.

- ولكن سن الثامنة عشر لا يكفي لخروج الفتى أو الفتاة إلى الحياة العامة وخصوصا الفتيات.

جاءت هذه العبارة من د. حاتم فانتبهت بعد غياب، من الصعب التركيز في كل هذا الكلام حين يأتي من امرأة بهذه الفتنة ليستقبله عقل بهذا الشرود.

ظهر الحزن على وجه د. ليلى وهي تجيب د. حاتم قائلة:

- في الحقيقة هذا هو السن القانوني ولا نملك التعديل فيه، ولكن من خلال الدار هناك خطة موضوعة أن نقوم بالبحث عن أعمال تناسب الذين وصلوا إلى السن القانوني من الشباب وتوفير مأوى لهم خارج الدار حتى يستطيعوا الاعتماد على أنفسهم ومساعدة الفتيات في مثل ذلك وحتى مساعدتهن في ترتيب زفافهن إذا حدث وتقدم إحداهم لخطبتهن وهناك خطة أخرى لتدريب الأطفال من خلال ورش عمل على صناعات مختلفة

يكون العائد منها مناصفة بين الدار والطفل يودع نصيبه منها في حساب باسمه يستفيد منه عندما يصل إلى السن القانوني ولكن نقص التمويل يقف عائقاً أمام تنفيذ أي من هذه الخطط.

صمتت قليلاً ثم استطردت:

- على كل حال لم يصل أكبر الأطفال لهذا السن بعد مازال أمامنا شوطاً طويلاً قبل أن نواجه هذا الأمر وإن كنت أجزم أن العثور على أسرة تكفل حياة كريمة لليتيم هو أفضل الحلول وأكثرها أمناً على مستقبل الطفل وهو أهم وأكبر مهمة للدار.

نظر لي د. حاتم نظرة خاصة قبل أن يقول:

- عظيم أنها معلومات قيمة حقاً، ما الوقت الذي ترينه مناسباً للزيارة؟

- أي وقت سيكون مناسباً ولكني أفضل أن يكون يوم الجمعة حتى يتسنى لي استقبالكما في الدار بنفسي.

- حسناً اتفقنا سنعلمك بساعة قدومنا بالضبط إن شاء الله فور ترتيب أنفسنا والاستعداد لذلك.

نهضت د. ليلى وبابتسامة لطيفة مدت يدها لتصافحني فلم أستطع مواجهة عينيها الفاتنتين فغضضت بصري إلى كفها

الممدود وصافحتها برفق فلمحت شيئا داكنا على معصمها لم أتبينه تماما، بدا كشامة صغيرة أو وشم ما ولكنى لم ألتفت إلى الأمر كثيراً، يكفيني ما أنا فيه من مشاكل، في حين سمعت شهقة خافتة أفلتت من بين شفتي د. حاتم ولكني لم أرفع عيني لأتبين ما هنالك فقد كنت غارقا في محاولة تمالك نفسي، استأذنت د. ليلي من د. حاتم في الانصراف فأذن لها وفي عينية نظرة عجيبة وما أن خرجت من المكتب حتى التفت إلي في لهفة وهو يقفز من خلف مكتبه في حماس مفاجئ قائلاً:

- هل رأيت هذا؟ قل لي إنك رأيته، كانت لمحة خاطفة ولكني رأيتها بوضوح هذه المرة، وهي تصافحك انحسر الثوب عن معصمها، هل رأيت ذلك؟

تطلعت إليه في حيرة وضيق محاولاً فهم ما يتحدث عنه ولما عجزت عن ذلك هتفت في قهر:

- لا أرى إلا أنك قمت بتوريطي في هذه الزيارة دون أن تأخذ رأي أو مشورة، ستظن مريم الأن أني أحاول التأثير على مشاعرها، وسيزيد هذا من الأزمة بيننا.

لوح د. حاتم بذراعه في ضيق من بطأ فهمي وهتف قائلاً:

- ليس هذا يا أحمق، حسنا دع أمر مريم لي سأتحدث معها مطولاً فيما بعد، ولكن قل لي هل لمحت معصمها؟

- مريم؟

- ليلي يا رجل ماذا أصابك؟

ليس هذا وقت الحديث عن الصفات الجميلة أو القبيحة في معصم هذه المرأة يا د. حاتم! تنهدت في ضيق قائلاً:

- أنه وشم غريب حقا ولكني قد رأيت ما هو أعجب منه مراراً، في الحقيقة لا أراه غريبا إلى هذا الحد.

- حسنا لا أعلم كيف نسيت البحث عنه، ربما كان لا شيء على كل حال، مجرد وشم ظريف لا أكثر، اذهب الأن سأتحدث مع مريم فيما بعد.

نهضت محيياً إياه وانصرفت عائدا إلى الدار التي صرت أخشى العودة إليها بعد ما حدث، لم تكن مريم بالدار لدى عودتي وتذكرت أنها أخبرتني أنها ستذهب لشراء بعض المتطلبات الخاصة بالمنزل، فقررت أن أعد وجبة الغداء بنفسي كمحاولة لتصفية الأجواء بيننا فصنعت بعض المعكرونة وكرات اللحم وهي الوجبة الوحيدة التي أجيد صنعها رغم السنوات التي قضيتها وحيداً أعتني بنفسي وما أن انتهيت حتى وصلت مريم مجهدة تحمل الكثير من الحقائب كنت أعلم أنها تروح عن نفسها بهذه الجولة الشرائية ولن قلبي انقبض للحظة مع مرأى عدد الحقائب التي عادت بها.

ما أن دخلت مريم حتى أثنت على رائحة الطعام وكانت تبدوا منشرحة الصدر فلم أرد أن أفسد يومها بالحديث عما جرى بمكتب د. حاتم.

استقبلتها بوجه بشوش وقبلتها قبلة سريعة على وجنتها وأنا أتفاخر بالغداء الذي أعددته في فخر وتبادلنا بعض العبارات المرحة وكانت سعيدة بما جلبت معها فشرعت تخرج مشترياتها وتريني إياها قطعة قطعة مع شرح مفصل لها أستغرق منها بعض الوقت وأنا أبتسم في بلاهة مُبدياً الفهم والإعجاب لما أحضرت حتى انتهت فأثنيت على ذوقها الرفيع حقا لا مجاملة وأنا سعيد فعلا بابتسامتها التي عادت إلى محياها رغم الألم الذي شعرت به يغزو عضلة القلب وهي تخبرني بأسعار مشترياتها.

يا الله كيف أخبرها بما جرى في مكتب د. حاتم !!

استعذت بالله من الشيطان الرجيم وبدأت أعد المائدة على عجل عندما دق جرس الهاتف فأسرعت ارفع السماعة بيد وطبق المعكرونة بيدي الأخرى فمريم بالداخل تبدل ملابسها استعدادا للغداء وان المتحدث هو د. حاتم بنفسه الذي ابتدرني على الفور ما أن سمع صوتي المتسائل عن المتصل قائلا:

- أنت في المنزل؟ جيد، أرجو أن تفتح الباب لي فالأمر عاجل، هيا أنا أمام الباب.

وقبل أن أتساءل عن سر اتصاله لفتح الباب عوضا عن دق الجرس حتى ارتفع صوت جرس الباب بالفعل منهيا تتساؤلي فأسرعت أحمل طبق المعكرونة اللعين الذي لا أجد فسحة من الوقت تسمح لي بوضعه على المائدة وفتحت الباب لأفاجئ بـد. حاتم يندفع إلى الداخل يحمل بعض المجلدات الضخمة وهو يهتف في لهفة وحماس:

- هيا يا فتى أمامنا الكثير من العمل.

لم تكن زيارته الأولى للمكان بالطبع، في الحقيقة كانت الزيارة الثانية! وهو ما جعل تصرفه غير مستساغ عندما القى مراجعه على مائدة الطعام التي أعددتها في صبر قبل أن ينحي الطعام كله جانبا وهو يشير لي بالجلوس.

لا بأس فلقد فسدت شهيتي بالفعل مع كل هذا التوتر الذي أصابني به د. حاتم ولا أعتقد أن أستطيع ابتلاع معلقة واحدة الأن من هذه المعكرونة اللذيذة.

خرجت مريم من الغرفة مرحبة بـد. حاتم وهيا تخفي دهشتها وتحكم ربط الروب المنزلي فوق بيجامتها الحريرية بارتباك، فقال لها د. حاتم:

- أجلسي يا مريم فالموضوع خطير وأحتاج لطاقتكما معا في هذا الأمر.

جلست مريم وهي ترمقني في غضب امتزج بعتاب خفي وكأنها المسكينة خمنت أن هذه الزيارة بخصوص خلافنا السابق ولم تكن مخطئة في ظني كثيرا فلما قد يزورنا د. حاتم بهذا الشكل إلا لهذا رغم أن حماسه لحل مشاكلنا الأسرية والإنجابية لا تستلزم كل هذا الحماس، لقد كنت في مكتبه منذ ساعات قليلة فما الذي استجد؟ ولا أعتقد أن خلافي مع مريم ذكر له حلا في هذه المراجع الضخمة التي احتلت مائدتنا حيث كان يجب أن تكون ملئ بالمعكرونة الأن!

انتظرنا أن يبدأ د. حاتم الكلام ولكنه نهض في توتر وشابك كفي يديه خلف ظهره وهو يقطع الغرفة ذهابا وإيابا قبل أن يقول في توتر:

- حقا لا أعلم كيف حدث هذا وما دلالته ولكن الأمر خطير حقا لو صح ما رأيته فنحن أمام كارثة.

تأففت مريم قليلا وقالت:

- د. حاتم لو كان الأمر بخصوصي أنا وسعيد – والذي لابد وانه أخبرك عما حدث-فلا أعتقد أن الأمر يستحق كل هذا التوتر.

- أي خلاف.

وكأنما د. حاتم قد فقد الذاكرة فجأة! وكدت أهتف مذكرا إياه في غيظ، إن كان قد نسى ما ورطني به صباحا فلماذا أقتحم منزلي وحرمني من غدائي بالله عليم؟! ولكنه أستدرك بسرعة قائلا:

- أه هذا الخلاف، لا ليس كذلك، ليس هناك وقت لهذه الخلافات فكثير من الحيوات على المحك.

- ماذا هناك يا دكتور لقد بدأت أشعر بالخوف.

قالتها مريم في توتر معبرة عما بداخلي بالفعل، فعاد د. حاتم إلى جلسته خلف المائدة وتصفح الكتب الثلاث الضخمة، متجاهلا وجوهنا الحانقة وتوترنا البالغ، بحث فيها قليلا عن ضالته وتركها مفتوحة على صفحات معينة قبل أن يلتفت إلى شخصي المتواضع الغارق في الجهالة والغيظ قائلاً:

- كنت متأكدا من أنني رأيت هذا الوشم من قبل، أن الأمور ليست كما تبدوا لنا على الإطلاق، لقد شخت حقا كيف لي أن أنسى أمر هذا الوشم كل هذا الوقت.

سألته بانزعاج حقيقي:

- د. حاتم إن ذهني ليس حاضراً لمثل تلك الألاعيب النفسية أي وشم وأي أمر هذا الذي شككت فيه؟

شرح د. حاتم بسرعة أمر د. ليلى لمريم متجاهلا فكرة الكفالة وشكواي له وإن كنت متأكدا أنها رسمت بذكائها الحاد الصورة كاملة في رأسها وربما أضافت لها الكثير من خيالها.

وكانت كل تعبيرات على وجهها توحي بلا شك أن نهايتي صارت أقرب مما أتصور.

جميلة ... هممم ... من السويس غريب ... أه منتدبة لابد من انها كذلك ... تمتلك دار أيتام حقا؟ صدفة غريبة ... كانت بالصدفة في مكتبك نعم نعم مصادفات كثيرة للغاية ... دعتكم للزيارة؟ ... لابد من ذلك.

جلست كالمذنب أسمع تعليقاتها المفعمة بالسخرية المبطنة وأن أسب وألعن د. حاتم في سري ورغم كل المحاولات التي بذلتها محاولا استنتاج أي لعنة القت به على رؤوسنا في هذا اليوم وتلك الساعة إلا أنني لم أفهم ولم أصل إلى شيء فآثرت الصمت حتى انتهى حديثه إلى مريم وربما أنتهى حديث مريم إلى نفسها قبل أن أقول:

- ماذا هناك يا دكتور أنا لا أفهم شيئا ما علاقة د. مريم بهذه الزيارة وما الذي استجد في هذه الساعات القليلة

نفضت مريم رأسها مستعيدة روح الضيافة قائلة:

- نتكلم على الغداء لقد جئت في الوقت المناسب يا دكتور فسعيد هو من أعد الطعام اليوم.

ثم قالت من بين اسنانها في خفوت:

- وهو يجيد الطهو حقا على غير علمي.

اثارت عبارتها حفيظتي فوضعت طبق المعكرونة الذي اكتشفت في هذه اللحظة فقط أني مازلت أحمله في يدي وقلت في ضيق:

- لا أعتقد أم د. حاتم لديه الوقت لهذا ولا أن أمتلك هذا الصبر فلنرجئ الغداء على ما بعد حديثنا إذا سمح الوقت.

كادت مريم تصر على موقفها ولكن د. حاتم أخرسها قائلا:

- لا وقت لهذا يا مريم أنا لست غريبا والموضوع جد خطير وكما ذكرت هناك حيوات على المحك هنا.

أثارت عبارته تحفزي فنفضت عن ذهني كل ما يشغله وتراجعت في مقعدي قائلاً:

- كلي أذان صاغية

التقط د. حاتم كتاباً من أمامه وتطلع فيه قبل أن يقول:

- ما سأتلوه عليكم الآن هو بعض ما جاء في الكتب القديمة عن أحد أكثر الكيانات المظلمة غموضا وإثارة للجدل.

وبدأ يقرأ مباشرة قائلاً:

- ليليث ... كيان ليلي انثوي، ويشار اليها أيضا باسم ليليتو وليليت سيدة الهواء ربة الريح الجنوبية الحاملة للمرض والخراب، كما عبدت من خلال هذه الأسماء عشتروت، ميليتا، إنيني أو إينانا ووصفت بالبغي المقدسة التي أرسلت من قبل الالهة الام الكبرى كي تغوي الرجال حيث أن جمالها وفتنتها كان طاغيان يخلبان عقول أعتى الرجال وهي الريح الحارة التي تصيب النساء بالحرارة عند الولادة وتقتلهن مع اطفالهن.

- أعرف الأسطورة أنها زوجة الشيطان اليس كذلك.

لم يعرني د. حاتم انتباهاً وهو يواصل القراءة:

- ظهر اسم ليليث في رقم طيني سومري من مدينة الوركاء يعود إلى ٢٠٠٠ سنة قبل الميلاد ويحكي أن إله السماء أمر بإنبات شجرة الصفصاف على ضفاف نهر دجلة في مدينة الوركاء، وبعد أن كبرت الشجرة اتخذ تنينا من جذورها بيتا له، بينما اتخذ طائر مخيف من اغصانها عشأً، ولكن جذع الشجرة نفسها كانت تعيش فيه المرأة الشيطانة ليليث، وعندما سمع جلجامش ملك اورك عن تلك الشجرة حمل درعه

وسيفه وقتل التنين واقتلع الشجرة من جذورها فهربت ليليث إلى البرية، ويبدوا أن جذع شجرة الصفصاف لليليث كالتابوت لمصاصي الدماء.

توقف د. حاتم عن القراءة والتقط كتابا أخر في لهفة بعد ان القى الأول جانبا فقلت في قنوط:

- لا أفهم علاقة كل هذا بما نحن فيه ما الذي أثار موضوع مثل هذا؟

- أنت لا تفهم ليليث هيا موضوعنا الأهم الأن، أنها قضيتنا الجديدة، لا تتخيل سعادتي إن صح توقعي بمقابلة مثل تلك الأسطورة.

- مقابلتها!!

- اسمع فقط حتى أنتهي وستفهم كل شيء.

كانت مريم ملتزمة الصمت تماما وهو ما أتوجس منه خيفة مما جعل تركيزي في واد أخر ولكن د. حاتم فتح الكتاب الذي التقطه وتصفحه قليلا قبل أن يقول في شرود:

- ليليث هي شخصية معروفة أيضا في كتب الزوهار اليهودية تقول الأسطورة أنها الزوجة الأولى لأدم قبل حواء خلقت معه من الأرض ولكنها لم ترضى بسيطرة أدم عليها وكان لها جناحان مكناها من الهرب من الجنة

والزواج من الشيطان فكانت تلد له كل يوم ١٠٠ طفل ولكنها لم تحسب حساب أن يتبعها ثلاث من الملائكة لإرجاعها وهم سينوني و سنسنوني وسامينجيلوف فيجداها على ضفاف البحر الأحمر ولكنها ترفض الرجوع فيتوعدها الملائكة بقتل أطفالها فتحقد على حواء وذريتها وتعدهم بقتل أبناء البشر وهذا يرجع إلى غيرتها من حواء أساسا خاصة أن حواء خلقت من ضلع أدم لتكون بديلا عنها.

قلت في ضيق:

- أنها تخاريف التلمود والكابالا اليهودية سيدنا أدم له زوجة واحدة هي حواء خلقت من ضلعه، لا أولى ولا ثانية.

- أعلم هذا.

ثم التقط كتابا أخر وقرأ فيه:

- الآن أسمع هذه الأسطورة التي تنتمي إلى الفلكلور الأوروبي وربما تمت بصلة لكياننا الغامض سالف الذكر، المستبدلون، هي اسطورة ظهرت في أوروبا الغربية تقول الأسطورة أنه يتم تبديل الأطفال الحقيقيين واحتجازهم تحت الأرض بأطفال مستبدلين من قبل

جنية على شكل إنسان، يقوم هذا الطفل المستبدل بالتغذي على دماء الأم محدثا ندبة في جسدها، يظهر الطفل المستبدل على شكل الطفل الأصلي لكن إذا عكست المرأة وجهه يتحول وجهه إلى اللون الرمادي وله فم بشكل دائرة وأسنان وعيون سوداء.

تفشت هذه الأسطورة في العصور الوسطى والكنيسة ساعدت في ذلك، ظهرت في تلك الفترة عدة حالات من الاستبدال مثل استبدال جون باور عام ١٩١٣.

قلت في نفاذ صبر مقاطعا إياه:

- حسنا إنها مجرد أساطير وتخاريف ليس بينها شيء حقيقي، وهي منتشرة في كل بقاع الأرض، حتى عند العرب قرأت عن جنية في أرض الحجاز أسمها الوقية او الدنجيرة كانت تفعل مثل ذلك من خطف واستبدال، وكانت تتظاهر بالسير ليلا وهي تحمل طفلاً ملفوف لتطلب من الرجل الذي يصادفها أن يحمل عنها حملها متظاهرة بالضعف، وما أن يفعل حتى يبدأ الطفل بالتغير فيستطيل ويكبر حجمه مصيباً الرجل بالذعر فيلقيه ويهرب وسط ضحكات الوقية، ولقد اجتمع عليها

سحرة اليمامة وقتلوها أو طردوها لا أذكر، لماذا تسرد على مسامعي كل هذه الأساطير يا د. حاتم.

أغلق د. حاتم الكتاب قائلاً:

- مالا تعلمه عن الوقية أنه كان يمكن معرفتها من علامة بمعصمها تشبه الوشم وعن طريقها اهتدى إليها سحرة اليمامة بعد نصب الفخاخ لها.

توقف الحديث للحظة دار بذهني أثناءها كل المعلومات التي طرحها على سمعي قبل أن أقول في شرود:

- وشم في المعصم ... من السويس على البحر الأحمر ... ذات جمال فاتن ... تهتم بالأطفال ...

- هربت من زوجها ... وفقدت أطفالها بدون جريرة اقترفتها كما تظن ليليث ...

- وأسمها ليلى

نظرت مريم إلى د. حاتم في فهم وإدراك مفاجئ:

- د. حاتم هل تظن هذا حقاً؟ سيدي هذا لا يمكن أن يكون حقيقة، هذه الصفات ليست جريرة وقد تجتمع في إناث كثيرات بلا حصر، هل تريدنا أن نؤذي امرأة لأنها جميلة ورسمت وشم على معصمها وتهتم بالأطفال؟

فتح د. حاتم الكتاب الذي أغلقه منذ لحظة وأداره إلى جهتي قائلاً:

- ليس قبل أن نتأكد بالطبع، لقد صارت لزيارتك أهمية كبرى يا فتى.

وعلى صفحات الكتاب كان هناك رسم بدائي لوشم على معصم مرسوم بخط اليد.

كان الوشم عبارة عن رقم ٦ مكرر ثلاث مرات على شكل زهرة وهو الرقم المعروف في الثقافة الأوربية برقم الوحش أو رقم الشيطان

وشم يشبه كثيرا وشم د. ليلى.

*****

خيم الصمت على أروقة الدار وتسلل الظلام ليغلف الممرات المتشعبة المهجورة بالمبنى العتيق فبدا موحشاً مخيفاً، وزاد الأمر سوءً بعض المصابيح القليلة الموزعة على مسافات متباعدة أمام عنابر الأطفال بنورها الأصفر العتيق الذي ألقى على الجدران مئات من الظلال المفزعة فتبدل دورها من بث الاطمئنان في نفوس الساهرات من عاملات الدار إلى إشاعة جو مقبض مثير للخيال لأبعد الحدود، وكانت علياء ذات خيال واسع حقاً، خيال يسع المحيط بأكمله، تغذى على أحداث الاختفاء والظهور الأخيرة والجنية التي تخطف الأطفال فنما وتضاعف حتى صار وحشاً يستحيل ترويضه رغم الأذكار الكثيرة التي قرأتها بعد صلاة العشاء لتبعد عن نفسها الشعور بالخوف الذي صار ينتابها كلما تولت وردية الليل في عنبر الأطفال الرضع.

تطلعت علياء في قلق وريبة إلى الممر خارج العنبر ثم الى الأسرة الصغيرة التي صارت الآن ممتلئة عن أخرها بعد العثور على الأطفال المفقودين، كان العثور على هؤلاء الأطفال أحد أسباب توجسها وخوفها، لم تكن خائفة هكذا عندما فقدتهم إلا من العقاب الحتمي على تقصيرها في حمايتهم والحفاظ عليهم،

لكن الآن صارت تخشى من وجودهم ذاته بعد الظروف العجيبة التي عُثر عليهم فيها.

كانت العاملات قد وجدوا الطفل يحي داخل دولاب ضخم مخصص للتبرعات العينية الموجهة لأطفال الدار من أغطية للأسرة وملابس مستعملة تبرع بها أهل الخير للدار.

أرتفع عواء الصبي في صباح اليوم التالي للعثور على الطفل عماد داخل حمام مدام عفاف مديرة الدار، كان الدولاب مغلقاً بمفاتيح في حوزة المشرفة على التبرعات والتي لم تكن قد وصلت الدار بعد في هذا الصباح الباكر مما أضطر العاملات الساهرات لكسر الاقفال لإخراجه وهم في أشد العجب من كيفية دخوله إلى هذا المكان في حين تم توزيع جانب كبير من تلك التبرعات في اليوم السابق دون أن يكون له أي أثر بداخل الدولاب.

أما طارق فقد عُثر عليه في مساء اليوم نفسه في قبو الدار الممتلئ بمخلفات المبنى القديمة عندما تسلل العم جميل عامل النظافة العجوز الذي أعتاد على اقتناص بعض هذه المخلفات والتي قد تصلح للبيع في أسواق الخردة كمحاولة منه لتدبير دخل إضافي وأثناء بحثه عما يصلح للبيع عثر على الصغير

نائماً تحت بعض الأغطية القديمة الملقاة في إهمال في أحد الأركان.

كان العثور على الطفل طارق وبالا على عم جميل إذ اضطر إلى تفسير سبب تواجده بالمكان ولم تكن مدام عفاف لتتسامح مع مثل تلك التصرفات وبعد تحقيق أنتهى بفصله دون توجيه اتهام بهذا الشأن رأفة به وبسنه الكبير وبعد أن هدئت الأجواء بالعثور على الصغار المختفين بدأت الأسئلة بالظهور وبدأت النظريات تحاك سواء بين العاملات أو الأطفال وصولا لمدام عفاف التي شهدت أحد حالات الظهور المفاجئ بنفسها.

كيف بقي الأطفال كل هذه الفترة التي تتجاوز الستة أيام دون رعاية أو طعام؟

كيف ظهر الأطفال بهذه الكيفية الغامضة داخل أماكن مغلقة بطبيعتها وبالفعل تم تفتيشها من قبل أثناء البحث عن الأطفال؟ ولماذا تواكبت هذه الأحداث مع وصول د. ليلى وإصرارها على فتح عنبر الرضع بالذات والذي شهد كل هذه الأحداث؟

بل كيف اختفى الأطفال أساسا؟

ربما نسب الإهمال إلى علياء بالنسبة للطفل الأول ولكن بعد النظام الذي وضعته مدام عفاف صار من الصعب بل من

المستحيل دخول العنبر واختطاف أحد الأطفال دون أن تلاحظ العاملة الساهرة بالعنبر على رعايتهم.

تنهدت علياء في عمق ونهضت في هدوء حذر وأغلقت باب العنبر حتى ترحم عقلها من التفكير في هذه الظلال المتحركة المخيفة وعادت إلى موضعها الأول لتجلس على مقعد مريح خصص لجلسة السهر الطويلة أمام الأسرة، وهو النظام الذي أصرت عليه مدام عفاف بعد الأحداث الأخيرة ضاربة براحة العاملات عرض الحائط في سبيل الاطمئنان على سلامة الأطفال.

كان الجو دافئاً داخل العنبر عكس الممرات الباردة بالخارج وتضافر الدفأ مع الصمت العام إلا من أصوات الشارع الضعيفة الآتية من بعيد لمرور أحد السيارات وخاصة سيارات النقل الثقيل التي تستغل الليل لنقل حمولاتها هربا من نقاط المرور والحظر القائم على استخدامها للكثير من الشوارع الرئيسية بالعاصمة، مما جعل إبقاء عينيها مفتوحتين يحتاج إلى إرادة حديدية لا تملكها ولا تدعيها.

نهضت علياء محاولة طرد ثمالة السهر من رأسها ومرت بين الأسرة تطمئن على الرضع النائمون في صمت ملائكي وما أن انتهت حتى زفرت في ضيق وقد اشعرها الملل برغبة عارمة

في إيقاظ الأطفال جميعا لعل أصواتهم وبكائهم يبدد قليلاً من هذا الصمت الخانق.

استغفرت الله في نفسها وقررت أن تعد كوباً من الشاي الأسود لعله يساعدها على مقاومة السهر بفعالية أكبر فخرجت من العنبر إلى مطبخ الدار غير البعيد وبعد دقائق عادت تحمل ترمساً كبيراً ممتلئ عن أخره بالشاي وقد عقدت العزم إلى إبقاء عينيها مفتوحتين حتى الصباح بأي ثمن وجلست في مقعدها والتقطت أحد الروايات العاطفية التي اعتادت على قراءتها في أمسياتها وبدأت القراءة وهي تشرب مشروبها في بطء، ولكن رغم جهدها المستميت إلا أن النعاس كان له رأيا أخر فما أن تجاوزت الساعة الثالثة صباحاً حتى تلاقى جفنيها بعد طول جفاء رغماً عنها وغاصت في سبات عميق.

وما أن استسلمت علياء للنوم وانتظمت أنفاسها حتى فتح كل من عماد وطارق ويحيى عيونهم في نفس اللحظة وببطء انقلبوا على وجوههم.

كان العنبر مضاء بمصباح واحد خافت ثبت فوق الباب يسمح برؤية ضعيفة نوعاً ولكنها كافية لترى علياء طريقها بين الأسرة دون أن تتعثر أو تسقط وفي نفس الوقت لا يزعج الصغار أو يمنعهم من النوم.

بجوار الباب وأسفل هذا المصباح وضع مقعد العذاب كما تسميه علياء والذي استسلمت فوقه للنوم في هدوء بجوارها منضدة صغيرة أستقر فوقها الترمس الكبير وكوب الشاي الفارغ إلا من ثُمالة بعد أن فشل في تأدية المهمة الوحيدة التي وُكِل بها في إبقائها ساهرة حتى الصباح.

بعد لحظات بدأ الأطفال الثلاثة الزحف ـ رغم عمرهم الذي لا يتجاوز الأسابيع القليلة ـ في بطء ولكن بثبات واتزان حتى وصلوا إلى الحاجز الرأسي المستند على الحائط الخشن، وبمعجزة ما نهض الصغار على أقدامهم ضاربين بكل العلوم الطبية عرض الحائط ممسكين بأعمدة الفراش وعلى الفور بدأ كل منهم التسلق في نشاط عجيب حتى أعتلوا الحاجز العريض بأقدامهم، ولكنهم لم يتوقفوا عند هذا الحد المذهل بالنسبة لقدراتهم المعروفة في هذا السن بل واصلوا الزحف على الحائط الخشن في ثبات ذبابة وثقة عنكبوت محطمين علوماً أخرى فيزيائية وبيولوجية عديدة، وما هي إلا لحظات حتى أستقر بهم المقام على سقف العنبر فتوقفوا قليلاً في وضعهم المقلوب كالخفافيش يتطلعون إلى العنبر شبه المظلم والأطفال الآخرين الذين استسلموا للنوم في هدوء غير مدركين لما يحدث حولهم.

وقع نظر الطفل عماد إلى علياء في موضعها السابق وقد تدلى ذراعها بجوارها واستغرقت في نومٍ عميق فنظر إلى رفاقه للحظة ثم بهدوء حذر زحف على السقف في اتجاه علياء يتبعه كل من رفيقيه وما أن أستقر كل منهم فوق الموضع الذي اختاره حتى حدث ما فاق كل ما سبق من معجزات.

ما أن أستقر كل شيطان صغير في الموضع الذي اختاره حتى نهض على قدميه المتشبثتين بالسقف في هدوء وكأنه يقف على أرض ثابتة لا على السقف مقلوباً رأساً على عقب وببطء استطالت أجسادهم ونحلت وتمددت إلى الأسفل حتى صار الواحد منهم أشبه بثعبان طويل له يدين صغيرتين لا تتناسبان مع حجمه الضخم وقدمين تشبثتا بالسقف في وضعهما السابق ورأس بشرية عجيبة خلت من الشعر وتحول لونها إلى اللون الرمادي يتخلله كثير من الظلال السوداء وبرزت اسنانهم المسننة حتى غادرت أفواههم المستديرة.

واختفت ملامح البراءة الزائفة من الوجوه.

وأقترب الخطر بشدة من علياء ومن الصغار الغافلون.

*****

صرخت علياء في فزع وانتفضت مستيقظة على مقعدها من غفوتها عندما أرتفع صوت دوي كالرعد المتتابع مع احتكاك

معدني رنان صاحب هدير محرك الديزل أثناء مرور أحد سيارات النقل العملاقة في الطريق خارج الدار، ممزقا معه نسيج الصمت الذي غلف المكان.

استعاذت علياء من الشيطان الرجيم وحاولت استعادة رباطة جأشها بعد أن هدأت الأصوات في الخارج ووضعت كفيها على جانبي رأسها وأغلقت عينيها للحظات في محاولة للسيطرة على اعصابها المتوترة، لم يكن الحلم الذي راودها منذ دقائق قليلة قد غادر عقلها بعد، حلم مفزع بحق خلف أثرا سيئاً على نفسيتها حتى بعد أن أدركت أنه حلم، حلم رأت فيها نفسها في صحراء شاسعة ملتهبة الرمال تحت شمس حارقة لم ترأف بها، كادت أن تهتف طالبة العون ولكنها صوتها غاص بحلقها عندما - وكأنما لا يكفي الأمر سوءً - أحاط بها ثلاث من الأفاعي العملاقة، افاعي شيطانية قبيحة لها رؤوس بشعة وأنياب بارزة يقطر منها الدم، لم تكن علياء تخشى الثعابين فلقد تربت في بيئة ريفية تعرف هذا النوع من الآفات، ولكنها أدركت أن هذه الأفاعي كانت مختلفة، رهيبة، ضخمة، بشعة، ولم تكن بحاجة لكثير من التفكير لتسلم علياء أمرها لساقيها، انطلقت تجري بلا توقف رغم صعوبة الجري على الرمال، انطلقت تجري لا تلوي على شيء إلا النجاة من هذا الموقف الرهيب، وكلما نظرت

خلفها وجدت الأفاعي أقرب إليها من ذي قبل، صرخت كما لم تصرخ من قبل، صرخت حتى جف حلقها من الصراخ والحرارة، صرخت حتى تمزقت حنجرتها وأرتجف جسدها في إرهاق ولكنها لم تتوقف، والأفاعي تقترب، والرمال الساخنة أسفل قدميها لا تنتهي، وفجأة شعرت بالألم الحارق يسري في ساقها اليسرى كنصل حاد، فعرفت أن أحد الثعابين نال منها، تأوهت في ألم وأختل توازنها ولكنها لم تسقط ولم تتوقف، لم يظفروا بها بعد، كان في توقفها موت حتمي وهي لن تموت الأن، وفجأة قفزت أحد الأفاعي أمامها فتوقفت علياء في خوف، بهدوء اقتربت منها الافعى وهي منتصبة على جزعها الطويل، تلفتت علياء حولها وهي تتراجع في خوف.

"أين ذهبت الحيّتان الآخرتان"

كادت تصيح وتصرخ في وجهها محاولة إبعادها ولكن حلقها الجاف منعها من ذلك، تعثرت أثناء تراجعها فسقطت أرضاً فوق الرمال في يأس وقد أيقنت من النهاية القريبة واستسلمت لها، والأفعى تفتح فمها عن أخره واقتربت من عنقها وهي تفح فحيحها الأخير، لا لم يكن فحيحاً كان دوي متتابع كالقنابل العنقودية وكان صوت زحفها كاحتكاك الصفائح المعدنية الثقيلة، وصرخت علياء صرخت بكل قوتها والافعى تنقض

انقضاضها الأخير، وفي اللحظة التالية استيقظت علياء لتجد نفسها فوق مقعدها كما هي وصوت السيارة يأتي من الخارج مدوياً.

أستغفرت الله العظيم مرة أخرى والتقطت ترمس الشاي لتصب لنفسها كوباً جديداً يعالج جفاف حلقها الشديد وليساعدها على مواصلة السهر وهي ترنوا بنظرها إلى الأسرة في نظرة خاطفة لتتأكد أن أحد من الأطفال قد أستيقظ على أثر صرخاتها، كان كل شيء بخير لم يستيقظ أحد ولكن... ماذا أصاب الكوب؟ كان الأخير ملطخاً بمادة سوداء لزجة إشمئزت منها علياء بشدة فالتقطت الكوب بأطراف أناملها وهمت بالنهوض لغسله ـأو التخلص منه لو صادفت سلة القمامة أولا ـوهي تتلفت حولها باحثة عن مصدر تلك القذارة التي علقت به عندما أفلتت منها أهة ألم لم تستطع كبحها، ألم حارق غزا ساقها اليسرى من فوق كعبها وحتى ركبتها.

تحسست ساقها في قلق مستكشفة مصابها، متى أصابها هذا التورم ولماذا حرارتها مرتفعة هكذا، وضعت باطن كفها المفتوح على جبهتها ولكن حرارتها كانت عادية بل تكاد تكون منخفضة وقد تجمع عرق بارد على جبهتها!

لم تفهم علياء أن جسدها في حالة صدمة أدت لانخفاض حرارتها! تحسست ساقها مرة أخرى في الإضاءة الضعيفة التي منحها لها المصباح الصغير المعلق فوقها، لا شك أن ساقها متورمة ولكن التورم أعلى كعبها أكثر بروزا، شعرت بالدوار يغزوا عقلها فنهضت على ساقها السليمة وسارت خطوات قليلة تجاه الباب متحاملة على الألم ولكن الضباب تكاثف أمام عينيها وفي اللحظة التالية هوى الكوب من بين أصابعها على الأرض في دوي هائل أفزع كل من كان نائماً أو مستيقظاً في الدار وقد ساهم الهدوء العام في تضخيمه بشدة فبلغ كل ركن فيها، قبل أن تهوى علياء فوق الزجاج المحطم وقد فقدت الوعي تماما.

ربما للمرة الأخيرة

****

"ماذا تعني أن الجثة اختفت يا هذا؟"

هتف كمال بالعبارة السابقة في غضب شديد وهو يحادث شخصا ما على الهاتف قبل أن يصرخ في ثورة مفاجأة:

- هذا تهريج، كيف تختفي جثة المجني عليها في جريمة قتل من المشرحة بدون أن يشعر أحد، لا أحد يخرج أو يدخل المكان حتى آتي إليك، مجموعة من المهرجين ناقصي الأهلية أنتم، سيزج بكم جميعا إلى السجن إذا لم يعثر على تلك الجثة في ظرف ساعات قليلة، سحقاً.

وأغلق الهاتف بعنف قبل أن يلتقط سترته ويندفع في ثورة خارج غرفته بمبنى النيابات فتبعه على الفور أمين السر وقد أدرك أن الأمر جلل، وبعد نصف الساعة توقفت السيارة أمام مبنى مشرحة زينهم وترجل منها كمال على الفور وهو ينظر إلى سيارتي شرطة قد توقفتا بالفعل أمام المبني قبل وصوله بدقائق ثم أندفع بوجه قد من صخر وغضب عارم تأجج في صدره مع كل خطوة يخطوها يتبعه أمين سر النيابة كظله، أقتحم المكان كالإعصار فأقترب منه أحد ضباط الشرطة وهو يرسم على وجهه ابتسامة زائفة مداهنة قائلاً:

- أهلا كمال بيه، عاش من شافك.

تلفت كمال حوله دون أن يرد تحية الضابط المداهن وتطلع إلى المكان وقد ساده الفوضى وأختلط فيه الحابل بالنابل والكل يجري في كل مكان قبل أن يقترب منهم د. محمد ثابت نائب رئيس مصلحة الطب الشرعي بخطوات سريعة وهو يهتف:

- كارثة يا كمال بيه، مصيبة وحلت علينا، ما العمل يا كمال بيه؟

هتف كمال في عصبية قائلاً:

- كف عن الولولة وأخبرني ماذا حدث بالضبط.

- اختفت يا كمال بيه دون أثر، لقد بحثنا في كل ركن من المشرحة واستجوبنا القائمين على الثلاجة وأمن البوابات والعاملين جميعا، لم يبقى إلى أن نسئل القاطنين حول المشرحة والعابرون في الطرقات، لقد ضاعت سنوات عمري التي قضيتها بين هذه الجدران بسبب تلك الجثة اللعينة، حادث تافه كهذا كفيل بتدمير تاريخي كله.

نظر إليه كمال في عصبية وضيق شديد:

- حادث تافه! هذه الجثة هي لدكتورة بالجامعة ومديرة جمعية خيرية كبيرة وصاحبة دار لرعاية الأيتام فروعها منتشرة في أنحاء الجمهورية ومجني عليها

بجريمة قتل وحشية، هذا ليس حادثا تافها يا دكتور بل كارثة ضخمة بكل المقاييس.

تراجع د. محمد أمام العصبية واللهجة التي تكلم بها كمال فأشار الأخير إلى الضابط قائلاً:

- هيا أرني المكان وكما ذكرت لا أحد يغادر المبنى، سأجري تحقيقاً موسعاً مع كل من ولج هذا المبنى منذ أمس وحتى هذه اللحظة.

أسرع الضابط أمامه يفسح الطريق وهو يلقي بالتعليمات على رجاله يمينا ويسارا حتى وصلوا جميعا إلى المشرحة.

مكان فسيح تراصت فيه بعض الموائد المعدنية الطويلة ذات الأرجل المرتفعة المخصصة للتشريح واحتلت ثلاجات الموتى الجدار الشرقي بكامله أشار إليها الضابط قائلاً:

- ها هنا يا كمال بيه.

ثم أشار إلى أحد رجال المعمل الجنائي يرتدي البالطو الأبيض الخاص بالأطباء والقفازات الجراحية فأقترب من أحد أدراج ثلاجة الجثث وفتحه ليخرج الدرج بكامله وأمام عيني كمال كان الدرج فارغ تماما ولا أثر فيه لجثة د. ليلى فقط الملاءة التي كانت تغطيها على وضعها مفرودة في كامل الدرج.

زفر كمال في ضيق قبل أن يسأل الواقفين من حوله قائلاً:

- هل أنتم متأكدون أن هذا أخر مكان تواجدت فيه جثة المجني عليها؟ لم يتم نقلها إلى مكان أخر، لم تختلط بجثة أخرى، لم توضع في درج أخر مثلاً.

أجابه طبيب شاب وقف بجوار أدراج الثلاجات يرتعد من الخوف وربما من البرد الذي غلف المكان قائلاً في قنوط:

- لقد وضعتها بيدي في هذا الدرج ولم يقترب أحد من الدرج من بعد تحقيق النيابة وفحص الجثة وكنا في انتظار تصريح الدفن وظهور أحد من أهلها لاستلام الجثمان، واليوم بالصدفة كنت أقوم بجرد سريع على عهدة المشرحة عندما اكتشفت اختفاء جثتها وعلى الفور فحصت الأدراج كلها وفتشت المشرحة جيدا ولا أثر لها، حتى الملاءة التي كانت تغطيها لم تزاح من مكانها وكأنها تلاشت من تحتها.

نظر كمال إلى الشاب بعين فاحصة خبيرة محاولا استكشاف الصدق من الكذب في حديثه ولكن الفتى بدا له مهزوزا خائفا بشدة تعجزه حتما عن اختلاق حديث كهذا أو الاشتراك في جريمة كهذه تحتاج أكثر ما تحتاج لثبات الأعصاب فسأله في اهتمام:

- ومن أنت بالضبط؟

- د. محمد عبد الرسول ... مسئول المشرحة

نظر إلى أمين السر نظرة سريعة وهو يقول:

- أفتح محضر يا حسين ... تفضل معي يا دكتور.

أتجه كمال إلى مكتب صغير مخصص لمسئولي المشرحة وضع في غرفة صغيرة خارج قاعة المشرحة وجلس خلفه مشيراً إلى مقعد معدني فُقدت وسادته وقال:

- أجلس قليلا لنتحدث يا دكتور

كاد د. محمد ثابت والضابط أن يتبعاهما إلى الداخل ولكن كمال رفع عقيرته هاتفا في حسين أمين سر النيابة فور دخوله الغرفة خلفهما:

- أغلق الباب يا حسين.

بالفعل أغلق حسين الباب وجلس على مقعد جانبي وبدأ الديباجة المعهودة في حين تطلع كمال إلى د. محمد عبد الرسول في خبرة محاولا سبر أغواره قبل أن يقول له وفي نفس الوقت يشير إلى حسين بالامتناع عن تسجيل ما سيقال تاليا:

- أسمع يا د. محمد أنا لا أتهمك بشيء، ولكن يجب أن تكون صريحا معي، ولا تخشى شيئا، كل ما ستخبرني به لن يغادر هذه الغرفة، أريدك أن تكون هادئاً، لا

داعي للقلق، أخبرني الآن كل ما تعرف عن هذه الجثة المختفية، وسأصيغ أنا المحضر بشكل لا يمسك بسوء.

لم يكن كمال صادقا تماما في حديثه التحفيزي ففي النهاية تقع المسئولية كاملة على مسئول المشرحة في هذا الأمر ولكنه أثر إخفاء هذه المعلومة مؤقتاً حتى يستحث د. محمد على الكلام دون خوف.

بالفعل بدء الهدوء يغزو عقل د. محمد طارداً كثيراً من التوتر الذي ولده الموقف وقد ظن أنه قد وجد حليفاً إلى جانبه في تلك اللحظات العصيبة فقال:

- أنا حقا لا أعلم شيئاً عما حدث أكثر مما ذكرته قبل قليل صدقني، لم يقترب أحد من هذا الدرج طوال الفترة الماضية التي تلت فحص النيابة للجثة، لم يتقدم أحد من أهلها لطلبها أو السؤال عنها، لم يفحصها أحد من البحث الجنائي ولم تطلب النيابة أي تقرير جديدة عنها، ولولا أنني أقدمت على هذا الجرد البسيط ما أكتشف أحد غيابها إلا عند استخراج تصريح الدفن.

تنهد كمال وتراجع في مقعده قائلاً:

- أنت لا تساعدني بهذا الشكل، طبقا لكلامك فأنت المسئول الوحيد عن هذا الحادث، فبشهادتك تلك قمت

بتبرئة كل من يتطرق إليهم الشك في ضلوعهم في اختفاء الجثة، حسناً كم عمرك يا د. محمد؟

أعادت كلمات كمال الكثير من التوتر إلى صوت د. محمد فقال في تردد:

- أنا في الثالثة والعشرون، تخرجت منذ عام واحد فقط وجاء توزيعي في مشرحة زينهم.

- ومنذ متى تسلمت عملك؟

- شهور قليلة لا أذكر بالضبط ولكن يمكن الرجوع إلى الشئون الإدارية فأوراق تعييني لديهم قطعاً.

- ومن غيرك يعمل في المشرحة؟

- هناك عاملين وهناك د. عبد الباقي.

تنهد كمال قائلاً:

- حسنا هذه معلومة جيدة أي إنك لست الوحيد القادر على بلوغ الجثة وأين د. عبد الباقي هذا؟

كادت الدموع تطفر من عيني د. محمد وهو يجيب بصوت مختنق:

- إنه في إجازة سنوية قام بها قبل أن ترد الجثة إلينا.

زفر كمال في حنق وهب واقفاً وهو يهتف به:

- لن أستطيع مساعدتك بهذه الطريقة أنت لا تترك لي حلاً إلا بتقديمك كبش فداء لحل لغز هذه الجريمة.

سالت دموع د. محمد بغزارة وهتف من بين دموعه:

- صدقني أنا لم أفعل شيئاً، كل ما أتمناه أن تمضي أيام تكليفي هنا على خير دون مشاكل، أنا لا أفتعل أي نزاعات أو مشاكل، لا أصطدم مع أي من رؤسائي، أطيع الأوامر بدقة، صدقني لا أعرف كيف حدث ما حدث.

زفر كمال وجاب الغرفة للحظة مفكراً قبل أن يقول:

- حسنا وأين العاملين الذين ذكرتهما قبل قليل؟

- أحدهما نهاري موجود بالخارج أسمه عم عطية، والثاني يتولى النوبة الليلية ويدعى عم سيد.

برقت عيني كمال وهو يقول شارداً:

- الليل! بالطبع لابد أن الجثة خرجت ليلاً

عاد إلى الجلوس خلف المكتب وأشارد إلى د. محمد بالانصراف قائلاً:

- حسناً يا د. محمد أنتظر بالخارج وحذار من المغادرة قبل أن أسمح لك بذلك وأرسل إلي د. محمد ثابت.

استغرق الأمر دقيقة أملى فيها على حسين ملخص الحوار الذي دار بينه وبين د. محمد عبد الرسول ووقع عليه د. محمد قبل أن يغادر الغرفة وعلى الفور دخل كل من الضابط ود. محمد ثابت الذي جلس على الفور دون استأذن على نفس المقعد الذي شغله منذ قليل د. محمد عبد الرسول في حين ظل الضابط واقفا مع افتقار الغرفة إلى مقعد إضافي وابتدر د. محمد ثابت الحديث قائلاً:

- هيه ... لا أظنك حصلت منه على شيء أليس كذلك إنه فتى طيب، ومن الخسارة أن يضيع مستقبله بهذا الشكل.

تراجع كمال في مقعده وقد أدرك بحدثه إنه أمام عرضاً غامضاً سيفاجئه به د. محمد ثابت فقال محاولاً مد أمد اللعبة قليلاً:

- وما يدريك لعله أدلى باعتراف تفصيلي على إحداهم، ما الذي حملك على هذا الظن يا دكتور.

أطلت نظرة غريبة من عيني الضابط في حين أشاح د. محمد ثابت بوجهه مستنكراً وقال:

- لا شيء بالطبع ولكنها خبرتي التي بنيتها عبر سنوات عمري، إنه فتى غض أخضر، لن ينخرط في مثل ذلك الأمر، لا ريب أن الأخطاء تحدث، وأكاد أقطع بأن هذه المرأة الأن مدفونة بأحد المقابر بعدما أختلط الأمر على

هذا الغرير فسلمها مكان جثة أخرى، بالتأكيد هذا ما حدث.

- ومـاذا ترى يا د. محمد؟

- الأمر يرجع إليكم بالطبع، ولكن لو كان واحدا أخر مكان هذا الغلام لعرف كيف يتصرف حتماً.

- يتصرف في ماذا؟ هذا موقف لا حل له إلا العثور على الجثة، أو تقديم الدكتور محمد عبد الرسول متهما بتبديد عهدته وضياع الجثة.

- إن الجثث هي الجثث، لا فضل لإحداهما على الأخرى، في النهاية ستسوى جميعا بالتراب، والقبر لا يعرف الفرق بين جثة وأخرى.

ظهر الاهتمام على وجه كمال وانحنى إلى الأمام قائلاً:

- ماذا تقصد يا د. محمد أفصح من فضلك.

نظر د. محمد ثابت إلى أمين السر في قلق أنتبه له كمال فقال:

- حسنا لابد أنك لم تدخن منذ خرجنا من النيابة يا حسين، أذهب لتدخين أحد سجائرك ولا تبتعد كثيراً عن الباب.

نهض حسين ولملم أوراقه وانحنى للموجودين انحناءة بسيطة وقد جاءه الخلاص فقد كان يتوق فعلا لتدخين سيجارة وقد بدء يشعر بنقص النيكوتين في دماءه.

ما أن خرج حسين حتى أقترب د. محمد ثابت بوجهه من كمال وقال في خبث شديد:

- هذه القضية كما علمت هامة جداً ولم يُعثر على القاتل بعد أليس كذلك؟ خبر مثل فقد الجثة يسيء لموقف النيابة ويصعب من مهمة العثور على القاتل كما أنه لا يوجد محكمة تدين قاتل بدون جثة.

تراجع كمال في كرسيه والضابط ينحني على المكتب قائلاً:

- الحقيقة هذا الخبر إذا أنتشر لن يترك جهة دون الإساءة إليها، فمن جهة عدم العثور على السارق يسيء لجهاز الشرطة وللنيابة بعد تولي سيادتكم التحقيق بالفعل.

أكمل د. محمد ثابت من حيث أنتهى الضابط قائلاً:

- ولا يخفى عليك الضرر الواقع على مصلحة الطب الشرعي ككل وعلى مشرحة زينهم خاصة عنما يعلم الأهالي أن جثث ذويهم تسرق من ثلاجات الموتى، وكل هذا بسبب خطأ بسيط من دكتور حديث التعيين بدل جثة مكان جثة.

نهض كمال في توتر وجال في الغرفة الضيقة للحظة قبل أن يقول:

- لا أفهم مغزى حديثكم هذا، ما الذي يدور في أذهانكم بالضبط.

قال الضابط:

- الحق أن المسئولية كلها تقع في النهاية على د. محمد عبد الرسول، شاب في مقتبل عمره ستتسابق كل الجهات لتحميله كل المسئولية ودفع الضرر عنها وربما توقيع أقصى العقوبات عليه لإرضاء الأهالي والقيادات.

التقط د. محمد ثابت الخيط فأكمل قائلاً:

- ولا أظنك ترضي أن يتحمل هذا الفتي كل هذا فيضيع مستقبله ويوصم للأبد وربما يسجن.

- هناك احتمال أن تكون الجثة سرقت ليلا أثناء وجود العامل سيد هذا، يجب أن أستجوبه بنفسي.

قال الضابط في استهزاء:

- ربما ... وما الدليل إذا أنكر؟ لقد بحثنا في كل مكان عن أي خيط يقودنا للحل بلا جدوى، في النهاية سنعود لنفس النقطة، ومن ذا الذي يترك الجثث مجهولة الهوية التي ترد إلى المشرحة ويسرق جثة بهذه الأهمية

والخطورة؟؟ وخاصة بعد أن فحصتها النيابة والطب الشرعي بالفعل.

قال د. محمد مؤمناً على كلامه:

- نقيب خالد محق في قوله، لا أقول إن عم سيد طاهر الذيل عفيف النفس، ولكن أثبات الأمر صعب إن لم يكن مستحيل.

- والحل؟

- الموضوع أخذ أكبر من حجمه وصنع شوشرة كبيرة ولا سبيل لتصحيح الأوضاع إلا بالعثور على الجثة!

تنهد كمال وقال بفتور:

- حتى لو استطعنا حصر الحالات التي تم تسليم الجثامين لذويها خلال الفترة الماضية منذ أخر فحص للجثة فالقائمة طويلة ولن نعرف الحقيقة إلا باستخراج الجثث من القبور مرة أخرى وهذا سيخلق حالة من البلبلة والثورة ولن أجد قاضي أو رئيس نيابة يقبل التوقيع على كل هذا العدد من تصاريح استخراج الجثث، هذا مستحيل لن يرضى الأهالي بذلك أبداً.

تراجع د. محمد ثابت في استنكار قائلاً:

- لا لا ... من ذكر أمرا كهذا؟ هذا مستحيل، اننا بهذا نفتعل مشكلة أكبر بكثير ستودي بنا جميعا، أنا لم أقصد ذلك بالطبع.

- أنت من ذكرت أننا يجب أن نعثر على الجثة.

- الجثة موجودة بالفعل بالمشرحة تنتظر أمر سيادتكم.

- أي جثة؟

- جثة د. ليلى بالطبع من تظنني أقصد!

نفض كمال رأسه في يأس قائلاً:

- أنا لا أفهم شيئاً، ما هذا العبث؟ ما الذي تقوله أفصح يا رجل ما هي لعبتك الان؟

تدخل النقيب خالد وجلس على طرف المكتب قائلاً:

- أنا أخبرك يا كمال بيه، حضرتك تعلم جيداً أن جميع الجهات انتهت من فحص الجثة ورفع تقاريرها عنها لا أحد سيطلب هذه الجثة سوى ذويها ولا أحد منهم ظهر حتى اليوم ولم يطالب بها أحد.

- ثم؟؟

- كما قال د. محمد ثابت الجثث تتشابه ومصيرها جميعا التراب وحالة د. ليلى إن لم يظهر لها أهل ستدفن في مقابر الصدقة.

- أكمل وأختصر

- لدينا هنا جثة لفتاة في مثل عمرها مجهولة الهوية وليس لها أوراق، تصريح دفن يصدر من سيادتكم ونضع جثتها مكان جثة د. ليلى وينتهي الأمر.

أنتفض كمال وهب واقفاً:

- أجننت يا رجل أنت تخاطب وكيل نيابة عن ارتكاب جريمة وتريدني أن أشترك في هذا الجرم بنفسي.

- لا يوجد جرم هنا أكبر من الإطاحة بمستقبل هذا الفتى الجالس بالخارج وتلويث سمعة أجهزة الدولة ومؤسساتها.

جز كمال على أسنانه وقال:

- لقد جننت حتماً، أنسيت وظيفتك؟ أنت ضابط شرطة يا هذا، مهمتك حفظ النظام وحماية الأبرياء والقبض على المجرمين.

- وهذا ما افعله بالضبط أنا أحفظ النظام وأحمي شابا بريئاً.

أستدرك د. محمد ثابت في توتر وقد خشي أن يسمعهم أحد أو يرفض كمال بيه مما يضعهما في موقف صعب فقال:

- أما العثور على المجرم فهي مهمة النيابة التي تتولى التحقيق في مقتلها وهو الأمر الأهم، لا يجب أن يكون هذا الحادث معوقا للتحقيق الأساسي، أرجوك يا كمال بيه أدفن هذه المشكلة مع جثمان د. ليلى في قبر واحد وأنهي الأمر، كل شيء بيدك الأن، لقد غامرنا بوظائفنا وسمعتنا من أجل فتى غرير ...

قاطعه كمال قائلاً:

- بل من أجل منصبك حتماً.

- ولكن النتيجة واحدة الكل سيكون بخير لست أنا وحدي من سينجو من الإقالة أرجوك يا كمال بيه.

أشاح كمال بوجهه مفكرا للحظة قبل أن يقول:

- حسنا اذهبا الأن سأفكر في الأمر ولكن أولا أريد أن أرى هذا المدعو سيد أرسل في استدعائه على الفور.

قفز كلا الرجلين واقفاً في حماس وقال النقيب خالد في ظفر:

- وهذا كل ما كنا نرجوه أن تفكر قليلا في الأمر، سأرسل في طلب سيد، نصف الساعة ويكون عندكم.

خرج كلا الرجلين وما إن اختليا ببعضها بغرفة د. محمد ثابت حتى قال الأخير في توتر شديد:

- تراه اقتنع؟

سار النقيب خالد عبر الغرفة في ثقة وجلس على مقعد وثير أمام مكتب ضخم أحتل نصف الغرفة وقال:

- أنا لا أعبث، أنا أعرف كمال بيه من فترة طويلة وأعرف كيف يفكر، أنه يظن نفسه المدافع عن الأبرياء ووكيل المظلومين، ولذلك سيرضخ في النهاية، وإن لم يفعل فلدى من الأسرار ما يكفل ذلك، لا أحد طاهر الذيل تماما إلا الأنبياء.

- على الأقل هو لم يطلب هذا المبلغ الكبير الذي طلبته أنت.

- أنت من يرغب في منصب رئيس المصلحة والمستفيد الأكبر من وأد تلك الفضيحة فلا تتغابى، ما أخذته أنا يضمن لك مستقبلا هادئا بلا فضائح.

- سر جديد يضاف إلى كومة الأسرار لديك اليس كذلك؟

ضحك النقيب خالد بشدة حتى دمعت عيناه ثم هدئ قليلاً فقال:

- من تظنني يا رجل؟ لا بالطبع، ما ذكرته عن كمال بيه لا علاقة له بك، أنت صديقي لن افعل هذا بك أبداً، اطمئن.

ولكن كلمات خالد لم تبث الاطمئنان في قلب د. محمد ثابت بل على العكس زادته قلقا على قلق.

وفي سره لعن د. ليلى وقضيتها.

ولكن عزاءه الوحيد كان أن القضية ستدفن.

إلى الأبد ...

*****

سعيـــــد

كان اليوم صحوا، باردا قليلاً ولكن السماء كانت صافية خالية من السحب، وبدا اليوم مناسبا للنزهة ولكن كان موعدنا مع د. ليلى في أولويات اليوم الذي خططنا ان يكون يوم الإجازة وهو الجمعة بعد الصلاة مباشرة.

تأبطت ذراع مريم بعد أن عاونت حماتي على النزول من السيارة ووقفنا جميعا نتطلع إلى المبنى الجاثم أمامنا.

كان طابع البناء العام إنجليزي التصميم ذو سقوف منحدرة غطي سطحها بألواح من القرميد الأحمر المقوس وزينت النوافذ والأبواب الطويلة بزخارف قوطية بديعة ومرعبة في نفس الوقت، تكونت الفيلا من طابقين فقط ولكنها شغلت مساحة لا بأس بها لتحتل موضعا ما بين الفيلا والقصر، أحاط بها حديقة جميلة معتنى بها جيدا تبلغ ضعف مساحة البناء وكان من المستحيل ألا يلفت انتباهي شجرة الصفصاف العتيقة قرب المدخل بفروعها الضخمة وظلها الكبير والتجويف الغريب في جذعها،

اليوم هو اليوم الذي وعدت فيه د. ليلى بالزيارة في دار رعاية الأيتام لتفقد الأطفال والتقرب منهم وتقديم يد المساعدة إن أمكن،

وكان في نية حماتي قضاء اليوم كله بالدار ولكن كنت قد سبقتها بالاتفاق مع مريم على الانصراف فور الظفر بما جئنا من أجله. وهو مطلب عسير حقا.

من الصعب أن أطلب منها أن تريني معصمها كما أن اللمحات الخاطفة ليست كافية للتأكد، وبالطبع لن أمسك يدها عنوة لأكشف عن معصمها فتفسير هذا التصرف مستحيل خاصة إذ خابت ظنوننا واكتشفت أن الوشم يختلف عن المرسوم في صفحة المرجع التي انتزعتها ودسستها في جيب السترة الذي أرتديها الأن.

لذا كان الأمل كله في حسن تصرف مريم فللنساء مداخلهن ربما تسألها عن الوشم بجرأة لا تتاح لنا نحن معشر الرجال بحجة إنها تريد عمل مثله على سبيل المثال هذا إذا استطاعت مريم التركيز على ما نحن فيه فهي بالتأكيد ستقوم بتشريح د. ليلى من شعر رأسها وحتى أظافر قدميها وربما أستنطقتها بتاريخها وتاريخ عائلتها منذ هبط أبونا أدم على الأرض.

أسرع بواب عجوز في اتجاهنا وهو يلهث بالتحيات وقد خمن الهدف من قدومنا من كم الهدايا الهائل الذي ابتاعته كلا من حماتي وزوجتي والذي سيتسبب قطعا في خراب بيتي قريباً.

حمل البواب العجوز -الذي قدم نفسه على أنه خدامنا حسن في كل ما نطلب ونشتهي-كومة الهدايا بعد أن كدسها فوق بعضها البعض باحترافية تدل على طول خبرته في المكان وتقدمنا إلى الداخل منتحلاً شخصية المرشد السياحي قائلاً:

- سيسعد الأطفال حقا بهذه الهدايا يا هانم، لا يوجد عمل خير أفضل من مسح دمعة اليتيم، تفضلوا من هنا، سيكون لكم ثوابا كبيرا إن شاء الله، هذه الدار من أفضل الدور الموجودة بمصر، لها فروع في جميع المحافظات، سيسعد الأطفال بزيارتكم اليوم حتما، أهلا وسهلا شرفتمونا.

وأسهب عم حسن في وصف أجزاء الدار والرعاية الشديدة التي ينالها الأطفال هنا ولم يتوقف عن الكلام إلا عند بلوغنا باب الفيلا فقامت حماتي بدس بعض أوراق العملة في يده مطلقة سيلاً جديدا من الأدعية لم تتوقف حتى بلغنا باب غرفة مديرة الدار.

كانت الفيلا من الداخل تختلف عن شكلها المنسق بالخارج بحديقتها الغناء وملامحها الإنجليزية القوطية فبالداخل كانت شبه خالية من الأثاث إلا من سجادة طويلة بديعة الألوان وضعت أمام المدخل للترحيب بالزائرين في صالة رحبة تليق

بحجم البناء وفي مواجهة الباب سلما ضخماً تربع على مقدمته تمثالين لكراجل أسطورية تفرد جناحيها في قوة، يتفرع بعد عدة درجات لسلمين على كلا الجهتين يقودان إلى الطابق الثاني حيث عنابر الأطفال كما أخبرنا عم حسن وعلى جانبي القاعة كان هناك مدخلين مدخل في كل جانب تفضي إلى بعض عنابر الأطفال ومكاتب الإداريين ومطبخ الدار وقاعة الطعام، كان الجو العام كئيبا نوعاً وخاصة مع خلو المكان من أي مظاهر للحياة، ولكن ثرثارنا حسن أنبئنا أن الأطفال جميعا في قاعة الطعام الأن حيت حان موعد الغداء فللدار نظام دقيق في مواعيد تقديم الطعام والنوم.

وبالطبع فوجئت بوجود مدام عفاف بالداخل فلم يكن لي علم أنها مديرة الدار هنا وحسبتني سأقابل د. ليلى باعتبارها صاحبة الدار، كان ترحاب مدام عفاف عظيما حقا أزال الكثير من رهبة المكان وخصتني وحدي باهتمام خاص كما لو كنت ابنها العائد للوطن بعد سفر طويل وقد أثلج هذا الترحاب صدورنا كثيراً.

وما أن استقر بنا الأمر وانتهينا من الترحيب والتعارف حتى ابتدأتنا مدام عفاف قائلة موجهة الكلام لأم مريم:

- لا تتصوري سعادتي برؤية الأستاذ سعيد ومدام مريم أنهما بمثابة أبنائي، إن اليوم عيد للدار كلها، أهلا وسهلا نورتم دارنا المتواضعة.

غمغمت أم مريم بكلمات مجهولة ردا على مدام عفاف التي نهضت بنفسها في تواضع وقدمت لنا الشاي من الترمس الخاص بها وقدرت في نفسي أن المطبخ ولابد مشغولا الأن بتقديم الطعام للأطفال وعاودت مدام عفاف الجلوس بعد أن شكرنها على كرمها وقالت:

- لم أعرف بقدومك اليوم يا أستاذ سعيد كان عليك إبلاغي حتى يتسنى لي تقديم واجب الضيافة كما يجب ولكن لا بأس بالتأكيد لن تكون المرة الأخيرة التي تزورنا فيها، اليس كذلك؟

انتزعت نفسي من شرود يصيبني دوما في مثل تلك المقابلات الرسمية لأجيبها قائلاً:

- لا داعي لكل هذا يا مدام عفاف إنما هي زيارة سريعة للتعرف على المكان والمفترض أنها زيارة متفق عليها بالفعل مع د. ليلى فأنا لم أكن أعلم حتى هذه اللحظة أن حضرتك مديرة في هذه الدار، متى تركت السويس؟

ضحكت مدام عفاف وهي تتذكر لقائي الأخير بها وقالت:

- يكفي الرعب الذي عشته هناك موقعي هنا في وسط العاصمة أفضل وأكثر أمناً.

ثم التفتت إلى السيدتان اللذان بصحبتي قائلة:

- جزاك الله خيرا على كل هذه الهدايا والملابس سيسعد بها الأطفال حقا.

تصاعد الدم إلى رأسي واحمرت أذناي في غيظ، لماذا توجه لهما الشكر وليس لي! إنه مالي في الأساس! حتى وإن اختارتا هما الهدايا يبقى لي الفضل بعد الله في ذلك!

ابتلعت غيظي وحاولت التكلم في هدوء ولكن صوتي فضح أمري مع البحة التي أصابتني وأنا أسألها:

- أين د. ليلى؟ المفترض أن تكون في انتظارنا اليوم، أرجو الا تكون قد نست موعدنا معها.

- لا تقلق ستكون هنا في أي لحظة الأن، الغريب إنها لم تخبرني بذلك ولكنها دقيقة في مواعيدها وبالتأكيد ستكون هنا بعد لحظات.

نظرت في ساعتها وقالت:

- لقد انتهت نوبة الغداء، الأطفال الان في قاعة الألعاب، دعونا نذهب لمقابلتهم وتوزيع الهدايا حتى تأتي د. ليلى، إن لقاء أطفال الدار متعة لا توصف.

نهضن جميعاً في نشاط وقد بدأن الشعور بالسعادة بالفعل فتبعتهن إلى خارج المكتب في صمت مكتئب، أين د. ليلى؟ كان أشد ما أخشاه أن تنسى مريم ما جئنا من أجله وتنشغل مع أمها في اللعب مع الأطفال، او ألا تظهر د. ليلى فتفسد علينا المهمة تماماً.

كانت قاعة الألعاب فسيحة حقا امتلأت بالألعاب المختلفة والصور لشخصيات كرتونية شهيرة، وكان الأطفال على كثرتهم في غاية النظافة والجمال تراوحت أعمارهم بين الثالثة والسادسة في منتهى الصخب والحياة.

انهمكت مريم وأمها في توزيع الهدايا والملابس على الأطفال الذين تحلقوا من حولهما وحقا كانت سعادتهم لا توصف حتى اني رأيت فتاة رقيقة جميلة في الثالثة تحتضن عروستها التي اهدتها لها مريم في شوق وحب جنوني وطفل أخر يقبل مريم بسعادة بالغة بعد أن أهدته بنطالا جديدا، حقا كانت سعادتهم لا توصف، ورغما عنا نسينا ما جئنا من أجله، بعد أن انتقلت سعادة الأطفال إلى قلوبنا فغمرتها، وانهمكنا في اللعب والحديث معهم حتى أصابني الإرهاق فجلست في أحد الأركان أراقب مريم التي فيما يبدوا لم تنفذ بطارية روحها بعد وهي تداعب طفلة رقيقة صغيرة الحجم كالدمية وهي تضحك في سعادة

ومرح في حين جلست أم مريم في منتصف القاعة وتحلق حولها الأطفال واستقرت أحداهم في حجرها لتمشط لها شعرها وهي تقص عليهم حكايات من التراث عن الشاطر حسن وست الحسن والجمال والأطفال في غاية الاستغراق تسبح عقولهم في سماء المتعة مع حكاياتها الخرافية التي لا تنتهي.

حقا كانت روحينا في حاجة لهذه الأجواء لتستعيد عافيتها وحقا كنت مستمتعاً بسعادة مريم أكثر من سعادتي، أنها تستحق هذه السعادة وأكثر، لابد من إكمال مشروع الكفالة، لا يمكن أن تكره هذه الرائعة طفلا تربى على يديها حتى لو رزقت بأخر من رحمها.

انتبهت من شرودي فجأة على صوتها الناعم خلف أذني وهي تقول:

- ألم أخبرك أنها ستكون زيارة لا تنسى.

انتفضت في جلستي مع حديثها المفاجئ والتفت لأجد د. ليلى جالسة على الأرض جواري! متى أتت؟ ومن أين دخلت؟ وكيف جلست بجواري دون أن أشعر؟

اعتدلت في جلستي وانا أقول في عتاب مصطنع:

- د. ليلى! متى اتيت؟ لم أرك تدخلين، ألم يكن بيننا موعداً؟ ظننتك لن تأتي أبدا.

- أن هنا منذ أتيت أنت إلى الدار ولكن أحببت أن تتجول في الدار بحرية وتقابل الأطفال أولا قبل أن أقابلك لتكون رأيك دون مجاملة.

ثم مالت في رقة مقتربة من وجهي واستدركت قائلة:

- أنا أراقبك دائما

لا أعلم لماذا شعرت بالتهديد رغم الرقة التي نطقت بها عبارتها فنهضت على الفور ومددت يدي أعاونها على النهوض فتمسكت بها ونهضت لتعدل من هندامها كانت ترتدي بلوزة فاتحة تميل للأخضر الزرعي وجيب قصير زيتية داكنة تصل لركبتيها وقد عقصت شعرها إلى الخلف مبرزة جبينها الأبيض العريض ووجهها المستدير.

فاتنة ... في أي وقت وأي رداء، لا شيء يستطيع إخفاء فتنتها الطاغية حتى ولو تنقبت سيظل لسحر عينيها مفعول سهام كيوبيد في قلوب العشاق.

حانت مني التفاتة تجاه مريم ربما بدافع شعوري بالذنب من خواطري المبعثرة، هل رأيت مشهد تحول المستذئبين في الأفلام السينمائية؟ حسنا لو رأيته فقد اقتربت كثيرا من تحولات وجه مريم عندما رأت ليلى تقف بجواري حتى ظننتها سترفع رأسها لتعوي أمام القمر.

أسرعت تجاه مريم تتبعني ليلى متفاديا حقيقة تحولها إلى ذئبة لتنقض على ليلى فتنهش عنقها ووقفت أمامها فنهضت في بطء متحفز من على الأرض لتقف قبالتنا فقمت بواجب التعارف بين الطرفين قائلا:

- مريم حبيبتي هذه د. ليلى التي كلمتك عنها صاحبة دار الرعاية هذه وزميلتي بالجامعة، د. ليلى أقدم لك زوجتي الحبيبة مريم.

- تشرفنا.

- الشرف لي.

تنهدت في ارتياح بعد أن تفاديت ـكما ظننتـهذا الصدام المتوقع وعلى الفور اقتربت أم مريم لأعرفها هي الأخرى بليلى ولم تكن مدام عفاف بالجوار لابد أنها ذهبت للقيام ببعض مهام منصبها تاركة إيانا نمرح مع الأطفال بحرية.

كانت الخطة المتفق عليها أن تتقرب مريم من د. ليلى في محاولة لكشف غموضها والتأكد من حقيقة الوشم ولكن د. ليلى أفسدت خطتي بحركة بسيطة أطاحت بكل ما قضينا الليل نخطط له عندما التقطت يدي وكأننا أصدقاء قدامى وقالت وهي تجذبني خلفها:

- أنت لم ترى أطفالي بعد، كل الأطفال في الدار أطفالي بالطبع ولكن حبي الأكبر لأطفالي الرضع عددهم ليس كبيرا ورعايتهم صعبة ولكن حبهم يفوق أي حب أخر لأي طفل بالدار.

نظرت لريم مستنجدا فعقدت حاجبيها في ضيق قبل أن تتبعنا مع أمها متأبطة ذراعها لنغادر القاعة وسط استياء الأطفال من مغادرتنا السريعة ولكن مريم وعدتهم بالحضور مرة أخيرة قبل أن نغادر الدار فعلقت ليلى على تصرفهم قائلة:

- ملائكة بلا أجنحة هم، لقد كان كرم شديد منك ما أحضرت من ملابس ولعب لابد أن الأطفال أحبوكم جدا جعله الله في ميزان حسناتكم.

انتفخت أوداجي فخرا وتيها بما فعلت للحظة، قبل أن أتذكر أني فعلت ما فعلت ليس لوجه الله ولا لإسعاد الأطفال ولكن للتقرب من د. ليلى وكشف سرها الغامض فغمرتني الكأبة ود. ليلى تجرني جرا خلفها تتبعنا المرأتين، وأم مريم تمصمص بشفتيها تعجبا واستنكارا مع كل قول أو حركة تبديها ليلى حتى وصلنا على أحد العنابر فوقفت أمامه ليلى قائلة:

- لقد وصلنا، أرجو التزام الهدوء الأن فهذا وقت نوم ما بعد الظهيرة والأطفال نائمون الأن.

أشرنا جميعا برؤوسنا علامة الموافقة وضربات قلبي تتسارع بدون مبرر وكأني قادم على أمر جلل لا رؤية بعض الرضع النائمون في أسرتهم ودخلنا العنبر.

حقيقة لم أفهم سر إصرار ليلى على اصطحابنا لرؤية الأطفال وهم نائمون كان يمكن لهذا أن ينتظر على الأقل لساعة أو اثنتين حتى يستيقظ الأطفال، ودار في ذهني أن ليلى تسعى جاهدة حقا لا كذب لإثارة عواطفي تجاه الرضع لعلي أتكفل بإحداهم وهو لا ريب ما فهمته من لقائنا في المكتب وزيارتنا للدار، فلابد أننا نسعى لكفالة طفل من أطفالها.

كان العنبر شبه مظلم إلا من ضوء الصباح المتسلل من خصاص النافذة الضخمة المطلة على الشارع به سبعة أسرة من أسرة الأطفال ذات الجوانب المرتفعة تراصت على طول الحائطين المتقابلين في حين احتلت النافذة الحائط المقابل للباب. بجوار الباب كانت هناك أحد الهياكل العظمية يجلس على كرسي!

لم أرى امرأة بهذا النحول والشحوب من قبل كانت في الثلاثين ولكن تغضن وجهها وتهدل جلدها أعطاها ضعف عمرها ترتدي ثوبا واسعا بلا ملامح من فرط اتساعه يميل إلى اللون الأزرق وإن صعب التمييز مع ضعف الإضاءة وتجلس كالجثة على

المقعد الوحيد بالعنبر وهو مقعد جلدي مريح محشو ذو ذراعين غليظين احتواها بالكامل وقد ثنت ساقيها تحتها وعقد ذراعيها أمام جسدها في مشهد غريب، هذه المرأة على وشك الوفاة! كان أغرب ما فيها هو شكل جلدها المتهدل من زراعيها المنعقدين، لقد رأيت هذا المنظر من قبل عندما يقوم طبيب التجميل بشفط الدهون من مرضى السمنة فيتهدل الجلد كالثوب الواسع على جسد المريض، هذه المرأة فقدت شحومها بغتة كما يوحي ثوبها الواسع على حجمها السابق.

تحركت في بطأ بعد لحظة من دخولنا حسبناها فيها قد فارقت الحياة لتفرد ساقيها وتنهض في بطأ مخيف كانت كلا ساقيها مضمد برباط طبي ومن ثم وقفت في ضعفها تستند على ذراع المقعد مرحبة بنا في نفسي اللحظة التي دار بخاطري أن أفر هاربا فقطعت حبل أفكاري ومريم تعاونها على الوقوف بدافع الشفقة ولكن ليلى هتفت بخفوت:

- أتركيها، هل كنت نائمة يا علياء سأخصم منك أجر اليوم إذا أمسكتك نائمة مرة أخرى.

- أنا لا أنام أبدا

كان تصرف ليلى قاسيا خاصة مع المظهر المذري للمرأة وكما توقعت تجاهلت مريم بشفقتها أمر ليلى وساعدت المرأة على

الجلوس وبقيت بجانبها تحادثها في حين تجاهلت ليلى الموقف كله واتجهت إلى أسرة الأطفال تجرني جراً خلفها لنقف أمام أول الأسرة والتي رقد فيها طفل رضيع أسود الشعر مستيقظا بشدة عكس المتوقع تبدوا في حركاته العصبية الضيق وعدم الراحة وقالت:

- عماد، من أول الأطفال الذين دخلوا العنبر، فقد ابويه في حادث سيارة مثلك، لا تندهش فلقد سمعت قصتك مرارا في الجامعة وعلاقتك بد. حاتم، لم نستطع التوصل إلى أحد من أقربائه ومن ثم تم إيداعه الدار حتى نهتدي إلى من يكفله.

رفعت صوتها قليلا لتكلم علياء قائلة:

- عماد ليس مستريحاً، هل قمت بتغيير حفاضته أم أهملتها كالعادة، أن إهمالك يتفاقم يوما بعد يوم ويبدوا أنني سأضطر لاستبدالك قريباً.

حاولت علياء النهوض في ضعف وهي تقول في وهن:

- لقد غيرت حفاضات جميع الأطفال بنفسي منذ قليل

- إبدليها مرة أخرى وثالثة ورابعة إذا احتاج الأمر، يالك من حمقاء عديمة الفائدة.

كانت قسوة د. ليلى على علياء غير مبررة لنا على الأقل نظرا للحالة التي تبدوا عليها هيئة علياء والرقة التي تتعامل بها د. ليلى وتبديها مع الجميع ولكن طبيعة الموقف حتمت علينا عدم التدخل فما نحن إلا زوار للمكان ولا دخل لنا بما يدور فيه وربما فعلت علياء ما يبرر سلوك د. ليلى ومع هذا لم أستطع التحكم في انفعالاتي فقلت لها بصوت خفيض:

- لا داعي لكل هذه القسوة المرأة تبدوا مريضة إن كانت مقصرة فلتجدي لها مكانا أخر يصلح لها أو أعثري على من يساعدها في عملها.

زفرت د. ليلى في ضيق وقالت متجاهلة اقتراحي:

- أعتقد أن عماد سيكون مناسبا لك إذا رغبت في كفالته لا أريد أن أضغط عليك ولكني أظن أن الأمر جال بخاطرك فإن كنت ترغب في كفالة أحد أطفالي فعماد سيكون الاختيار الأمثل بالتأكيد أنه صحيح الجسد لا يكثر من البكاء ولا يحتاج إلى كثير من الرعاية.

كانت أم مريم صامتة حتى هذه اللحظة فيبدو أن د. ليلى لم تحظى بإعجابها منذ اللحظة الأولى وربما هي الغيرة على ابنتها ولكنها قالت على كل حال في تهذيب مصطنع:

- نحن نفكر في الكفالة بالطبع ولكننا كنا نبغي فتاة وليس ولد وربما تكون أكبر سنا بقليل.

- لا ...لا الفتيات مزعجات يحتجن الكثير من الرعاية والمصاريف إذا كفلت طفلة ستلتزم بكفالتها حتى تتزوج في حين يمكن للفتى أن يعتمد على نفسه في سن مبكر على كل حال هذا اختياركم في النهاية.

نظرت إلى مريم مستنجدا برأيها ولكنها فيما يبدو لم تكن مهتمة بما يدور حولها وقد انخرطت في حديث هامس مع علياء فتنهدت وعدت أنظر إلى الطفل الراقد في الفراش.

كانت ملامحه وسيمة نوعا واسع العينان صغير الأنف والفم أسود الشعر وليس أصلعا كمعظم الرضع في شهورهم الأولى وكان قد صار أكثر هدوء يرمقني بمقلتين لا ترمشان، ويمد لي كفه الصغير في صمت وكأنه يحثني على حمله.

شعور غريب داهمني وأنا أنظر إليه وشعرت بوهن مفاجئ ورغبة عارمة في أن أحمله بين يدي ولكني تماسكت ونظرت إلى أم مريم قائلا:

- لم نستقر على موضوع الكفالة بعد يا أم مريم ولكن لننظر إلى بقية الأطفال أولاً.

زفرت د. ليلى وقالت:

- تجولوا كما تشاءون ولكن في النهاية لن تجدوا أفضل من عماد للكفالة عندما يستقر رأيكما.

وبدون كلمة أخرى غادرت العنبر فوقفت لا أدري ماذا أفعل لقد انجرفنا بعيدا عن مهمتنا وربما لن نجد فرصة أخرى إذا غادرت د. ليلى الدار فأسرعت خلفها قائلا:

- د. ليلى لحظة لو سمحت.

توقفت د. ليلى ورمقتني بنظرة غريبة قبل أن تقول:

- أنا رهن إشارتك أستاذ سعيد ماذا هناك.

تلعثمت قليلا فلم أكن قد رتبت الموقف في ذهني قبل أن أسرع خلفها كان هدفي ألا تغادر دون أن أرى معصمها وتحتم عليا الارتجال الأن فقلت:

- لا شيء كنت أريد شكرك على السماح لنا بهذه الزيارة وأعدك أن نفكر في الأمر جديا وستكون لنا زيارة أخرى عما قريب.

ومددت لها يد مصافحا وكانت هذه اللحظة التي أنتظرها فما أن التقطت يدها حتى تعمت إبقائها في يدي فترة أطول وأنا أقول محاولا شغلها بالحديث:

- يبدوا أنك تحبين هذا الطفل بشدة وإلا ما رشحته لنا ولكن كنت أريد أن أسألك عن إجراءات الكفالة وما الذي يجب علينا عمله بالضبط.

كنت أكلمها وأن أسحب يدها برفق ليبرز معصمها وأن أديره بلطف يبدو غير متعمدا ليبرز وشمها واضحا أمام عيني ولكنها فطنت إلى ما أفعل فسحبت كفها فجأة وارتسمت على ثغرها ابتسامة خبيثة شريرة اختفت معها كل رقتها السابقة وقالت:

- ماذا تفعل أستاذ سعيد امرأتك بالداخل وليس هنا، ستجد كل ما تحتاج معرفته مع مدام عفاف، شرفتم الدار، بعد إذنك لدي ما يتطلب اهتمامي الان.

إنها هي، لقد سقط قناعها للحظة أظهرت ما تخفيه خلف قناع الرقة والجمال، إنها هي، لم أكن أحتاج لرؤية الوشم بعد هذه الابتسامة التي ارتسمت على وجهها، لقد شعرت بما أفعل وقلبت المائدة على رأسي وحولت موقفي في لحظة من ممتن شاكر لمتحرش مندفع ووضعتني في موقف دفاعي أخرسني، ولكنها هي، أنها تعلم كل شيء، نظرتها وابتسامتها الساخرة تقول بوضوح "أنا أعلم ما ترمي اليه ولن تناله مني بسهولة".

عدت إلى العنبر في إحباط شديد يملئني شعور بالذنب والعجز نجحت د. ليلى في بذر بذورهما في روحي بامتياز، يصاحبني

هذا الشعور بالدوار وبدون أن أدري وجدتني أقف أمام عماد الصغير أتطلع إليه في صمت، لطيف جدا، كثير الحركة من السهل أن تتنزلق في حبه دون أن تدري.

كانت مريم وأمها قد فرغا من التجول في العنبر ومداعبة الأطفال، ولا شك أننا قد أفسدنا بزيارتنا قيلولتهم اليوم، قبل أن نتجه جميعا إلى مكتب مدام عفاف التي رحبت بنا وصحبتنا بعد جلسة قصيرة تعرفت فيها على إجراءات الكفالة إلى خارج الدار ومنها انطلقنا إلى المنزل دون أن نتبادل كلمة واحدة خلال الطريق

*****

مـــــريـــــم

أنا أنثى ...

لا أقول هذا فخرا أو انتقاصا من نفسي ولكن لأوضح حقيقة قد تغيب عن بعض الرجال.

نحن النساء لدينا الكثير من المزايا ... والعيوب

كل البشر كذلك بالطبع ولكن بالنسبة لنا معشر النساء تدخل هذه المزايا والعيوب في تكويننا ونحملها في جيناتنا ولا يمكننا التخلص منها بسهولة.

من أكبر مزايانا أننا قارئات جيدات للغة الجسد والانفعالات الخفية، حقا من الصعب أن تكذب على المرأة أو تواري عنها الحقائق، فنحن نستطيع بسهولة كشف خفايا نفسك ولكننا نتغاضى بملء إرادتنا لتسير الحياة.

غبية هي الأنثى التي تكشف كل أوراقها على المائدة فتدفع الرجل أمامها إما إلى الهروب وقلب المائدة أو الانغلاق والابتعاد عنها وفي النهاية تكون هيا الخاسرة إلا من نصر معنوي سخيف لا يغني ولا يسمن من جوع.

من الذكاء أحيانا التغاضي وترك الأمور تمر حتى تستقيم الحياة ولقد تعلمت هذا الدرس بأكثر من طريقة بعضها كان قاسيا بحق.

أما العيب الأكبر والذي يصعب على أنثى مثلي تجنبه أو الشفاء منه فهو الفضول.

لا يمكن لأي أنثي قتل فضولها والتظاهر باللامبالاة ويمكنك اعتباره رابع المستحيلات بعد الغول والعنقاء والخل الوفي.

وبسبب هذا الفضول هدمت بيوت كثيرة وفضحت أمور ما كان لها أن تنكشف تحطمت نفوس وكسرت خواطر وتفككت أسر ولكن المرأة لم تستطع التخلص من فضولها أبدا.

وليس أدل على مدى قوة الفضول لدى المرأة وتحكمه في نفسها من قصة صندوق باندورا الذي حسب الأساطير كان يحمل شرور الدنيا كلها وعهد به إلى باندورا لتحمله على ألا تفتحه أبدا فيحل الخراب على الأرض وهو أمر في منتهى الغباء فلا أشد على المرأة من أن تحمل في يدها ما يثير فضولها وبالطبع لم تقاوم باندورا وفتحت الصندوق.

أو قصة ذو اللحية الزرقاء الذي امتلك قصرا به مائة غرفة ترك مفاتيحها جميعا مع زوجته الشابة تتجول فيها كيفما تشاء عدا الغرفة المائة فهي محرمة عليها وأحتفظ بمفتاحها لنفسه والنتيجة أن زوجته لم تعد ترى في قصر به مائة غرفة إلا هذه الغرفة المائة فسرقت المفتاح منه أثناء نومه وفتحتها، ترى ماذا وجدت بها.

المهم لا أريد أن أشغل عقولكم بقصص من الأساطير ولكن أردت توضيح أن الفضول عند المرأة له قوة كاسحة لا راد لها إلا الله مهما كان الامر عسيرا والوضع خطيرا فلن يوقف هذا المرأة وإن كانوا قديما قالوا إن الفضول قتل القط ففضول الأنثى قادر على قتل عشيرة كاملة من القطط.

وأنا لا أختلف في هذا عن أي أنثى أخرى، لذلك عنما شرح لي د. حاتم في جلسته تلك بصالة دارنا لم أصدق كلمة مما ذكره، هذا شيء خيالي قادم ما أساطير قديمة وخرافات ما كان له أن يستقيم أبدا مع معتقداتي كمسلمة.

ولكنه أثار فضولي لأقصى حد.

ومن ثم قررت أن أكون أنا من يكشف زيف هذه المرأة التي تدور حول زوجي ولا أنكر غيرتي منها بعد أن وصفها لي د. حاتم وصار شغلي الشاغل أن أراها، الفاتنة التي خلبت لب هرم مثل د. حاتم وشاب كسعيد بنفس الدرجة والكفاءة وكان اعتقادي الشخصي أنهما حمقاوان فالمرأة تستطيع أن تسلب عقل أي رجل بمسحة من جمال بسيط وبعض أدوات التجميل لتصير فاتنة الفاتنات.

ولكنها في هذا اليوم هزمتني

إنها فاتنة حقا

بلا ذرة واحدة من مساحيق التجميل

لقد وجدت هذه المخلوقة لتعصف بعقول أعتى الرجال وأشدهم بأسا.

أنها البغي المقدسة كما يجب أن تكون

سرت خلفها بجوار أمي وهي تتأبط ذراع سعيد دون أن أملك الاعتراض أو حتى الشعور بالغيرة لقد سحقتني سحقا ولو أرادت أن تنتزع مني سعيد لفعلتها دون جهد يذكر بل هي قادرة أن تجمع قطيعا من الرجال يسيرون خلفها يتمنون رضاها ويسبحون في محرابها ولن تستطيع أنثى أخرى مهما بلغ جمالها أن تسلبها إحداهم.

حقيقة أصابتني بحالة من التجاهل ثم الافتتان

تجاهل مشاعري المتخبطة كأنثى من غيرة وحقد تجاه من هي أجمل منها

والافتتان بهذه المخلوقة الساحرة

ووجدتني أتأمل كل تفصيلة في جسدها وهي تسير أمامي متخايلة بجمالها تتأبط ذراع زوجي في دلال

وعلمت أنني سأعود

انه الفضول

يجب أن افهمها وأكشف سرها

أي كان كنهها

أميرة من أساطير ألف ليلة وليلة

أو أسطورة حية من أساطير الإغريق

أو تجسيد أفروديت تمشي على الأرض

لا يهم

لقد صرت مأخوذة بها كما تلحق الفتيات متوسطات الجمال

بفاتنة الصف علهن ينلن بعض نظرات الإعجاب التي تلاحقها

ودخلنا العنبر المظلم

وعلى الإضاءة الخافتة رأيتها

أو ما تبقى منها

وبين أحاسيسي المتضاربة وشفقتي عليها استمعت إليها وهي

تحذرني مما هو آت

وقصت عليا كل شيء

وكان ما قصته عليا رهيبا

فهل يشفيني مما أصابني

هل يرد إلى صوابي الذي سلبته تلك البغي؟

هل...؟؟

****

زفر د. حاتم في ضيق وهو يغلق الهاتف ويلقيه جواره على الأرض العشبية بعد أن أنهى مكالمته مع سعيد، كان يجلس بحديقة الكلية الخالية تقريبا من الطلبة في موضعه المعتاد، كان اليوم عطلة ولكنه قلما أمضي يوم عطلته في داره ويفضل أن يمضيه غالبا في حديقة الجامعة أو المكتبة هربا من شعور الوحدة الذي يلازمه.

كان سعيد قد أبلغه بما تم في زيارته لدار رعاية الأيتام، لم يكن الفشل الذريع الذي مُني به سعيد ما أثار غضب وضيق د. حاتم بل عدم قدرته هو على التأكد بنفسه من الوشم.

لقد أمضى الأيام التالية لزيارته لسعيد في منزله في محاولات مستميتة لرؤية الوشم دون جدوى، صار أقرب إلى ظل د. ليلى لا ينفك تجده حولها، في مكتبها في المحاضرات في الحديقة خلفها في ممرات الجامعة.

صار يتبعها في كل مكان، وكلما أقترب منها أكد لنفسه مرات ومرات في عقله أنه إنما يقترب منها لرؤية الوشم فقط، ولكن في كل مرة كان يتلعثم ...

يرتبك

ينسى كل شيء أتى من أجله

يرتجل مواضيع وأحاديث تبرر موقفه

يسأل أسئلة لا معنى لها

فتجذبه هيا إلى أحاديث شيقة لا تنتهي

فيمضي معها الساعة أو أكثر قبل أن ينصرف وهو لا يدري لما آتى!

أنه رجلا هرم وقد قارب شتاء عمره على الانتهاء فما الذي أصابه؟؟

كيف يمضي الساعات يرسم الخطط وينسج المواضيع لاستدراجها إلى فخه ليجد نفسه في النهاية في فخها هي كذبابة راضية هانئة القت نفسها بنفسها في شباك العنكبوت والتحفت بها!

تنهد في ضيق وبسط كفه على الأرض العشبية معتمدا عليها وهو يتفكر في الأمر مليا.

الغريب أنه لا يفكر فيها ولا يرتبك عقله عندما يكون بعيدا عنها! تفكيره منظم وعقله في كامل تركيزه حتى يلتقيها وكأن تأثيرها عليه مباشر يستلزم وجودها إلى جواره وينقضي بابتعادها عنه. ربما استلزم الأمر أن تحاول امرأة معها فلو كان شكه صحيحا — وهو لابد كذلك مع كثرة المؤشرات — فهذا المخلوق صنع ليغوي الرجال لا النساء، ولكن مريم فشلت أيضا بصحبة سعيد في الوصول إلى نتيجة مرضية فهل يمنح الأمر فرصة أخرى؟

"يمكنك أن تسألني فقط"

لوهلة ظن د. حاتم أنه يسمع صوتها في عقله فقط دون أذنيه ثم أدرك في اللحظة التالية أنها تجلس بجواره على العشب الأخضر جلستها المعتادة تضم ساقيها أسفلها وتبتسم في رقة ممزوجة بسخرية لم تغب عن عينيه.

أنتفض د. حاتم على الفور وقفز واقفا رغم سنوات عمره وهو يهتف في فزع كمن وجد صرصورا في قذاله:

- ليلى؟؟ من أين أتيت وكيف؟

تلعثم للحظة قبل أن يقول:

- أسف، أقصد د. ليلى، أخشى أن أكون أفزعتك، لم أكن أتوقع مجيئك اليوم عطلة، يبدو انني كنت مستغرقا في التفكير فلم أشعر بقدومك أعذري تصرفي.

- لا عليك د. حاتم يمكنك أن تناديني كما تشاء، لقد خرجت من الدار إلى هنا على الفور فلدي ما يشغلني وأثرت أن أتولاه في هدوء يوم عطلة الطلبة، أما عن انشغالك بالتفكير فقد كنت مستغرقا تماما فيه ولم اشأ ازعاجك.

أرتفع حاجبي د. حاتم وقال في دهشة:

- لم تشائي إزعاجي!؟ منذ متى وانت بجانبي؟

- ليس كثيراً.

ابتعدت بجسدها قليلا مشيرة له بمعاودة الجلوس بجوارها فجلس وما أن أستقر على العشب حتى قالت:

- ليس مستحبا البحث في أسرار النساء يا د. حاتم

- ماذا تقصدين؟

تراجعت برأسها متطلعة إلى السماء وهي تقول وكأنها لم تسمعه:

- ليس هناك ما يدعوا لكل هذا التوتر، للنساء شئونهم، لا توجد امرأة تعلن مواطن ضعفها لرجل، جُبلنا على مداراة مواطن القبح فينا، وأنا لست كاملة، ولكن إذا كنت مصرا على المعرفة فكان يمكنك أن تسألني مباشرة، فلربما أرحت نفسك من كل هذا التوتر والتفكير المضني.

وبهدوء اعتدلت في جلستها لتمد ساعدها أمام وجهه وقد أزاحت طرف كمها لتكشف عن رسغها.

وامام عيني د. حاتم المندهشتان لم يكن هناك أي وشم على ساعدها المكشوف.

فقط وحمة

وحمة سوداء مشعرة قبيحة

وحمة لا تشبه بأي حال من الأحوال الوشم المرسوم بالمرجع الذي قرأه.

هل خانته عيناه؟

تنحنح د. حاتم وقال في خجل مشوب بالحيرة:

- أسف أن كنت قد أساءت إليك بشكل غير مقصود ولكن أعذري فضولي، كيف علمت انني أرغب في رؤية تلك الوحمة؟

- لا شيء يخفى على امرأة مثلي اعتادت أن يسيء الناس الظن بها، إن جمال المرأة لعنة عليها، المرأة الجميلة تصبح فريسة لألف صياد، أخلاقها موضع شك، كلماتها محسوبة، إيماءاتها محل تفسير، كل ما فيها تحت المنظار، لم يكن من الصعب عليا أن أفهم نظراتك إلى ساعدي، ولا محاولة أستاذ سعيد أن يكشف عن ساعدي في الدار، فهذه الوحمة هي عيب من عيوبي جسدي أسعى دائما لإخفائها، ومن الطبيعي أن أكون حساسة لنظرات الناس لها.

تنهد د. حاتم وقال في أسف شديد:

- أرجو أن تغفري لي فضولي، وأسف إن كان تصرفي قد جرح مشاعرك، أرجو أن تسامحي سعيد أيضا فما كان منه إلا سوء فهم وانقضى بمصارحتك لي.

نهضت د. ليلى في نزق من طول الجلوس وقالت:

- لا داعي للاعتذار د. حاتم كل ما أرجوه أن تتوجه فقط إليا بالسؤال عما يحيرك من أمري وأعدك أن أكون صريحة معك في كل شيء، والأن أعتذر منك فلدي بعض الأوراق التي أرغب في إنهائها قبل نهاية اليوم.

لم تنتظر د. ليلى رد د. حاتم وانصرفت على الفور تاركة إياه في حيرة بالغة.

هل أخطأ حقا في كل ظنونه

هل كل ما دار محض خيال كهل أفسدت عقله علوم الماورائيات حتى بات يرى شيطانا وراء كل باب

وهل يكفي اعتذاره لترميم علاقته بهذه المرأة المظلومة

هل تصلح الأيام ما أفسده الشك ... هل...؟؟

*****

ظلام دامس أحاط بكل شيء من حولها وأنعدم الصوت تماما حتى ظنت أنها لاقت حتفها.

ظلام ... ظلام ... ظلام

هل هي ظلمة القبر

وربما أشد وطأة

وفجأة أضاءت البناية أمامها

أضاءت وحدها وكأنها تشع نورا

ولكن النور لم يبعث الطمأنينة في قلبها

نور أحمر شرير تضافر مع مشهد تماثيل الكراغل التي تحرس المدخل أورثها خوفا على خوف

كانت تقف في حديقة الدار التي صارت يباباً تعوي فيه الريح

ماذا أصابها؟

لا صوت غير صوت الريح وحشرات اليل

لم يكن الضوء الصادر عن المبنى يضيء أكثر من مسافة ذراع حوله

لم تستطع رؤية الشارع من خلفها

فقط المبنى أحتل كامل المشهد المخيف

ولم يكن أمامها خيارا أخر

ببطء تحركت وعيناها لا تفارق تماثيل الكراغل وقد خيل لها أنها تراقبها

تنتظرها

تدعوها للدخول

ولم يكن أمامها خيارا أخر

تجاوزتها في خوف ودخلت

هي نفس الدار التي أمضت فيها الشهور الأخيرة

وحفظت اروقتها عن ظهر قلب

ولكنها كانت خاوية

موحشة

خانق هواءها

متشعبة ملتوية طرقاتها

وهي وحدها

لا أحد من حولها

لا تدري ما الذي دفعها لمقاومة خوف سيطر على كل جوارحها

لتتقدم داخل الدار

تبحث عمن تستأنس به

حتى ولو كان أحد الأطفال

ولكن الدار كانت خاوية تماما

لا أحد

هي وحدها تماما

وفجأة سمعت الصوت يناديها

" اقتربي"

جفلت للحظة

تلفتت حولها

لم يكن صوتا تعرفه

بدأت تعدو في رعب، لا تعرف إلى أين تتجه، وكل ذرة في كيانها ترتعد خوفا، ولكن الصوت دوى مرة أخرى يدعوها.

"إقتربي يا عفاف"

في هذه المرة ميزت الصوت

إنه صوت د. ليلى

ولكنه ليس كصوتها الطبيعي بل صوت رهيب

صوتها كصوت عواء مئات الذئاب الجائعة

كصوت أفعى تفح في جشع

صوت يخترق وجودها ذاته ويسيطر على كيانها كله

وبدون أن تدري وجدت نفسها أمام باب القبو

نفس القبو الذي وجدوا فيه الطفل الثالث طارق الذي وجده عم جميل.

وكان القبو مفتوحا والباب مواربا لا يخفي صوت الضجيج القادم من الداخل

من فتح الباب الذي وضعت بنفسها عليه قفل كبير بعد حادثة عم جميل؟

دفعت الباب ببطء مترقب ودخلت

ورأت كل شيء

وفي الدقيقة التالية استيقظت في فزع وهي تبسمل وتحوقل وتستغفر الله.

كانت لازالت في الدار التي قلما كانت تغادرها في الفترة الأخيرة، تجلس على مكتبها وقد تجاوزت الساعة منتصف الليل بقليل$.

لقد مضى موعد انصرافها المعتاد من زمن طويل ويبدوا أنها سقطت في بئر النعاس دون ان تدري ربما بفعل ارهاق الفترة الماضية، ولكن عيونها الأن مفتوحتان على اتساعهما.

لا يمكن أن يكون هذا حلماً

لقد شعرت بكل شيء كأنه حقيقة

حقيقة مخيفة مفزعة

وكان لابد أن تقص على أحد ما رأته

ولم تجد في عقلها أحدا غيره

استعاذت بالله

ونهضت تعد نفسها للانصراف وغادرت المكتب لتقطع الممرات الهادئة نحو مدخل الدار وقد ذكرها خلوا المكان بحلمها

المخيف فضمت شالها على كتفيها بحثا عن أمان زائف واتقاء لبرد غريب زحف إلى عظامها.

كانت تعلم أن جميع العاملات الساهرات الآن لابد قد لجأوا إلى المبيت داخل العنابر كما أمرت هي ولكن الهدوء مع ذلك كان غريباً بعد الحلم الذي زارها مما أورثها خوفا شديد وقد تراءى لها كل ظل كأنه شيطان يختبئ في الركن بعيدا عن نظرها يتربص بها.

وصلت إلى مدخل الدار ولكن قبل أن تغادر التفتت إلى الممر المظلم الذي يقود إلى القبو ثم قررت أن نظرة واحدة أخيرة ربما تبعث الاطمئنان في قلبها فتوجهت بحزم إلى الممر واجتازته في خطوات واسعة سريعة قبل أن تصل إلى مدخل القبو.

وكان باب القبو مفتوحا مواربا

من فعل هذا

وأين القفل الذي وضعته

أستعاد ذهنها الأحداث التي رأتها في حلمها وتملكها رعب شديد ازاح كل حزمها وثبات قلبها فانطلقت تجري في هلع شديد حتى بلغت مدخل الدار فغادرتها وفي عقلها قرار واحد عزمت على تنفيذه رغم غرابته.

قررت أن الأمر لا يمكن أن ينتظر إلى الصباح

ركبت سيارتها وانطلقت إلى الشخص الوحيد الذي رأت أنه

يمكنها محادثته في الأمر رغم علاقتهما المحدودة

الشخص الوحيد الذي سيصدقها الآن

*****

جلست د. ليلى في منتصف فراشها بغرفتها بفيلا يسري العجمي بالسويس وهي تسترق السمع لما حولها في ترقب حذر.

اليوم يغادرها يسري في أحد رحلاته الغامضة التي يغيب فيها لأيام قبل أن يعود ليتفنن في تعذيبها وتأنيبها على كل صغيرة وكبيرة.

واليوم كان موعد تنفيذ خطتها

لقد أمضت الفترة الأخيرة في ترتيب انتدابها إلى القاهرة في أحد أقسام الجامعة هناك وقد عزمت على الهروب بأطفالها اليوم قبل أن يشعر بها أحد.

رشوة كبيرة إلى سائق سيارة يسري لافتعال حادث يؤدي بحياته.

في نفس الوقت رتبت مع أحد أقاربها للهرب مع أطفالها في نفس اليوم لتكون بعيدة عن مسرح الأحداث.

وفي القاهرة ستذوب بين زحامها لفترة كافية لترتيب سفرها إلى الخارج مع أطفالها ككارت تأمين أخير أنفقت فيه أخر مدخراتها في حالة نجاته من الحادث

خطة واهية مهترئة قد تسقط لأقل سبب

ولكنها أملها الوحيد للنجاة بأطفالها من بطش يسري وسيطرته عليها فبالتأكيد نفوذه بالقاهرة ليس كسيطرته الكبيرة على كل منافذ السويس.

شعرت بالحنق من نفسها لأن كل سيناريو زار عقلها كان ينبئها بأنه سينجو، بالتأكيد سينجو من الحادث ليطاردها بقية حياتها.

لا حل إلا موت يسري العجمي.

بهذا وحده ستنجو وينجو طفليها من المطاردة لبقية حياتهم.

كانت الأصوات بالخارج تنبئها باقتراب موعد رحيل الكابوس وانفراج الأزمة التي تحل على الفيلا في وجوده.

كان بعد عدة شهور من الصبر واصطناع الطاعة والاستسلام لمصيرها قد وافق أخيرا على عودتها للتدريس في الجامعة تحت رقابته ولم يكن يخفى عليها أن كل شاردة وواردة تفعلها في يومها تنقلها إليه عيونه وأذانه من حولها.

ولكنها استطاعت بصبر وقليل من الحيلة تدبر أمر الانتداب دون أن يشعر أو كما تتمنى أنه لم يشعر بها.

ومن هاتف أحد زميلاتها استطاعت الاتصال بأحد أقاربها لترتيب هروبها الكبير من بطشه بعد أن علمت بالصدفة تنصته على مكالماتها كلها بطريقة ما.

واليوم حانت اللحظة التي انتظرتها

اليوم سيركب سيارته لينطلق في أحد أسفاره وتنطلق هي بمعونة أحد الخادمات ممن أحسنت إليهم فيما مضي وكسبت ولاءهم، ستدبر الخادمة طريقة الهروب من الفيلا دون أن يشعر حراس المكان وسيدبر السائق انقلاب السيارة في الطريق.

شعرت بالرهبة وهي تفكر في كيف أوصلتها معاملة يسري إلى أن ترتكب جريمة قتل بالتحريض دون أن يهتز لها جفن وهي التي أنشأت جمعية لرعاية الأيتام فكيف تجتمع الرحمة والقسوة في قلبها بهذا الشكل.

هكذا هي المرأة

وديعة كقطة ترقد على ساقيك تخرخر في رضا طالما أحسنت إليها وإلى صغارها فإن فكرت في الإساءة إليها أو الى صغارها برزت أنيابها وأنشبت مخالبها في صدرك بلا تردد.

وهي أم أوذيت كثيرا وأوذي صغارها.

وحان الوقت لتكشر عن انيابها وتغرس أظافرها في صدر من أساء إليها.

لتنتقم لوالديها اللذان ماتوا حسرة عليها

لتنتقم لصغارها ولنفسها من عذاب سنوات

كان التوتر يملأ المكان مع اقتراب اللحظات الحاسمة حتى شعرت بدقات الساعة تدوي في الغرفة وبنبض مؤلم في رأسها تزامن مع دقات الساعة ليزيد من توترها وقلقها.

كانت قد أعدت حقيبة صغيرة كدستها بمتعلقاتها وبعض المال الذي تدبرته من بقايا ميراثها وأخفتها جيدا خلف خزانة ملابسها.

لم تأخذ أشياء كثيرة لتكون خفيفة الحركة ففي النهاية كل شيء موجود حيث ستذهب كما أنها لا تبغي أن يكون اختفائها ملحوظا بوضوح.

شعرت بخطواته تقترب من الباب فابتلعت غصة في حلقها وهي تستعد للقائه

يالا خطواته الثقيلة الواثقة

كأنه يخطوا فوق روحها

بالتأكيد جاء ليلقى نظرة أخيرة عليها قبل سفرة

ليتأكد أن ممتلكاته البشرية بخير ومحفوظة جيدا في غرفتها الفاخرة.

فتح الباب وتقدم إلى الداخل في صمت

شعرت مع دخوله أن الغرفة أظلمت فجأة

أم هي فورة الدم الذي صعد إلى رأسها من التوتر والخوف الذي ملأ كيانها.

تطلع إليها في صمت

وغضت بصرها عن وجهه في خضوع

لم يكن هذا أصدق حديث دار بينهما

ولكنه سيكون الأخير أن سارت الخطة كما ينبغي

طال الصمت فرفعت وجهها في حذر

يا الله

كان وجهه مظلما كالشيطان يتجلى غضبا هائلا في عينيه وهو ينظر إليها وقد زم شفتيه بقوة وكأنه يهم بضربها

هل يعلم؟

هل خانها أحدهم؟

هل وشى بها السائق الأحمق؟

أم خانتها خادمتها؟

ولكن اللحظات التالية لم تجب تساؤلاتها

فبدون أن ينطق بكلمة استدار وغادر الغرفة ومعه انسحب الهواء من الغرفة فشعرت بصدرها يضيق فأسرعت إلى الشرفة وهي تلهث.

ليس هذا ديدنه

لم يهددها

لم يضع لها تعليمات لتنفذها أثناء سفره

لم يعنفها على فعل لم تفعله

فقط الصمت

وما أقساه

كانت الآن ضربات قلبها كطبول الحرب الأفريقية تدوي صوتها في الأفق

ربما ينبغي أن تؤجل التنفيذ

وربما تلغي كل شيء وتعيد التفكير في الأمر

ولكن أمام عينيها سار يسري يقطع مدخل الفيلا ليركب السيارة في هدوء وهو يلقي تعليماته على عدد من رجاله الذين تفرقوا فور تحرك السيارة لتتهادى في بطأ مجتازة الممر الطويل حتى عبرت بوابة الحديقة ليطلق سائقها العنان لمحركاتها لتنطلق في رحلتها.

رحلتها الأخيرة إذا كتب لها النجاح.

سمعت الطرقات على باب الغرفة فأسرعت إلى الداخل، كانت تلك هي الإشارة المنتظرة للبدء فأسرعت وأخرجت حقيبتها من خلف الخزانة الضخمة وتركت المصابيح مضاءة وكأن شيئا لم يتغير واتجهت إلى الباب.

فتحت الباب في بطأ مترقب أثار أعصابها أكثر وتوترها يتزايد ويتزايد ولكن الطريق أمامها كان خاليا تماما بعد أن غادر الخدم والحرس أماكنهم لوداع سيدهم ومولاهم ولهذا بالذات اختارت لحظة مغادرته وهي تعلم أنه بعد رحيله يتحرر الحراس من قيودهم — من مبدأ إن غاب القط-لساعة او أكثر كانت كافية تماما للفرار من قبضته المحكمة على الفيلا.

أسرعت إلى غرفة طفليها المجاورة لغرفتها -والتي نالتها بعد إلحاح شديد وإذلالاً كبيراً لنفسها لتبقي طفليها بجوارها-فاقتحمت الغرفة لتجد الخادمة قد أعدت كل شيء بالفعل كانت رودينا ترتدي فستانا زهريا جميلا في حين أرتدى أدم قميص أزرق داكن وبنطال من اللون نفسه وقد أعدت الخادمة حقيبة صغيرة بمتعلقاتهم الشخصية.

احتضنت ليلى الصغيرين وهي تشير لهما بالصمت التام ثم أشارت للخادمة ففتحت الباب بحذر وراقبت الممر قليلا قبل أن تشير لليلى بأن تتبعها وخرجت من الغرفة فحملت ليلي رودينا على زراعها وأدم على الزراع الأخرى وأسرعت خلف الخادمة وهي تترنح بحملها.

خطة واهية وخطوة حمقاء ولكنها لا تملك غيرها.

نزلت الخادمة إلى الطابق الأول ومنه إلى قبو الفيلا المظلم وتوقفت تلتقط أنفاسها وتوترها قبل أن تقول لليلى:

- يعز عليا فراقك يا سيدتي ولكن ما باليد حيلة، أن القبو له باب يفتح على الحديقة الخلفية في الطرف الأقصى من الفيلا أمام بوابة حديدية ضخمة.

مدت يدها بمفتاح إلى ليلى التي التقطته وهي تنصت للخادمة بانتباه شديد:

- البوابة مغلقة منذ فترة كانت تستخدم فيما مضى لنقل أشياء لا أعلم عنها شيئا ويتم تخزينها هنا في القبو ولكن العملية توقفت من فترة ليست بالقصيرة ولم يعد أحد يهتم بالبوابة أو بالقبو، هاك مفتاحها تدبرت أمر سرقته ليسامحني الله.

نظرت لها ليلى بامتنان وقالت:

- لا أعلم كيف أشكرك يا سنية لقد أنقذت هؤلاء الأطفال من مصير مظلم ومستقبل قاسي.

ربتت سنية على ظهر رودينا وهي تقول:

- لا عليك يا سيدتي ولكن يجب أن تتحركوا بسرعة قبل أن يلحظ أحد غيابك فيؤذيك ويؤذيني معك جميع

الحرس الأن أمام البوابة الرئيسية عليك الذهاب قبل أن يعودوا.

أومئت ليلى بالموافقة وكادت تتحرك ولكن رودينا هتفت قائلة:

- ماما أنا خايفة

أنزلتها ليلي بجوار أدم وقالت لها في رفق:

- لا تخافي يا رودي، ماما معك هنا، هل أنت خائفة من الظلام؟ سنخرج إلى النور على الفور لا تقلقي.

- أنا خائفة من بابا

عضت ليلى شفتيها في تأثر وقالت:

- لا تخافي لن يمسك بابا بسوء بعد الأن ولكن يجب أن نذهب على الفور حتى لا يلحق بنا أحد.

كان أدم مازال صامتا منذ غادروا الغرفة ولكنها شعرت بكفه في كفها تزداد تعرقا وارتجافا مما أنبئها بأنه ليس على ما يرام ولكن لا وقت لديها لتهدئة روع الجميع فالتقطت كلا طفليها واسرعت ترتقي درجات قليلة في الركن أوصلتها إلى بوابة أرضية ثقيلة أزاحتها بكثير من العسر بمساعدة سنية قبل أن تغادر القبو إلى الحديقة الخلفية للفيلا.

ربما للحظ الجيد أو توفيق إلهي خاب ظنها، فالحديقة كانت خاوية من أي أثر لحراس الفيلا، وهي التي تخيلت أن ستسقط

في قبضتهم ما أن تغادر القبو ولكن مشيئة الله فوق كل شيء وها هي البوابة الحديدية الصغيرة تتوسط السور المحيط بحديقة الفيلا على بعد أمتار قليلة منها.

تركتها سنية وعادت إلى القبو لتعود إلى الفيلا لذلك كان عليها وحدها استكمال الطريق فهرعت إلى البوابة وأنزلت الصغيرين والحقائب أرضا لتستطيع استخدام كلا يديها في فتح الباب.

كان القفل صدأ والبوابة كذلك مما جعلها تواجه صعوبة كبيرة ففي فتح القفل ولكن جل ما كانت تخشاه أن تصدر البوابة الصدئة صوت الصرير المزعج فينتبه أحد الحراس ولكن البوابة انفتحت بهدوء معيدة الدماء الفارة إلى عروقها فعادت تلتقط صغارها لتخرج للمرة الأولى من الفيلا دون حراسة أو مراقبة.

لتخرج للمرة الأولى حرة تحمل طفليها على ذراعيها في أمل وتوجس اجتمعا معا في نفس الوقت تقطع الطريق في خطوات سريعة وهي تتلفت حولها في رعب.

للمرة الأولى تشعر بالأمل يتحسس طريقه إلى قلبها منذ غادرت غرفتها اليوم.

كان يفترض أن تلتقي قريبها غير بعيد عن الفيلا وقد أعد سيارة تنقلها إلى القاهرة فحثت الخطى وهي تلهث من حملها الثقيل وتوترها العارم.

كانت الليلة باردة ولكن داخلها كان القلق يشتعل نارا لم تشعر معها بالبرد وإن ضمت صغيريها بقوة وكأنما تبث فيهما بعضا من نارها لعلها تدفئهما قليلا وواصلت السير الحثيث حتى لاحت لها السيارة من بعيد.

لم يكن قريبها هذا من الأثرياء وكل ما أستطاع تدبيره هو سيارة أجرة ١٤ راكب يعمل عليها في الصباح ولكنها كانت كافية وضرورية لاستكمال خطتها ووضع الرتوش الأخيرة فلا يمكنها البقاء في السويس ساعة واحدة بعد مغادرتها الفيلا.

خطة واهية مهترئة تملئها الثغرات

ماذا لو قابلت أحد رجاله في أحد المنافذ وتعرف عليها

إن السويس ليست كأي مدينة ومنافذها تحت المراقبة دائما وهو سيد هذه المدينة ولا شيء يخرج أو يدخل إليها دون أن يعلم به.

دفعت هذا الخاطر جانبا عندما وصلت إلى السيارة فلا وقت للتراجع الآن ولن تستطيع العودة ولو أرادت ذلك، فتحت الباب الجانبي ووضعت طفليها وحقائبها قبل أن تقفز خلفهما وتصيح في السائق قائلة:

- هيا يا مطاوع لا وقت لدينا أنطلق على بركة الله.

كان مطاوع يجلس معتدلا على كرسي السائق ويديه على المقود ولكن شيئا فيه كانت مختلفا فلم يبدو عليه الاستجابة لطلبها فضلا عن أن يكون قد سمعها أصلا.

كانت السيارة خالية تمام الطبع، فالمفروض أنها ستدفع له أجرتها مخصوص إلى القاهرة رغم محاولته الرفض إلا إنها أصرت فهو فقير ولم يكن من العدل أن تستغله في مشاكلها ويكفيه الخطر الذي يتهدده إن علم يسري بمعاونته لها.

ولكن السيارة لم تتحرك!

وبدء القلق والتوتر يعصفان بقلبها فضمت صغيريها وهي تتلفت حولها مترقبة لظهور يسري كالشيطان من أي زاوية قبل أن تنادي مرة أخرى على مطاوع دون جدوى، فتخلت عن عناق أدم ورودينا لتمد زراعا مترددة مرتجفة لتلمسه فمال جسده إلى الأمام ليسقط رأسه على مقود السيارة مطلقا أداة التنبيه لتبدد السكون من حولها فصرخت ليلى صرخة مكتومة وقد أدركت أنها النهاية في نفس الوقت الذي سمعت فيه الأنين يرتفع من المقاعد الخلفية فالتفتت ببطء حذر لتجدهما ملقيان على أرضية السيارة بين المقاعد.

كانت تلك هي الصدمة الكبرى التي حطمت كل أمالها في النجاة وهي ترى أمامها سنيه والسائق مقيدين ومكممين في حال يرثى لها والكدمات تملء وجهيهما والجروح تلوث ثيابهما بالدماء. تهدل ذراعيها بجوارها في قنوط وهي تتأمل الجسدين المثخنين بالجراح في ندم وإحساسها باليأس يتضاعف ممزوجا بذنب أشراكها إياهم في خطتها الفاشلة وسقطت على مقعدها تبكي وطفليها يلتصقان بها في رعب وقد غلبهما البكاء بدورهما وانغمست في أحاسيسها حتى أنها لم تنتبه إلى باب السيارة الذي فتح في هدوء مستفز ولا للوجه الذي أطل عليها وهو يبتسم في شماتة قاسية.

لم تنتبه إلى كل هذا ... أو بالأحرى لم تعد تبالي

لقد فقدت كل شيء وانتهى الأمر

وليس عليها الان إلا انتظار عقابها

كان الوجه الذي أطل عليها هو وجه يسري نفسه وقد أحاط به أربعة من رجاله الأقوياء وابتسامة السخرية والشماتة لا تغادر وجهه وبكل ما تحمله نفسه من قسوة ودناءة قال لها:

- هل ظننت حقا أنك تستطيعين الهروب من قبضتي؟ هل ظننت أن خطتك البلهاء لن تصل إلى سمعي؟ لقد كنت أعلم بكل ما تخططين له منذ البداية ولكني تركت لك

الحبل مرتخي لتشنقي به نفسك في النهاية، أظننت أن طلب نقلك لن يصلني؟ أظننت أنه يمكنك تحريض أحد رجالي دون أن أعلم؟ الم تأسفي على هذا الأبله الذي زججت به في خطتك الواهية؟

وأشار على جثة مطاوع التي دفعها أحد الرجال من أمام المقود ليحتل مكانه ويسري يستطرد في كراهية شديدة واشمئزاز عارم:

- كنت أراقبك بدقة وأنتظر اللحظة التي ستهربين فيها أتعلمين من أنبئني بها؟ أنه قريبك هذا هو من باعك طمعا في بعض الجنيهات وأن أكره الخونة ولقد نال ما يستحقه على كل حال وبقي أن أصفي حسابي معك.

كانت ليلى مستسلمة تماما تنظر إلى ساقيها في يأس شديد حتى أنها لم تسمع معظم ما قاله يسري، وما الفائدة؟ ما الفائدة من أن تسمع أو تتكلم؟ ما الفائدة من تقاوم؟ لقد أنتهى كل شيء ولكن

...

ماذا عن أطفالها

ليفعل بها ما يشاء فلقد تقبلت مصيرها أيا ما كان

ولكن لا يؤذي صغارها

وكأنما سمع يسري حديث نفسها فقال وهو يشير لأحد رجاله قائلا:

- ما دمت لا تحتملين الحياة معي فليكن ولكن أدم ورودينا سيبقون لن أحملهما ذنبك ولكن حياتك معي انتهت.

صمت لحظة ثم أستطرد:

- ولا حياة لك إلا معي

قفز الرجل الذي أشار إليه يسري إلى السيارة وأنتزع أدم ورودينا من أحضانها في عنف وهم يصرخان يحاولان التشبث بأمهما دون جدوى و ليلى تنشب مخالبها في ذراع الرجل وهي تصرخ بدورها تهتف بأسمائهما ولكن الرجل دفعها جانبا بقوة وقسوة شديدة قبل أن يتمكن من انتزاع الطفلين الذين انهالا عليه ضربا وركلا بأكفهما وأقدامهما وغادر السيارة فاندفعت ليلى تحاول اللحاق به ولكن رجلين أخرين قفزا إلى السيارة وشرعا في تقييدها وهي مازالت تصرخ وتنادي على صغيريها حتى قاما بتكميم فمها فأنقطع صوتها إلا من أنينها وبكائها وما أن انتهيا حتى أغلقا الباب خلفهما وقد جلس أحدهما على يمينها والثاني على يسارها فالتفت يسري إلى رجله الذي أحتل مكان السائق وقال له في هدوء:

- بعد أن تنتهوا تخلصوا من السيارة والجثث لا أريد أي أثر لهم.

هز الرجل رأسه في فهم وأنطلق بالسيارة في حين ألتفت يسري إلى أدم ورودينا -وهما يصارعان الذراعين المفتولتين للرجل الذي يمسك بهما ويكمم أفواههما-للحظة قبل أن يستدير عائدا إلى سيارته وينطلق بها بنفسه في هدوء وكأنه لم يأمر منذ لحظة بالتخلص من أربعة أفراد دفعة واحدة بينهم زوجته في حين أستدار الرجل وهو يحمل الطفلين عائدا إلى الفيلا وقد انتهت الليلة بالنسبة له.

بجريمة قتل

*****

تهادت السيارة على طريق السويس القاهرة والسائق يجول ببصره في المكان باحثا عن شيء ما في حين جلست ليلى مستسلمة تماما تبكي في صمت وساد الهدوء السيارة إلا من صوت محركها الذي امتزج بأنين سنية والسائق اللذان لم يتوقفا عن الصراخ المكتوم منذ غادرت السيارة الفيلا علّ أحداً ما يسمعهما بلا جدوى حتى أصابهما التعب فرقدا يئنان في صمت.

أنعطف السائق بالسيارة ليغادر الطريق المرصوف بعد أن وجد ضالته التي تمثلت في طريق شبه ممهد انطلقت فيه السيارة لعدة

كيلومترات وهي ترتج بعنف وقد أطفأ السائق مصباحيها الأماميان الكبيران مكتفيا بالمصابيح الصغيرة فغرق الطريق في ظلامه الحالك قبل أن يغادره السائق بدوره وينطلق في قلب الصحراء وبعد ساعة تقريبا توقفت السيارة.

كان المكان الذي أختاره السائق هو صحراء شاسعة تطل عليها بعض التلال الصخرية من بعيد لا تكاد تبين وقد غلف المكان ظلام دامس لا ترى معه كف يدك وإن ألصقته بأنفك ولا يوجد من حولهم إلا الرمال.

فقط الرمال

ترجل الرجال الثلاثة من السيارة وجرا مريم جرا والقياها أرضا فوق الرمال وهي مقيدة لا تقوى على الحراك ثم عادا إلى السيارة ليقوما بالمثل مع سنية والسائق قبل أن يضيء السائق مصباحين يدويان ألقى أحدهما لزميله وأحتفظ بالثاني بعدما أضاء مصباحي السيارة الأماميان مرة أخرى.

بدد المصباحين مع مصباحي السيارة الظلام قليلا فتطلعت مريم حولها من موقعها على الأرض محاولة استكشاف المكان فطالعتها عيني سنية الدامعتين، أغلقت عينيها في حزن وألم قبل أن تفتحهما لتمنحها نظرة عبرت فيها عن أسفها العميق ولكن

سنية أغمضت عينيها وكأنها ترفض اعتذارها أو أنه لم يعد يجدي نفعا وانخرطت في بكاء عميق.

لم يتكلم الرجال.

كانوا محترفين يعلمان جيدا ما يجب عليهم فعله فأخرج أحدهم جاروفين من السيارة في حين أخرج الثاني سلاحه وقد ثبت في طرفه كاتم للصوت فالهدوء حولهم سيجعل صوت الطلقات مدويا مسموعا من مسافة كبيرة وهم في غنى عن ذلك.

صوب الرجل مسدسه إلى السائق وبمنتهى الهدوء والثبات أطلق النار فانتفض الجسد للحظة قبل أن يهمد تماما وينقطع أنينه ومع انتفاضة السائق انتفضت سنية ومريم وأخذا يتلويان بعنف محاولان التخلص من قيدوهما وقد تعالت صرخاتهما المكتومة ولكن الرجل عاد فصوب سلاحه إلى سنية التي همدت حركتها على الفور وقد استقرت الطلقة في الرمال بعد اخترقت جمجمتها لترديها على الفور.

كانت ليلى هي التالية ولم يكن حولها من سبيل للنجاة فنظرت في رعب إلى الرجل وقد عجزت عن إغلاق عينيها وهي تنتظر الطلقة الثالثة لتنهي حياتها ورأسها يغرق في ثورة عارمة.

ماذا فعلت يا حمقاء

كيف استهنت بيسري وسطوته

هل ظننت حقا أنك تستطيعين الفرار من قبضته؟

تراءت لها صورة أدم ورودينا فبكت بحرقة وكمامتها تمنعها من عض شفتيها ندما وأسفا على فراقهما وتركهما في قبضته.

تعلقت عينيها بفوهة المسدس الطويلة المصوبة إلى رأسها وقد أنعدم كل أمل لها في النجاة فأغلقت عينيها أخيرا منتظرة الطلقة التي ستخترق جمجمتها لتريديها قتيلة منهية حياة من العذاب والألم والفقد.

ولكن الطلقة لم تأت، وطالت لحظة الانتظار، فتحت عينيها في توجس لترى في دهشة الرجل الذي يحمل المسدس وهو يتطلع بعيدا وبجواره السائق وقد أمسك بذراعه يمنعه من إطلاق النار وهو يشاركه التطلع إلى ما خلفها.

هل أرسل الله لها من ينقذها

ومن قد يكون بهذا المكان المقفر

هل يمكنه إنقاذها أم سيزيد عدد القتلى قليلاً؟

لاريب أن هذا ما سيحدث فالرجال الثلاثة مسلحون وهم قتلة محترفون لا يشق لهم غبار.

تلوت في رقدتها على الرمال محاولة النظر إلى مرمى بصرهما في نفس اللحظة التي انضم إلى الرجلين زميلهما الثالث يشاركم

النظر إلى المجهول حتى استطاعت الاستدارة حول نفسها لترى عنزة!

عنزة بيضاء جميلة بعيونها الواسعة تقف على مسافة غير بعيدة تتطلع إليهم في تراخي تبدو في ضوء مصباحي السيارة أضخم من المعتاد وقد امتد خلفها ظل طويل زاد من رهبة المشهد.
وفي لحظات امتلاء المشهد بعدد هائل من الماعز والأغنام دخلت في دائرة الضوء وتقدمت نحو السيارة في حماس في حين بقيت العنزة البيضاء في مكانها ترمق الجميع في صمت. أحاطت الأغنام في لحظات بالرجال وبليلي والسيارة والجثث الملقاة على الأرض وقد انضمت إليهم جثة مطاوع التي ألقى بها الرجل الثالث بينهم فتوتر الرجال وحاولوا أبعاد الأغنام بلا فائدة فقال السائق:

- من يرعي أغنامه في الصحراء في هذا الظلام وفي هذا الوقت بالذات.

قال الثاني في توتر:

- لابد أن الراعي قريب لابد أن نجده فربما رأنا وفر هاربا

قال الثالث حانقا:

- كيف سنجده في هذا الظلام؟ سحقا لو لم يكن رأنا بعد فسيجذبه صوت الطلقات إذا قتلت المرأة لابد من أن نجده ونقتله قبل أن نتم عملنا.

خرجوا من بين الأغنام التي أحاطت بهم بصعوبة وأنطلق الرجال الثلاثة في الاتجاه الذي جاءت منه الأغنام وهم يسترشدون بمصابيحهم ويستدلون على طريقهم بأثار أقدام الأغنام فوق الرمال تاركين ليلى على الأرض بين الجثث الثلاث وقد أحاطت بها الأغنام حتى أخفتها تماما بينهم وكلهم يقين أنها عاجزة عن الحركة ولن تغادر مكانها بأي حال.

وحتى لو غادرت مكانها وتخلصت من قيودها بوسيلة ما فأين تهرب والصحراء حولها من كل جانب.

تقدم الرجال بوتيرة سريعة وقد شهروا أسلحتهم فمن يعلم فربما هي خدعة من أحد المهربين أو المجرمين المختبئين في المكان ولكن على مسافة ليست بالقصيرة انقطعت الأثار بغتة وكأن الأغنام ظهرت من العدم في هذا الموضع فهتف أحد الرجال قائلا:

- ما هذا العبث هل هبط القطيع بالباراشوت فوق رؤوسنا.

تلفت الرجال حولهم محاولين التقاط أي حركة من حولهم ولكن الصمت والظلام وحدهما أحتلا كل شيء من حولهما وكان البحث على غير هدى على ضوء الكشافات التي أضاءت مساحة ضئيلة من الظلام غير مجديا فزفر السائق وأشار لزميليه بالعودة قبل أن يضلا طريقهما أو تختفي الآثار فلا يجدوا طريق العودة وقد شعرا أن الأمر ليس طبيعيا على الإطلاق.

ربما هي خطة لإبعادهم عن ليلى والسيارة!

لابد أنها كذلك نطق أحد الرجال بما جال في ذهنه فانتفض الرجلين الأخرين ولعن السائق حمقهما عندما تركا ليلى وحدها عند السيارة وجدا السير بسرعة رغم صعوبة المشي على الرمال حتى لاحت السيارة من بعيد.

كان كل شيء كما هو، السيارة رابضة فوق الرمال وقد أضاء مصباحيها قطاعا كبيرا أمامها ولكن لا أثر للأغنام على الأطلاق.

تنهد الرجال وواصلوا السير حتى وصلوا إلى السيارة، كان كل شيء هادئ بعد انصراف الأغنام وعودة الأمور إلى طبيعتها ومن ثم تنهد أحداهم وأعد سلاحه للإطلاق وأتجه إلى مقدمة السيارة ليدور حولها إلى حيث ترك ليلى ملقاة بين الجثث فلقد

حان الوقت لأنهاء هذه المهمة اللعينة ولكن ما أن تقدم خطوات صغيرة حتى سمع زميله يهتف:

- أين ذهبت الأغنام؟ يالا الهول.

التفت إليه في حنق بالغ وقال:

- فلتذهب إلى الجحيم لماذا تبالي بها دعنا ننهي مهمتنا أولا لدينا الكثير من العمل لا زال علينا دفن تلك الأجساد والتخلص من السيارة.

- أنت لا تفهم

أقترب منه زميله في توجس وهو يتلفت حوله في حيرة وقال وهو يشير إلى حيث أتوا منذ لحظات وأستطرد قائلا:

- لقد أتت الأغنام من هذا الاتجاه حيث تبعناها، اليس كذلك؟ دارت حول السيارة واحاطت بها، أثارها تملأ المكان كما ترى.

تأفف زميله وهو يتابع شرحه للأثار وأجابه قائلا:

- ثم انصرفت ماذا هناك يا رجل؟ أفصح.

- أين أثارها عندما انصرفت وفي أي أتجاء لا يوجد غير أثارها حول السيارة وحتى لو عادت من نفس الطريق الذي أتت منه الم يكن مفترضا أن نقابلها في عودتنا.

- اللعنة أنت على حق هناك شيئا غير طبيعي على الإطلاق أولا تنقطع أثارها في قلب الصحراء والأن تختفي فجأة دون أثر

قال زميلهم الثالث وهو يعد سلاحه بدوره:

- هل تظن أن أحدهم يتربص بنا؟ هل هي خدعة ما؟ أعتقد أن هذا من أساليب المهربين ولكننا لسنا قرب الحدود.

أجاب الأول قائلا:

- لا أعلم ولكن يجب أن ننهي مهمتنا ونخرج من هذا المكان بسرعة سنضع الجثث في قبورها وندفنها

- المكان مقفر لأميال ومع هذا ...

أخرج مدية حادة عريضة وألقاها أمامه على الأرض وهو يستطرد:

- انتزع الرصاصات من الأجساد لا تترك أدلة

التقط زميله المدية ودار مع الرجل الأخر حول السيارة لتنفيذ مهمتهما القذرة ولكن ما أن اختفيا خلفها حتى هتف أحدهم بحنق بالغ:

- اللعنة لقد ذهبت

أسرع ثالثهما ليلحق بهما ليجدهما يقفان أمام أجساد ضحاياهم يتلفتون حولهما وقد اختفت ليلى تماما دون أثر

تلفت الرجل الثالث بدوره يتطلع إلى الرمال قبل أن يقول:

- لا أثر لأقدامها على الرمال أيضا أين ذهبت تلك اللعينة؟

- حيث ذهبت الأغنام

- اللعنة لن يرحمنا يسري بيك

وقفا الثلاثة حائرون فيما يفعلون الأن فالبحث عنها في هذا الظلام دون أثر يتبعونه مجازفة كبيرة تهدد بضياعهم في الصحراء والبقاء غير مجدي ولن يؤدي الى نتائج ملموسة ومن ثم قال السائق:

- ابدأ حفر القبور سأشارككم الحفر بعد نزع الطلقات من جماجمهم

- وماذا عن المرأة

- لقد ماتت ودفناها في الرمال

- لكن هذا لم يحدث

- ولكن هذا ما سنخبر به يسري بك هلموا.

تعاون الرجال الثلاثة على انتزاع الرصاصات من الأجساد ثم الحفر فقد خشي كل منهم الابتعاد عن زميله وما أن انتهوا حتى

ركبوا السيارة وانطلقوا على الفور دون حتى تحديد المكان بأي علامة وما أن وصلوا إلى المدق الذي يوصل إلى الطريق العام حتى قال السائق:

- لا ينبس أحدكم ببنت شفة عما حدث، ما أن نصل إلى المدينة حتى تترجلا وأنا سأذهب إلى من سيقوم بتفكيك السيارة إلى أجزاء في دقائق فلا يعود لها أثر لقد انتهت المهمة.

ولكن هل انتهت المهمة حقا؟

على بعد عدة كيلومترات من الطريق الأسفلتي توقفت أحد الشاحنات على جانب الطريق ومال قائدها على النافذة اليمنى وهو يقول:

- من أين جئت أيتها الملعونة؟ كدت أدهسك على الطريق في هذا الظلام يا امرأة، من أي داهية ظهرت و ...

صمت فجأة عنما فُتح الباب وأطلت عليه أجمل امرأة رئتاها عينيه في حياته، أقسم في نفسه أنه لم يرى جمال كهذا من قبل، بالتأكيد هي حورية سقطت من الجنة، لابد ان ربه راضا عنه في هذه الليلة المباركة، ربما هي دعوة أمه في ليلة القدر، لابد أنها كذلك.

مال أكثر على الباب حتى أستند على مرفقه وقال في رفق هو إلى الغزل أقرب:

- من أين الغزال قادم، أن الطريق مقفر هاهنا، هل تعطلت سيارتك؟ أم ضللت الطريق في الصحراء؟ ليس هذا المكان بأمن على امرأة في جمالك، لا تقفى هكذا، أركبي.

صعدت المرأة دون أن تنطق بكلمة وما أن استقرت على مقعدها حتى أستطرد قائلا:

- ما اسم القمر يا ترى؟

نظرت إليه المرأة في برود وقالت:

- هل أوصلتني على القاهرة؟

أعتدل السائق وهو يقول في سعادة بالغة:

- القاهرة؟ إنه طريقي بالفعل، لا تشغلي بالك ما هي إلا سويعات قليلة ونصل.

أدار محرك السيارة وأنطلق وهو يمني نفسه برحلة ممتعة بجوار أجمل من رأت عيناه، أخذ يختلس النظر في مرآة السيارة إلى الحورية الجالسة بجواره ولكن نظره تجمد فجأة وكادت عجلة القيادة تختل في يده عندما رأى الوجه المنعكس في المرآة.

ففي المرآة رأى وجه عنزة بيضاء جميلة واسعة العينان للحظة خاطفة وبسرعة تغيرت الصورة إلى صورة المرأة الجالسة بجواره ولكنه كان قد لمحها بالفعل.

لمحها ويقسم على هذا.

ما هذا؟

هل هي من الجن؟

لابد أنها كذلك فما الذي يدفع امرأة إلى الوقوف بهذا الطريق المقفر في هذه الساعة من الليل؟

حاول أن يتلو بعض آيات القرآن علها تنجيه مما هو فيه ولكن ذهنه تجمد تماما من الرعب فلم يستطع تذكر شيئا، اللعنة عقله خاوي تماما، لم يجد شيئا في يده إلا أن يستعيذ بالله بصوت خفيض وهو يرتجف فالتفتت إليه المرأة وكأنها سمعته وقالت في هدوء زاده رعبا على رعب:

- اطمئن لن أؤذيك فقط أمض في طريقك ولا تتلفت حولك حتى نصل.

ولم يكن الرجل بحاجة إلى سماع نصيحتها فعنقه تجمد بالفعل على الطريق وقد تملكه فزع شديد من النظر إليها مجددا وأخذ يدعوا الله أن يرجع سالما إلى زوجته واطفاله من هذه الرحلة المشئومة

وواصلت السيارة رحلتها

****

جلس وكيل النيابة كمال أبو الفضل حائرا وهو يطالع امرأة شاحبة نحيلة ضئيلة بارزة العظام في منتصف الثلاثينات من عمرها جلست أمامه وقد تقوست على نفسها وكأنها تعاني من ألما ما يغزو جسدها الضامر.

كان مصدر حيرته أنه لم يستوعب ما قالته المرأة رغم خطورته، فما قالته المرأة خطير جدا ويغير مجرى التحقيق تماما، ولكن لا شيء منه يمكن أن يقنع عقل طفل ولا يوجد أي دليل على صحته غير اعتراف المرأة السقيمة التي تجلس أمامه الآن.

كانت ساقيها الاثنتان مضمدتان بضمادات متسخة يظهر من حولها طفح جلدي مقزز أو التهاب قوي جعله يتوجس منها فربما هي مريضة بمرض معدي مما يجعل التعامل معها فيه خطورة شديدة ورغم ذلك شعر بالشفقة عليها مما هي مقدمة عليه.

تطلع إليها في صمت لدقائق وهو يحاول صياغة ما قالته في عقله إلى صيغة مقبولة يستطيع تقديمها إلى المحكمة ولكنه عجز عن ذلك فأعتدل قائلا:

- حسنا يا علياء هل أعدت على مسامعي ما جئت لقوله ولكن بدون تلك التخاريف التي ذكرتها عن الجن والعفاريت.

شهقت علياء في ألم وكأن روحها تغادر جسدها الضامر وقالت بصوت خفيض يكاد لا يسمع:

- انا أسمي علياء موسى ٣٤ سنة وأعمل بدار رعاية الأيتام المملوكة للملعونة ليلى القاضي.

- ارفعي صوتك قليلا، ما الذي أتى بك اليوم إلى مقر النيابة العامة؟

سحبت علياء نفسا عميقا ورفعت صوتها قليلا وهي تجيب:

- أثناء عملي بالدار حدثت أحداث مريبة وتصرفات غير معقولة من الملعونة ليلى القاضي.

- لماذا تلقبينها بالملعونة.

- لأن كل ما جرى من أحداث وما أصابني من علل لم يأتي إلى مع الشر الذي جلبته إلى الدار.

- حسنا فلنبدأ من البداية، قصي علي ما حدث.

تنهدت علياء وارتجف جسدها للحظة وهي تتذكر الأحداث المرعبة التي مرت بها ثم بدأت تتكلم قائلة:

- بعد أن التحقت بالدار منذ عام وأكثر وأنا ملتزمة في عملي، كانت مديرة الدار مدام عفاف أم رحيمة بالأطفال ولكنها كانت حازمة مع العاملين قاسية في بعض الأحيان ولكنني تحملت ذلك بصبر وتفهم فالمسئولية عظيمة والحمل كبير ولذلك حاولت قدر الإمكان أن أكون عند حسن ظنها ومضت الأيام بحلوها ومرها في هدوء وثبات دون أن أشكو أو أعترض حتى أتت الملعونة ليلى القاضي صاحبة الدار.

- وهل تغير شيء في الدار بعد مجيء د. ليلى القاضي واستقرارها في القاهرة؟

عاد جسد علياء للارتجاف وتهدج صوتها وهي تقول:

- كل شيء حدث بعد مجيئها، في البداية احتلت الدار بالكامل، كنت تراها في كل مكان، تظهر في كل لحظة لا تعلم من أين أتت أو متى حلت على الدار كالكارثة.

كان كمال يشعر بتعاطف شديد معها ولكنه حافظ على وجه الصارم وهو يقول:

- إنها صاحبة الدار ومن حقها أن تتأكد من سير العمل كما ينبغي اليس كذلك.

- هو كذلك، ولكن ظهورها المفاجئ في كل مكان دون أن يعرف أحد متى أتت أو متى رحلت جعلها كالكابوس، في البداية كانت رحيمة بالأطفال، ولكنها تتعامل مع العاملين بالدار في تعال وأضح وقسوة غير مبررة، ثم جاء موضوع عنبر الرضع لتظهر لي حقيقتها الشيطانية.

- حقيقتها الشيطانية هل عدنا للحديث عن الجن والعفاريت؟ حسنا أكملي وسنرى في النهاية.

- في البداية لم أشك في شيء رغم إصرارها الغريب على إنشاء العنبر وقامت مدام عفاف بتعييني فيه بعد إنشاءه لأني كنت أصغر العاملين سنا ورأت أن ذلك سيكون أنسب لرعاية الرضع الذين يحتاجون الكثير من العمل والجهد والسهر وكانت معي زميلتي سميرة كعنصر خبرة ضروري حتى لا تحدث كارثة غير متوقعة.

- هل تواجدت د. ليلى بكثرة في عنبر الأطفال الرضع وهل صدرت منها تصرفات غريبة مع الرضع.

- الحقيقة أنه لم يصدر منها تصرف واحد طبيعي منذ أتت الدار ولكنها بالفعل اهتمت جدا بالعنبر وكانت

متواجدة في معظم أوقاتها في ذلك العنبر في البداية ثم تقلص ظهورها لمرات متفرقة في الليل أو النهار.

- هل كانت تأتي للعنبر ليلا؟

- نعم كما ذكرت كانت تظهر في أي وقت وفي كل مكان كاللعنة.

تنهد كمال وتراجع في مقعده وهو يشير لها بالاستطراد فقالت:

- في البداية كانت تتعامل مع الأطفال بحيادية ولكن بدون إظهار أي رحمة أو تعاطف معهم وكانت أحيانا تصرخ فيهم عندما يرتفع بكائهم لأي سبب وكان ذلك يفزعني حقا ويزيد من بكاء الأطفال ولكنها لم تكن تبالي.

- هل صدرت منها أي تصرفات أخرى.

- بعد فترة قصيرة قامت بالتبديل بين أسرة الأطفال وكانت تضع الأطفال في الأسرة التي اختارتها ثم تعود لتغيير الترتيب في اليوم التالي وفي النهاية استقرت على ترتيب معين ولقد انتابني الفضول حقا بسبب هذا الترتيب حتى أدركت الأمر.

- أي أمر؟

- كانت تختبر الأطفال وتنتقي منهم ما يناسب أغراضها

- تختبرهم كيف؟ ولأي غرض؟

- في أحد الأيام كنت ساهرة في العنبر ورأيت خيالا كالدخان يطوف على أسرة الأطفال قبل أن يستقر فوق فراش الطفل يحيي ثم عماد ومن بعده طارق كنت خائفة مما رأيت وتجمدت في مكاني حتى أختفي فنهضت وأن ارتجف فرقا فحملت الأطفال الثلاثة معا وضممتهم إلى صدري حتى هدأت عندما أدركت أنهم نيام ولم يحدث لهما ما يثير الذعر ولكني أصبحت أكثر يقظة أن شيء غريب يحدث في العنبر.

- ربما ما رأيت يرجع إلى السهر والإضاءة الضعيفة يشبه الأمر الخيالات التي نراها عندما نضيء شمعة في الظلام فتبدو لنا الظلال تتحرك في كل مكان

نظرت علياء للمرة الأولى إلى كمال بسخرية وقالت:

- وهل تبدو لك الأمور بخير وأن ما رأيت مجرد خيالات؟

تطلع إلى هيئتها السقيمة للحظة حقا لا تبدو الأمر بخير تنهد ثم قال وهو يسترخي في مقعده:

- حسنا أكملي

- بقيت مترقبة حتى أذان الفجر فصليت لعل صلاتي تكون حصنا لي ثم بدأت بفحص العنبر بحثا عن أي

دليل على ما رأيت ولكني لم أجد شيئا ذا بال ثم أنقضي اليوم وفي الصباح اختفى الطفل الأول طارق

- وكيف أختفي؟ وهل كان هذا بعد انصرافك أم بحضورك؟

تطلعت إليه في حيرة وقالت:

- صدقني لا علم لي كيف أختفي لقد كنت جالسة بالعنبر أقرأ في أحد الروايات وقد اقترب موعد انصرافي وعندما رفعت رأسي لأتفقد الأطفال لم يكن في فراشه.
- هذا غير معقول فلابد أن دخول أحد إلى العنبر وخطف الطفل أمر ملحوظ حتى ولكنت مستغرقة تماما في القراءة.
- ومن قال إن أحدا دخل العنبر؟ لقد أختفي الطفل وكأنه وهم أو سراب دون أثر لم يدخل أحد العنبر ولم يمسه أحد فقط اختفى.
- هذا غير معقول
- لقد جن جنوني وقتها لم اصدق أن يختفي الطفل هكذا فانقضضت على الفراش أبحث عنه ورفعت الحشية أثناء بحثي وهناك وجدتها.

ازداد تحفز كمال فلأول مرة تبدأ الأدلة على قصه اختفاء الأطفال في الظهور وقال لها في لهفة:

- ماذا وجدت بالضبط

- كان على الفراش أسفل الحشية شكل غريب رسم بدماء سوداء وقذارة غريبة لقد كانت الملعونة تضع الأطفال في هذا الفراش لاختبارهم أو اختيارهم لا أعلم كانت عملية ترجيح بينهم لاختيار الأصلح لأغراضها الدنسة ولا ريب إنها كانت وراء اختفائهم المفاجئ.

ازداد توتر كمال وسألها بلهفة:

- هل أنت متأكدة أنها من رسمت ذلك الرسم؟ ومتى؟ وكيف يبدو؟

- الرسم كان قديماً تشربته أخشاب الفراش لا ريب أنها أعدت كل شيء قبل إنشاء العنبر أما شكل الرسم فكان دائرة أحاطت بها دوائر أصغر تحتوي رموزا غريبة كانت دائرة من التي نراها في الأفلام عندما يمارسون السحر لا أستطيع أن أصفها بدقة على كل حال لقد اختفت فيما بعد ولقد وجدتها في الفراشين التاليين لعماد ويحيي بعد اختفائهم ولكنها كانت تختفي بعد فترة قصيرة من اختفائهم

- ولماذا لم تبلغي أحد بذلك؟

- في البداية لم أكن مدركة لما يحدث ولم أربط بين الرسوم واختفاء الأطفال والملعونة ليلي، وبعد أن أدركت ما يحدث لم أجد من أبلغه، ومن أبلغ ومن سيصدقني إذا كان الرسم يزول بعد دقائق من الاختفاء سيظن بي الظنون وربما اتهمت بأنني من اختطف الأطفال لقد كانت الشكوك تحوم حولي بالفعل ولم يكن من سبب لأزيد تهمة الجنون إلى قائمة الاتهام.

- هل رأيت د. ليلى تقرأ أو تتلوا تعاويذ أو ما شابه على الرضع؟

- في الحقيقة لم أرها تفعل ولكن بعضهم رأى ذلك وأشاعه في الدار على كل حال لقد كانت تتعمد اخراجي من العنبر في كل مرة تأتي لزياته وتكلفني بمهام صغيرة مثل إعداد الشاي أو البحث عن مدام عفاف وغيرها من المهام التي تدفعني للمغادرة وربما حدث هذا أثناء غيابي.

- وماذا حدث بعد ذلك؟

- عاد الأطفال للظهور في أماكن غريبة مغلقة بطبيعتها ولقد كانت سعادتي لا توصف عندما رأيتهم بخير

واطمأننت عليهم وعادت الأمور إلى طبيعتها حتى بدأت أشعر بالتعب.

نظر إليها كمال في رأفة أي تعب أكثر مما هي فيه كانت تبدوا مريضة جدا في نظره فقال لها:

- أرى ذلك؟ هل انتهت قصتك على هذا؟

- بل بدأت أعلم أنك تراني امرأة سقيمة نحيلة تبرز عظامها ولكني لم أكن كذلك لقد كنت أميل على البداني صحيحة الجسد ولكن الأوغاد امتصوا جسدي حتى أسقموني.

- الأوغاد؟

- في البداية ظهرت جروح غريبة على ساقي، وبدأت أشعر بالتعب والدوار، شخص الطبيب حالتي بأنيميا حادة، وأنني مصابة بمرض نفسي جعلني أجرح جسدي بيدي، صدقته في البداية، ولكن الأمر تفاقم وهنا بدأت أشك فيما يحدث ثم أتتني الرؤية التي أوضحت لي الكثير من الحقائق.

وأخذت تحكي له الحلم المفزع الذي رأته وهو منصت لها بين مصدق ومكذب لا يدري حقا حقيقة الأمر حتى انتهت فقال لها مباشرة:

- ولكن زميلتك في العنبر في أتم صحة لقد قابلت السيدة سميرة من قبل ولم تبد أبدا عليها إمارات الضعف أو المرض.

- إن سميرة تقضي نوبتها تقرأ في كتاب الله ولعل هذا ما حماها مما أنا فيه وعندما علمت بذلك وكانت حالتي تدهورت جدا كما ترى قررت أن أفعل مثلها ومنذ بدأت في فعل ذلك حتى تبدلت معاملة الملعونة وصارت شديدة القسوة والازدراء لي وطلبت أكثر من مرة من مدام عفاف تعيين أخرى في العنبر وربما لو عاشت أكثر لنفذت تهديدها لي ووضعت مكاني أخرى تكون غذاء لشياطينها.

- إذا الأطفال الذين ظهروا ليسوا هم نفس الأطفال بل شياطين تمتص الدماء، اليس هذا ما تخبريني به؟ حسنا هل هذا كل ما جئت اليوم لتذكريه أم لديك شيء أخر؟ هل ظهر شبح ليلى مثلا بعد وفاتها أو هاجمتك شياطينها مرة أخرى.

كانت رنة السخرية في صوت كمال واضحة وقد ضاق بحكايتها الغربية التي لا يمكنه تقديمها لعاقل فضلا عن المحكمة وندم على إضاعة وقته معها ولكن علياء أجابته في هدوء شديد:

- بل لدي، أنا قتلت الملعونة ليلى القاضي وشرعت في قتل الشياطين الصغار طارق ويحيي وعماد.
- الرضع تقصدين.
- الشياطين الملاعين.

أنتفض كمال في مقعده من المفاجأة الصاعقة وهتف في غضب حانق:

- أيتها المجنونة هل تدركين ما تقولين الأن؟ هذا اعتراف منك بجريمة قتل وشروع في قتل، هل تدركين أن عقوبة ذلك الجرم هو الإعدام، أنا لا أصدق أنك بحالتك تلك يمكنك قتل ذبابة، من الذي تحميه باعترافك هذا؟ يبدوا أنني أضعت الكثير من الوقت بلا فائدة.

بهدوء أخرجت علياء من حقيبتها كيس من البلاستيك ووضعته أمام كمال على المكتب وأنهار كمال على مقعده غير مصدق وهي تقول بثبات وقد حزمت أمرها تماما واستسلمت لمصيرها:

- وها هو سلاح الجريمة وعليه دماءها اللعينة وبصماتي لقد جئت بملء إرادتي ولا أتستر على أحد أرجوك سجل أقوالي كما هي لا أريد أن يُحمل أحد نتيجة أفعالي أو يتهم بسببي، ولم يعد من سبب لأعيش من أجله لقد هجرتني عائلتي بسبب الحالة التي وصلت إليها،

هجرتني بسببها، ولا ألومهم على ذلك، من ذا الذي يقبل بالعيش مع هذا المسخ الذي تراه.

ثم انخرطت في بكاء حار مزق ما بقي من ثباته وتماسكه أمامها.

شعر كمال بالدوار يكتنف عقله، فرغم رفضه وعدم تصديقه لحكايتها، إلا أنه لم يستطع أنكار الدليل القاطع، فأمام عينيه أستقر سكين ضخم ملوث بالدماء ملفوف بكيس من البلاستيك.

ولم يعد هناك سبب للتراجع أو الشك

لقد أغلقت القضية

*****

د. حاتـــم

كل ما في الأمر أنني كنت مصدوما.

أصابتني صدمة شديدة في نفسي.

هل أصابني الخرف فعلا.

كل هذا البحث المحموم للاشيء.

هل كان هذا كله محاولة من عقلي لتبرير مطاردتي لامرأة لو انجبت لكانت في عمر بناتي! مصوراً لنفسي البحث عن الحقيقة ليس إلا.

تسببت مصارحة د. ليلى لي إلى حالة من الاختلال وفقدان التوازن جعلتني أفقد الثقة في تقديري للأمور وأبعد نفسي قصرا عن ميدان الماورائيات خوفاً من أكون قد فقدت حواسي وبصيرتي ومن قبلهما عقلي وحدّسي، فأجدني أرى في كل ركن وحش وفي كل زاوية شيطان.

ليس الأمر مستبعدا كما تعتقد فهذا العالم قلما ينجو فيه صاحب عقل وقلما يسلم من الجنون بعيد النظر.

ولو نظرت إلى التاريخ لرأيت أكثر العباقرة أصيبوا بالخبال في أرذل عمرهم وعلى الأخص كل من أهتم بعالم ما وراء الطبيعة وتعمق فيه.

ولست استثناء.

ولعل الوقت قد حان للانسحاب قبل أن أسبب الأذى لرجل بريء أو امرأة مسكينة.

ونتيجة لهذا القرار اتصلت بسعيد بعد يوم أسود لم أتوقف فيه عن تقريع نفسي وأنا أحمد الله إنني لم أتهور فأتخذ إجراء أندم عليه الآن فأوذي د. ليلى أو أزج بسعيد في السجن.

أعلمته بما حدث وبما قررت ... ولم يعترض

كان رأيه هو الآخر أنه يجب أن نتوقف عن مطاردة العفاريت والأشباح وإلا ظن الناس بعقولنا الظنون وربما حان الوقت للاهتمام بما هو حقيقي وملموس ويمكن تقديمه للأوساط العلمية كأبحاث ذات قيمة علمية يمكن قياسها.

زاد جوابه من صعوبة الأمر على نفسي فانزويت لفترة وتقوقعت على نفسي وانشغلت بكتبي وأبحاثي -العلمية منها والجادة-واعتزلت التدريس لفترة بدعوى الحالة الصحية.

والحقيقة عندما أفكر في الأمر الآن أجد أن رد فعلي وسلوكي في هذه الفترة كان مبالغا فيه وغير مبرر وكلما تفكرت في الأمر شعرت كما لو أن أصابني شيئا ما يعزز الشعور بفقدان الثقة والهوية ولم أكن أعلم أن شيء كهذا موجودا!

ومر شهران وأنا على هذه الحال لا أغادر منزلي إلا قليلا وفي معظم الأحيان تنحصر وجهتي في الحديقة العامة أو مكتبة الجامعة.

وانقطعت أخبار سعيد ومريم عني طوال تلك الفترة، وقد أقنعت نفسي أنهما بخير، ولي حق في ذلك.

ففي الحقيقة كل شر أصابهم كان لي دورا فيه لا ينكر. ومن ثم كان الابتعاد عنهم يتيح لهما مساحة من الهدوء تسمح بإعادة بناء علاقتهما وترميم ما انهار منها تحت وطأة الأحداث الأخيرة.

كان كل شيء هادئ وقد بدأت أعتاد نمط حياتي الجديدة حتى أتاني اتصالا أثار قلقي بشدة وأصابني بصدمة جديدة اعادت عقلي إلى أرض الواقع.

كان الاتصال من أم مريم.

وكانت تدعوني لاجتماع عائلي.

وبالأصح جلسة عائلية.

نتفق فيها على الأسس والقواعد والالتزامات والواجبات.

لطلاق سعيد ومريم!

*****

ومثل ثورات البراكين المفاجئة والفيضانات والعواصف تحررت مشاعري من أسرها فاندفعت في ثورة عارمة أقتحم منزل أم مريم حيث كان الجلسة العائلية المفترضة ويبدوا أن مريم تقيم معها منذ فترة ليست بالقصيرة.

ما الذي يحدث بالضبط وكيف وصل الأمر لترك المنزل والاتفاق على الطلاق دون أن أعلم شيء عما يحدث!

عصفوري الحب اللذان رعيتهما بنفسي وأعلم تمام ما يكن كل منهما للأخر من مشاعر قد تغيرا تماماً.

كما ذكرت دخلت المكان كالإعصار، وكانوا جميعا جالسين في الصالة الصغيرة على مقاعد الأنتريه، وهالني ما رأيت وأذهب كل ثورتي وحل محلها دهشة عارمة.

الرؤوس مرفوعة، القسوة والجد بادية على الوجوه، لم يكن واحدا أسفا أو حزينا أو حتى غاضباً بينهم.

هذه ليست جلسة بين زوج وزوجة للاتفاق على الطلاق! بل بين تجار سلاح للاتفاق على صفقة جديدة.

دون أن أتفوه بكلمة جلست وأنا أراقب الوجوه بدقة ولقد بدأت أشعر أن بصيرتي قد عادت للعمل، ثمة شيء بالأجواء والشخوص من حولي وكأن أحدا ما عبث بهذه الشخصيات فغيرها وأبدلها وأكسبها سمات جديدة قاسية.

طال الصمت وأنا أترقب الوجوه منتظرا الكلمة الأولى التي تأكد لي صدق حدسي، ولكن الكلمة لم تأتِ، فلم أجد بدا من أن أخطو أنا الخطوة الأولى فقلت:

- ماذا حدث؟ ما سر هذه الجلسة العجيبة؟ كيف وصلت الأمور إلى هذا المنحنى الخطر؟ ماذا حدث يا مريم ... ماذا حدث يا سعيد؟ الن يتكلم أحدكم؟

قالت أم مريم في محاولة لتصنع الحيادية وعدم التدخل في قرارهما:

- هذا قرارهما يا د. حاتم، ليس لنا التدخل فيما اختاراه، في النهاية هذه حياتهما، وهما وحدهما يعرفان الأصلح لهما، نحن هنا لنحفظ لكل ذي حقا حقه فقط، ولكن القرار لهما في النهاية.

تنهدت في ضيق لموقف أم مريم، ولكني تفهمته، ففي النهاية هي أبنتها، ولابد أن مسألة الانجاب صنعت صدعا لا يمكن جبره، ولكن لم يكن من السهل على نفسي أن أرضى بتلك النهاية، فقلت في صبر:

- قال الله تعالى في كتابه العزيز " وإن خفتم شقاق بينهما فابعثوا حكماً من اهله وحكماً من أهلها إن يُريدا إصلاحاً يوفق الله بينهما إن الله كان عليماً خبيرا" هذا

كلام الله، القول الفصل، لا يوجد مشكلة بلا حل، ربما بقليل من التفاهم يمكننا تجاوز عقبات كثيرة، لم يمض على زواجكما عام، وإن كان الأمر يتعلق بمسألة الإنجاب فالموضوع ...

قاطعتني مريم بلهجة حازمة:

- ليس الأمر كذلك، لقد رضيت بقضاء الله، ولم أطلب شيئاً أكثر مما كُتب لي، ولكن الخيانة لا يمكن أن أغفرها، لا أستطيع.

انتفضت في جلستي عندما سمعت قولها وهتفت في ذعر:

- خيانة؟؟ من؟ ... سعيد؟؟ لا أصدق هذا أبدا ولو بعد ألف عام، إن سعيد يحبك يا مريم، وأنت تعلمين ذلك، وليست هذه أخلاقه التي تعلمينها جيداً، إستغفري الله، ما هو إلا شيطان نزغ بينكما.

للأسف كان ظني خاطئاً، وكان ذلك أشد وقعاً مما ظننت على روحي عندما قال سعيد في حزم لا يختلف عن نبرة مريم في الحديث:

- المرأة التي تهمل زوجها وتهمل منزلها وتهرع لخدمة الغير لا يحق لها الكلام عن الخيانة، أنا لم أعد أراكي، كل يوم تغادرين ولا تعودين إلا ليلاً، مرهقة لا تحتملين

قولاً مني، البيت مهمل، لا يوجد طعام، حتى حقوقي عليك أهملتها، والآن تتحدثين عن الخيانة، لم يعد هناك شيئاً بيننا لأبقي عليه، والحمد لله أننا لم ننجب، أنا لست نادماً على شيء.

اندفعت أم مريم بلا حذر أو مراعاة هاتفة:

- أي حقوق وأي بيت، وماذا عن حقوق ابنتي، أبنتي ليست جارية في بيتك، وليست ملزمة بخدمتك أصلاً، لقد رضيت ابنتي بالعيش معك رغم عيبك، ولم تتكلم، أ فيكون جزاءها الخيانة! لا ... لا عذر للخيانة، لقد أنتهي الأمر.

كان رأسي يطن الآن كأن ألف بعوضة قد سكنت فيه، ما الذي يحدث؟ الحوار يتجه لمنحنى خطير، رغم أنني لم أفهم بعد عما يتكلمان، وكان يجب أن أتدخل الآن قبل أن نسقط في هوة لا مخرج منها.

قلت في هدوء محاولا امتصاص حالة ... لا أعلم حقا ما تلك الحالة التي أراها، لا هي بغضب أو سخط، ولا هي تمُت للعقل بصلة، كما لو كنت شخوصاً أخرى لا أعرفهم:

- حسنا أنا أحتاج أن يشرح أحداكما ما حدث، أنا لا أستطيع تصديق أن يخونك سعيد يا مريم، وليس هذا

السلوك العاقل الذي أعتدته منك يا أم مريم، وأنت يا سعيد، لماذا لا تخبرها حقيقة الأمر أنا لا أفهم شيئاً.

سكت الجميع وأطرقوا برؤوسهم، فزفرت في نفاذ صبر ووجهت حديثي إلى مريم مداهناً لتلطيف الجو:

- ماذا حدث يا مريم؟ قصي على مسامعي ما حدث يا ابنتي، ولك مني أن أعيد الأمور إلى نصابها.

- اسأله.

وتراجعت في مقعدها وعقدت ذراعيها أمام صدرها وزمت شفتيها في كبرياء وأشاحت بوجهها، فأنبرت أم مريم لشرح الأمر قائلة:

- الأستاذ المحترم يحوم حولَ امرأة أكبر منه سناً وأعلى مقاماً، سمعته في الجامعة صارت قذرة من فرط سعيه ورائها، أساء إليها وإلى سمعتها كذلك، في النهاية عندما واجهناه بما عرفنا أجاب أن هذه حياته ورغبته وليس لأحد التدخل، وأن الشرع أحل له الزواج ممن يشاء، قل لي يا يا د. حاتم ـفأنت دائما تخرسني بكلامك في الدينـهل أحل الله الخيانة ومطاردة الفتيات أيضاً؟

لابد أن الصدمة كانت على وجهي جلية، أشعرت أم مريم بالانتصار، فتراجعت في مقعدها بعد أن أنهت مرافعتها وعقدت

زراعيها أمام صدريها بدورها وكأنما أنهت الحديث بالفعل،
ولها كل الحق، فلم أجد لدي ما أرد به على ما تقول.

قلت في نبرة أقرب على الاعتذار وأنا أنظر إلى سعيد بطرف
عيني وهو يجلس صامتاً متطلعاً إليهم بلا ذرة واحدة من الندم
أو الشعور بالخزي:

- ربما كانت نزوة أو طيش شباب، البيوت لا تهدم من
  أجل نزوة، عهدتك يا أم مريم عاقلة، وأنت يا مريم ألا
  تذكرين لسعيد ما يحملك على مسامحته في نزوة.

- ليست نزوة.

جاءت العبارة من سعيد لتنهي محاولتي البائسة لتصفية الأجواء
ولم يكتفِ الأحمق بهذا بل انبرى يتكلم كالمدفع الرشاش قائلا:

- أنا لا أشعر أنني متزوج، لا بيت ولا زوجة، أعود كل
  يوم متعباً من عملي لأجد الهانم قد غادرت المنزل دون
  أن تخبرني، فلا أجد وجبة تسد جوعي، أو رداء نظيف
  ألبسه، والمنزل في حالة يرثى لها، حتى في الفراش لم
  أعد أنال زوجتي إلا غصبا، وبدون عاطفة، لقد صارت
  امرأة أخرى، وأن كانت هي ترى أن دار الأيتام أحق
  بها من زوجها فسأدعها تفعل ما تراه مناسبا لحياتها،

وسأفعل ما أراه مناسبا لحياتي، وليمضي كل منا في الطريق الذي اختاره.

دار الأيتام! أي دار؟ عما يتحدث سعيد، يا إلهي لقد بدأت أفهم كل شيء هتفت في سخط عارم:

- ليخبرني أحدكما هل كل هذا حول د. ليلى؟ هل هي المرأة التي تريد أن تتزوجها يا سعيد؟ هل هي المرأة التي تقضي معها يومك يا مريم لتهملي بيتك وزوجك بهذا الشكل؟

هتفت مريم في سخط:

- لا تتحدث عنها بسوء من فضلك إنها امرأة فاضلة وهي لم تفعل شيئاً تخجل منه، سعيد من طاردها في كل مكان وأساء إلى سمعتها بالفعل حتى اضطرت لمصارحتي بالأمر، إنها امرأة عظيمة شجاعة لا تخشى اتخاذ القرار الصحيح، حتى لو أدى هذا لانفصالي عن سعيد، فهي ليست المذنبة، وأنا أيضا لم يعد لدي ما أعطيه لسعيد، فليبحث لنفسه عن جارية غيري.

أطرقت برأسي في حنق متى حدث كل هذا وكيف حدث وأنا غائب في دوامتي بعد لقائي بليلى ... بعد لقائي بليلى ... نعم كل هذا التبدل في الشخصيات حدث بعد لقاء ليلى بمريم وسعيد

وبعد لقائي الأخير معها ... شعرت بالدوار يكتنف عقلي ... كيف؟ لقد أرتني الشامة بنفسها؟ لم يكن هناك أي أثر للوشم ... هل كان في الأمر خدعة؟

الغانية المقدسة

تقلب الزوجات على أزواجهم، بسبب عقدتها القديمة ترفض الخضوع للرجل، لأدم، وتنقل حقدها وتبثه في نفوس النساء، وفي نفس الوقت تفتن الرجال فيتخلون عن أسرهم ويقبعون تحت ساقيها.

بهذا فقط تكون حققت غايتها فأخضعت أدم وأفسدت حواء.

ولكن هذه مجرد أساطير.

كيف لها أن تكون على أرض الواقع.

وكيف استطاعت أن تثب إلى عقلي أنا أيضا، لتدخلني في تلك الدوامة من الشعور بالذنب والانكسار وعدم الثقة في نفسي وفي عقلي.

كان لابد لكل هذا أن يتوقف.

وبغضب عارم قلت لمريم:

- مريم اتبعيني أريد أن أتكلم معك على انفراد

هتفت أم مريم:

- فلتتكلم هنا لا يوجد ما تخفيه ابنتي عني.

قالت مريم في كبرياء:

- أستطيع اتخاذ قراراتي بنفسي يا أمي، أنا امرأة مستقلة.

ونهضت في كبرياء متجهة إلى غرفة أخرى تلاحقها نظرات أمها المذهولة، فتبعتها والقلق يعصف بي، تأثير ليليث على النساء قوي، ولكنه ليس أقوى من تأثيرها على الرجال، لذا آثرت أن أبدأ بمريم، لعلي أستطيع إفاقتها مما هي فيه، فلم يكن هذا الهجوم المتبادل يسمح بالطعن في ليلى، أو محاولة كسر منطقها الذي زرعته في عقولهم.

جلست مريم أمامي شامخة برأسها، متأهبة للرد، مما جعلني حائرا حقا كيف أبدأ، عادت إلى ذاكرتي لقائي الأول بها وكيف كانت كنسمة الصباح، نقية صافية، كان لقائي الأول بها في مكتبي في الكلية عندما أتتني لتسأل عن بحث ما، كنت قد أمرت الطلبة بالعمل عليه في مجموعات، وكانت تريد المزيد من المعلومات عن المصادر التي تلجأ إليها لاستكمال البحث، كانت فتاة قوية رغم جمالها واثقة بنفسها ولكنها في نفس الوقت رقيقة مفعمة بالحيوية وحب الحياة، يومها تمنيت أن تكون ابنتي، ولم يخيب القدر رجائي، فجمعت بينها وبين سعيد علاقة طاهرة أدت في النهاية إلى زواجهما، ليصيرا أعز أبنائي ومصدر سعادتي في الحياة.

ملأتني الذكرى بالشجون والحزن على ما آل إليه الحال فقلت في تأثر:

- ماذا بك يا مريم؟ لماذا تحولت إلى هذه المرأة التي تجلس أمامي، أين حبك لسعيد الذي حاربت الشياطين لأجله، كيف تغيرت شخصيتك لهذا الحد؟

- كنت حمقاء وأفقت، لن أسمح لأحد بعد الآن أن يتحكم في حياتي، أنا حرة، وليس لأحد أن يملي عليا تصرفاتي.

- هل هذا ما غرسته ليلى في عقلك، أن تهدمي حياتك وأسرتك، أن تتخلي عن كل من يحبك ويساندك في الحياة.

شعرت أنها تقاوم واستبشرت بالتغيير، لكنها قالت في جفاء:

- هذه أنا كما خلقني الله لم أتغير ولكني أفقت، لم تفعل ليلى شيئا تلام عليه، هذا اختياري أنا، هي فقط فتحت عيني على الحياة، لن أسمح لرجل بعد الآن أن يتحكم فيا، ولا أنت حتى يا د. حاتم، لقد مضي هذا الزمن ولن يعود.

شعرت بالعجز أمام هذه المحاورة الكلامية ولم أجد ما أضيفه وخاصة مع الغصة التي ملئت قلبي فنهضت وقد قررت أن أحاول مع سعيد فالوضع بالفعل ميؤوس منه هنا وقلت لها:

- حسنا انتظري هنا ريثما أتحدث مع سعيد قليلا.

انتقضت في حنق غير مفهوم وقالت في سخط:

- تتكلم مع سعيد أو لا تتكلم لا يهم، ولكن لا تملي عليا أفعالي، أنا امرأة مستقلة لا أقبل أن يتحكم في رجل مثلك يا دكتور.

ومضت الفكرة في عقلي مع قولها فوضعتها موضع التنفيذ على الفور وقلت:

- مستقلة ... قوية ... حقا؟ لا أرى ذلك أنت امرأة ضعيفة واهنة، كيف تسمحين لامرأة أخرى أن تأخذ ما هو لك؟ ما هو من حقك؟ كيف تسمحين لأيا من كانت أن تدمر عرشك وتسلبك بيتك؟ سأتحدث بالفعل مع سعيد، ولكن ليس لأقنعه بالبقاء معك، ولكن لكي يتخلص منك سريعاً، فسعيد يحتاج إلى امرأة قوية تعرف كيف تدافع عن بيتها.

كنت أعزف على عقدة لليث التي رغم كل شيء ترى حواء سلبتها حقها في آدم، ونالت هي الزوج والأبناء، أعرف إنها

أسطورة ولكن يبدوا أن ليلى تسير على نهجها، وربما وراء الأسطورة قصة أخرى أقرب إلى المنطق، ولكن النتائج واحدة، ليليث تكره حواء، ومحاولة قلبها على الرجل ليس إلا انتقاما منها وحقدا عليها.

وبالفعل اضطربت مريم وهتفت في غضب:

- لا يوجد امرأة تستطيع أن تسلبني ما هو لي إنه اختياري أنا.

واصلت الضغط قبل أن ينفلت الحوار وقلت لها:

- ربما هو اختيارك، ربما أنت أخترت الانهزام واختارت هي الربح، المرأة التي أقنعتك أنك امرأة مستقلة لا تحتاج إلى الرجل هي نفسها من ستتزوج من هذا الرجل، الا يبدوا هذا متناقضاً مع ما لقنتك إياه؟ لقد فازت على كل حال وخسرت أنت، ستعيش سعيدة مع رجلك الذي سلبتك إياه، أتظنين أنها أخبرتك بمطاردة سعيد لها حبا فيك؟ ومن يدريك أنها من أغوته وأكملت خطتها بزرع الكراهية في قلبك ناحيته لتسلبك إياه.

استدرت مغادرا وأن أستطرد قائلاً:

- كان الأمر سهلا عليها مع امرأة ضعيفة مثلك يسهل التلاعب بها.

هتفت مريم فجأة:

- أنتظر يا دكتور.

توقفت دون أن ألتفت إليها فقالت وهي تنهض لتقف خلفي:

- حسنا لن أدع امرأة تنتصر عليا حتى لو كانت د. ليلى، سأقبل بالعودة لسعيد ولكن بشروط.

لم يكن من الممكن أن أمنحها التحكم في الحوار مرة أخرى بعد أن امتلكت طرف الخيط في يدي، فقلت دون أن التفت إليها في كبرياء:

- أرجئي شروطك بعد موافقة سعيد على العودة إليك، أننا نلعب في اللحظات الأخيرة من المعركة، ولكي تفوزي وتنقذي ما تبقى بينكم يجب أن تكوني قوية حقا وتستعيني بالصبر، والأن ابقي هنا حتى أتكلم مع سعيد.

- سأتي معك لا تملي عليا أفعالـ...

صحت في غضب وضيق صدر:

- قلت أبقي هنا.

وخرجت من الغرفة إلى حيث جلس سعيد مع أم مريم يتحدثان مما أثار دهشتي! هل استطاعت أم مريم تصفية الأجواء؟ اقتربت من سعيد وقلت له:

- سعيد أريد أن أتحدث معك قليلا على انفراد يا بني.

التفت سعيد إليا وفي عينيه –الأحمق–لمعة انتصار لم تغب عن عيني:

- لا داعي لذلك يا دكتور، لقد اتفقت مع أم مريم على كل شيء، مريم ستحصل على كل حقوقها كاملة واليوم سأتزوج ليلى، والمأذون الذي سيعقد لي عليها سيطلق مريم مني، لقد أبلغت ليلى بذلك تليفونيا منذ لحظات، وهي تنتظرني في الدار في العاشرة مساءً لإتمام الزيجة.

ثم نهض مغادراً وأنا بين الدهشة والحيرة، وقال وهو يفتح باب الشقة:

- لقد حسم الأمر يا دكتور ولم يعد لبقائك فائدة.

ولكن سعيد لم يخطو خارجا بل هتف بكل دهشة:

- مدام عفاف!! ما الذي أتي بك إلى هنا؟؟؟

****

ارتعدت يد مدام عفاف وهي تلتقط المشروب الذي قدمته لها أم مريم، كان الإرهاق والسهر هما السمتان التين احتلتا كل تجاعيد وجهها مما جعل الشفقة تغزو قلوب الحاضرين جميعا، أمامها مباشرة جلس د. حاتم يتطلع إليها في اهتمام في حين جلست مريم على مسند زراع كرسيها وقد أحاطت كتفيها بزراعها، في حين جلس سعيد بجوار أم مريم مترقبين لما ستقوله مدام عفاف عن سبب زيارتها المفاجأة والحالة التي تبدو عليها.

ارتشفت مدام عفاف قليلا من مشروبها وأعادته إلى الطاولة وهي تشكر أم مريم قبل أن تقول موجهة خطابها إلى سعيد:

- لم أعرف لمن ألجأ يا ولدي غيرك من بعد الله تعالى، فأنا غريبة هنا في القاهرة، وليس لي من أحد، ومنذ قابلتك في طابا[2] وأنا أعتبرك مثل ولدي تماماً.

ابتلعت ريقها وقد بدأت نفسها تهدأ مع دفق العاطفة التي غمرتها بها مريم وجميع الموجودين واستطردت:

- عندما جاءني ملف الفتاة التي وجدتها فيما مضى عندما تقابلنا في طابا كان به عنوانك ورقم تليفونك في القاهرة، والحقيقة أنا سيئة في حفظ الأرقام، ولكن

عنوانك حُفر في ذاكرتي، ولم أدرك ذلك إلا عندما حدث ما حدث، فوجدته يطفو على سطح ذكرياتي، وكأن الله ألهمني اللجوء إليك في هذا التوقيت بالذات.

التقطت أنفاسها وسعيد يقول مطمئناً إياها:

- وأنا تحت أمرك يا مدام عفاف، يشهد الله كم أجلك وأحترمك، إن جميلك معي في طابا لا انساه أبداً، لقد كنت على وشك الوفاة لولا أن تولاني الله برحمته وأرسلك لنجدتي في اللحظة المناسبة، أخبريني عما يقلقك وأنا -إن شاء الله-كفيل به.

تنفست مدام عفاف الصعداء وكأن هما أزيل من على صدرها أو كأن سعيد قد حل مشكلتها بالفعل وقالت:

- لقد ذهبت إلى شقتك على العنوان الذي تذكرته مساء الأمس، ولكني لم أجد أحدا بالمنزل، ولقد أثار هذا قلقي بشدةـ وخاصة أن الوقت كان متأخراً جداً، والحقيقة أنني كنت في حالة من الرعب منعتني من المغادرة والذهاب إلى أي مكان حتى منزلي، ولم أكن بالشجاعة الكافية أن أطرق باب أحد جيرانك في مثل هذه الساعة وأسأل عنك، لذا بقيت جالسة أمام باب منزلك حتى الصباح.

فغر د. حاتم فاهه في دهشة بالغة في حين هتفت مريم في ذهول:

- يا للهول، ليتني كنت أعلم، ليتك اتصلت بسعيد أو بي، كنا هرعنا إليك في أي لحظة من الليل أو النهار.

قالت أم مريم في حذر مما ستقوله مدام عفاف:

- ما الذي أصابك بالرعب إلى هذا الحد يا مدام؟ لقد أثرتي قلقنا بشدة.

ارتبكت مدام عفاف للحظات قبل أن تقول:

- لا أعلم يا ولدي بما أخبرك، في الصباح عندما أخبرني جارك بعنوان زوجتك القديم وهرعت إلى هنا، لم أفكر في الأمر جيداً، كنت مرعوبة حقا وذهني مشوش، ولكن الأن بعد أن هدأت قليلا وغمرتموني بعطفكم أجد أن الأمر لم يكن يستأهل كل هذا الرعب، وكل هذه الجلبة، حقا لا أعرف ماذا أقول، أنا آسفة حقا لإزعاجكم بهذا الشكل.

قال د. حاتم في شفقة يحثها على الكلام:

- لا داعي للأسف يا مدام عفاف، إنها أول مرة نلتقي فيها ولكن أجرؤ على الادعاء أن كل الوجوه التي ترينها حولك الأن تقف بجانبك وإلى جوارك لا تخشي شيئا أخبرينا بكل شيء حتى لو بدا لك سخيفاً، إن لي اهتماماً

خاصاً بما يحدث في الدار، وحدسي يخبرني أن ما تظنينه هيناً قد يكون أكبر مما تظنين، فأرجوك تكلمي ولا تخشي شيئاً.

تنهدت مدام عفاف في راحة وصمتت للحظات قبل أن تقول في ارتباك:

- الأمر وما فيه يتعلق بحلم رأيته وأن أجلس في مكتبي في الدار.

هتفت أم مريم مقاطعة إياها:

- حلم!! أكُل هذا الرعب من أجل كابوس رأيتيه؟ عجباً.

ازداد توتر مدام عفاف في حين قال سعيد لأم مريم:

- أصبري قليلا يا أم مريم، أكملي يا مدام ما الذي رأيتيه.

قالت مدام عفاف في توتر:

- إنها على حق ربما كان الأمر كله انعكاساً في عقلي الباطن لما قالته علياء مما خلق هذا الكابوس المرعب أنا حقا آسفة لمجيئي بهذا الشكل.

تطلع إليها د. حاتم للحظة وهي تلملم حاجياتها بارتباك وتلتقط حقيبتها كأنها تنوي الانصراف ثم قال فجأة:

- هل أخبرتك أن د. ليلى شيطانة متخفية، وأن الأطفال شياطين هل هذا ما أخبرتك به؟

كانت الدهشة من نصيب مدام عفاف هذه المرة فأسقطت حقيبتها من يدها على المنضدة وهي تقول في ذهول:

- كيف عرفت ذلك؟

- أخبرتك أن لي اهتمام خاص بما يحدث في الدار، والأن أخبرينا بالتفصيل عنا حدث.

تنهدت مدام وجلست في مقعدها وقالت أخيرا:

- منذ فترة قصيرة جاءني أستاذ سعيد وتقدم بطلب لكفالة الطفل الرضيع عماد، ولما كنت أعرف أستاذ سعيد جيداً فقد رحبت بالأمر وأنا أرى زياراته للدار قد اثمرت، وكانت سعادتي الأكبر لصغيري عماد أن وجد أسرة مُحبة مثل أسرة أستاذ سعيد، تدفع عنه مرارة اليتم، ولذلك سعيت بكل قوتي لإنهاء الأمر سريعاً واستكمال الإجراءات.

- أسرة مُحبة! كان هذا فيما مضى.

تجاهل الجميع قول مريم الذي قالته بصوت خفيض ولكن مسموع، واستطردت مدام عفاف قائلة:

- وأمس استكملت الإجراءات كاملة، وكنت على وشك الاتصال بالأستاذ سعيد لأخبره بذلك، ولكن علياء - مشرفة العنبر الذي به الصغير عماد-اقتحمت مكتبي

لتجثو على ركبتيها تترجاني ألا أسمح بكفالة أي أُسر لأطفال عنبرها.

انتبهت مريم في هذه اللحظة وكأنما أفاقت من غفوة وقالت:

- علياء!!! لقد تذكرت الأن، عندما زرنا الدار أول مرة قابلتها كانت كحطام أسقطه أحدهم فوق المقعد، وقصت عليا أشياء لا تصدق، وحذرتني من د. ليلي ومن الأطفال الرضع، ولقد ظننتها تهزي حقا.

وبكلمات موجزة قصت عليهم الحلم الذي رأته علياء، والأحداث التي مرت بها، وكيف كان شكلها وكيف تغير بعد أن امتصت الشياطين الصغيرة دمائها، ومدام عفاف تؤمن على كلامها فيما يخص التغيير الذي طرئ عليها وسط ذهول الحاضرين، قبل أن تلتقط طرف الحديث قائلة:

- هذا عين ما أخبرتني به علياء، لقد وصفتها بالشيطانة كما قلت، ولكنني عزيت كل هذا لمرضها الغريب وقسوة د. ليلى عليها، وصرفتها بعد أن وعدتها بإرجاء الأمر لحين التحقق مما تقول.

هتف سعيد في غضب:

- لماذا لم تخبريني بهذا من قبل يا هانم.

ردت مريم في كبرياء:

- ولماذا أخبرك؟ أنا لست تابعاً لك لتصرخ في وجهي، لقد كنت كالأبله تجرى وراءها في كل مكان، ولم تكن لتصدق هذا الكلام على أي حال، أنا أيضا لم أصدقه، ولقد نسيته بعد فترة، ولم أذكره إلا الآن.

- يالا النساء وحماقاتهن.

زفر د. حاتم في نفاذ صبر وقال مقاطعاً حديثهما:

- الا أرجأنا تفاهاتكم إلى حين انتهاء السيدة من الحديث، لقد كان كلاكما في شدة الحمق، فدعا السيدة تكمل حديثها.

أشاح كل من مريم وسعيد بوجهيهما في حين استكملت مدام عفاف حديثها، فقصت عليهم حلمها هي الأخرى حتى دخلت من باب القبو، فقال د. حاتم:

- وماذا رأيت عند دخولك يا سيدتي.

- ربما كان ذلك الحلم كله نتيجة لرواية علياء وانعكاس لحلمها، ولكني عندما دخلت القبو في الحلم ... أقصد ... لم أكن في عالمنا، لم أكن في القبو، لم أكن في الدار، بل في فضاء فسيح، كيف أصفه! نعم كالأرض المحترقة، تبدو في الأفق اطلال بعيدة لمنازل غريبة في شكلها، لا تشبه منازل أهل الأرض، أحجارها لامعة

فضية، وبقاياها المهدمة تسيل على الأرض كالماء ما بين جامدة و منصهرة، الأرض حولي متشققه، تبدو من شقوقها المتسعة سوائل حمراء مشتعلة كالحمم تجري في جوفها، والسماء ... السماء حمراء بلون الدم، كان الجو شديد الحرارة، والرياح ساخنة تلفح وجهك فتحرقه بنارها، أشباح وكائنات غريبة تطوف في السماء، تصرخ بين حين وأخر صرخات متقطعة مرعبة كضحكات الضباع، وأخرى على الأرض تزحف في اتجاهي ملأتني رعبا، وكانت هي هناك، تجلس على عرش كبير في منتصف المسافة بيني وبين الأطلال، عرش ... عرش مكون من جثث وعظام الأطفال ، كانت الجثث المتحللة تتحرك، تئن في ألم، ترفع أزرعها الصغيرة محاولة بلوغ أي شيء تطاله أناملها العظمية.

ابتلعت مدام عفاف ريقها في رعب وهي تتطلع إلى الوجوه المحملقة المتسعة من حولها كان جسدها كله يرتعد وهي تستعيد تلك الرؤى وذلك الكابوس.

توقفت للحظات تستجمع قوتها وتلتقط أنفاسها المتلاحقة محاولة تهدئة أعصابها قبل أن تستطرد:

- كان المكان مخيفا حقاً، وأكثر ما كان مخيفا فيه كان د. ليلى، كانت وجهها نفس الوجه ولكنه اكتسب سمات شيطانية مخيفة عينيها ازدادت اتساعا وانقلبت سحنتها بشكل مخيف فصارت إلى الشياطين أقرب منها إلى البشر، ولكنها مع هذا كانت في أوج جمالها على رأسها تاج متشعب يبرز منه قرنان كقرون الأيل، وعلى جسدها غلالة رقيقة سوداء شفافة يبدو جسدها عاريا من تحتها، كانت تتكأ ـ عندما دخلت ـ على جمجمة رضيع وتضع قدماً فوق أخرى في تكبر من يشعر بمكانته وقوته جيداً، اعتدلت بعد لحظة في ثقة وقالت بصوت رهيب (إقتربي يا عفاف ... لقد حان الوقت ...حان الوقت لتسجدي لسيدتك ومولاتك ... لربّتك ربة الريح الحارة ... لي أنا ليلتو ... ربة المرض والخراب أنا عشتروت معبودة أرض الرافدين ... أنا ليليث التي أعانت الشيطان ليهزم أدم ويطرده من الجنة أسجدي الآن لربّتك ومولاتك الحقة أسجدي طوعاً أو كرهاً) أصابني صوتها برعب شديد وشعرت بألآم رهيبة تسري في جسدي، وكأن هناك من يسحق جسدي سحقاً، يدفعني للسجود، فصرخت بكل قوتي وفي اللحظة

التالية وجدتني في غرفتي وقد استيقظت من الكابوس المرعب.

قالت مريم وهي تربت على يدها:

- لقد عانيت كثيرا يا مدام عفاف أعانك الله.

- ولكن كل هذا حلم ... كابوس أصابك ... مهما كانت بشاعته لا يعني أن ليلى شيطانة ... وربما كان كما قلت منذ دقائق بتأثير ما روته علياء أمامك ...هذا لا يعني شيء.

هتف د. حاتم في غضب:

- لازلت تكابر يا أحمق؟ هل سيطرت على عقلك لهذه الدرجة؟ هل سيطرت على عقولكم جميعاً حتى لم تعودوا ترون الحقيقة الواضحة كالشمس.

أنبرت مريم تدافع بدورها عن ليلى قائلة:

- ولكنك رأيت معصمها بنفسك لا أثر لما ذكرت ... لا وشم ولا شيء فقط شامة كبيرة.

هز د. حاتم راسه في حيرة وقال:

- لقد كنت تحت تأثيرها بدوري، لقد عززت شعوري بعدم الثقة في نفسي وربما لو فكرت قليلا لاهتديت إلى خدعتها، الوشم أو العلامة يمكن تغطيتها، الصقي فوقها

شامة مزيفة كما يفعلون في السينما ليذهب الدليل الوحيد أدراج الرياح، بل ربما سحرت عيني لحظتها فجعلتني أرى ما أرادتني أن أراه، لكني الأن متأكد تماماً أن ما كان على معصمها قبل هذ اللحظة كان وشما مماثلاً لما ورد في الكتاب.

هتف سعيد في غضب من شهد خيانة حبيبته ومع هذا يأبى عقله التصديق:

- وكيف تأكدت الأن؟ من كابوس مدام عفاف ... هل مدام عفاف كشف عنها الحجاب.

أنتبه لوجود مدام عفاف بينهم فقال بسرعة:

- أسف يا سيدتي لقد انفعلت للحظة لم أقصد ذلك.

- لا عليك يا ولدي ولكن قصتي لم تنتهي عند هذا الحد.

تجمعت ثمانية عيون والتقت نظراتهم على وجه مدام عفاف التي ابتلعت ريقها وقالت:

- بعد أن أفقت من هذا الكابوس اللعين كانت الساعة قد تجاوزت منتصف الليل بقليل، وكان موعد انصرافي قد مضى منذ زمناً طويلاً، فلملمت أشيائي وتوجهت للخروج من الدار، ولكن خاطر زار عقلي وحثني أن

أذهب لأطمئن على باب القبو، وعلى القفل الذي وضعته عليه، فذهبت إلى هناك.

التقطت أنفاسها بصعوبة وقالت:

- لم أجد أثراً للقفل الذي وضعته بيدي على الباب، وكان الباب موارباً، ومن خلف الباب -ومن تلك المساحة الضئيلة-كنت أسمع صوت ضحكات الضباع، وصوت ضحكاتها يأتي من بعيد، فأصابني الفزع ولم أجرؤ على الدخول مرة أخرى، تخليت عن كل شيء وهربت من الدار، تذكرت أثناء خروجي وجهك وعنوانك، ثم حدث ما قصصته عليكم من قبل من انتظاري أمام شقتك للصباح هذا كل شيء.

أطرق د. حاتم للحظة وساد الصمت الجميع قبل أن يرفع رأسه قائلا:

- ربما لا أملك دليلا على صدق حدسي، ولا على كيفية تغير الوشم على معصمها، ولا أعتقد أنك ستساعدني يا سعيد لأجد هذا الدليل، ولكن كل ما أرجوه أن تمهلني حتى الغد، تحجج بأي حجة للتهرب من موعد الليلة، أرجأه إلى الغد فقط.

- وماذا ستفعل يا دكتور؟

نهض د. حاتم وارتسمت الصرامة على وجهه وهو يقول:

- سأقتحم القبو وليكن ما يكون، ربما لن أعود، ولكن لو عدت سيكون بيدي الدليل.

هتفت مريم:

- هذه حماقة، ستؤذي امرأة بريئة وسيدة فاضلة من أجل حلم!

قال سعيد:

- صبراً مدام مريم، لا أظن الأمر بسيط كما ترينه، مدام عفاف لا تعرف أمر ليليث، ولا علياء كذلك، وفي حلمها وصفت د. ليلى نفسها بمسميات لا أظنها وصلت إلى مسامع مدام عفاف من قبل، الأمر محير حقاً، حسنا يا دكتور سأمنحك المهلة التي أردت، ولكنها المحاولة الأخيرة.

وأخرج تليفونه المحمول ليتصل بليلى فقال د. حاتم بسرعة:

- ضعها على مكبر الصوت، أرغب في سماع رد فعلها.

تأفف سعيد ولكنه أذعن للأمر، تعالى صوت الجرس للحظات قبل أن يأتيهم صوت ليلى ضاحكاً وهي تقول:

- ماذا حدث؟ هل أصابك الخوف في اللحظات الأخيرة؟ لا تقول لي أنك أفقت من غفوتك وستعود لزوجتك الحبيبة.

قال سعيد في ضيق:

- لا ... لا هذا ولا ذاك، ولكن أستجد أمر ما، لذلك لن أستطيع القدوم الليلة، ولكن عهدي معك كما هو سأكون في الدار غدا في نفس الميعاد لنتم الأمر.

أشاحت مريم بوجهها في كبرياء وهي تقول بصوت خفيض:

- أحمق.

نظر سعيد شذراً إليها وساد الصمت للحظة، قبل أن يأتيهم صوت ليلى قائلا في لا مبالاة مستهترة:

- لا بأس لم أكن أتوقع أقل من هذا، في النهاية ستأتون جميعا إليا، وسأكون في انتظاركم جميعاً ... أبلغ سلامي للسيدة عفاف.

وأطلقت ضحكة صاخبة مستهترة قبل أن تغلق الخط.

وشحبت الوجوه جميعا.

*****

نعم غادرت المنزل ولكن الفكرة لم تغادر رأسي، هذا الكيان أيا كانت طبيعته يجب أن يتوقف قبل أن يدمر قلوب أبنائي، ويقضي على مستقبلهما معا، ولم يعد من أحد باق للتصدي له إلا أنا، أنا الكهل الواهن ضعيف القلب، ولكني أقسمت على إيقافها قبل أن يقع ما أخشاه، ولكن كيف؟

كيف أتغلب على كائن عاش ألاف السنين؟ كيف أتغلب على كيان لا أعرف حقا طبيعته؟

لم يكن أمامي إلا الكتب، وفي الكتب أغرقت نفسي، وقضيت نهاري كله أبحث عن وسيلة لهزيمتها، ليليث هذا الكيان الأنثوي الشرير، كيف هزمها جلجامش وأنتزع شجرتها؟ كيف قتلها كهنة اليمامة وسحرتها أو بالأحرى أبعدوها عن عالمنا حتى عادت كالحية تطل برأسها؟ إنها -من المؤكد-كيان خالد لا ينتمي لعالمنا، ولكنه يزوره من حين لأخر، ثم يغادر أو يجبر على المغادرة مخلفاً وراءه أساطير وحكايات مخيفة.

كانت الساعة تقترب من التاسعة وأنا مازلت بمكتبي بالجامعة وقد جلست على الأرض وحولي الكتب في كل مكان دون جدوى، ما الذي يمكن أن يطرد مثل هذا الكيان الغامض يا ترى؟

ولم يعد أمامي إلا الارتجال.

كان لدي سكينا ضخما كنت قد جلبته من داري لشحذه ولكني نسيت ثم أهملت ثم لم أعد أهتم فرقد مأسوفاً عليه في درج مكتبي.

أخرجت السكين وانتزعت مسماراً من الدرج نفسه وبدأت أحفر في السكين بصعوبة بالغة على الوجهين بعض الآيات والتعاويذ والأسماء التي صنعت من أجل الوقاية من ليليث، وأنا لا أدري هل تصلح لقتلها أو بالأحرى طردها من عالمنا أو هي تمنع أذاها فقط.

ما أن انتهيت حتى عدت إلى أحد كتبي فانتزعت إحدى صفحاته والصقته على صدري العاري، وتوقفت.

هل هذا يكفي؟

ماذا لو كنت مخطأ.

لا ... لا مجال للخطأ هنا فالأمر واضح لا يخفى على طفل.

ولكن الوشم ... كيف أصبح شامة؟

هل تملك تغييره كما يتراءى لها.

وما معناه.

وهل أقوى على قتلها؟

وماذا لو ماتت بالفعل هل أجد نفسي متهم بجريمة قتل؟ أم أنها ستختفي مثلا أو تعود لعالمها؟

وماذا لو لم تمُت كيف سيكون انتقامها؟

لا أريد أن أكون أسطورة أخرى تنضم لأساطيرها.

وفجأة فطنت للأمر.

هذا التخبط وانعدام الثقة من بقايا تأثيرها على عقلي.

ما الذي ـلو مِت ـأخشى فقدانه لقد بلغت من العمر ما يجعلني
غير نادم على التضحية بما تبقى من سنوات من أجل أبنائي.

ومهما كانت المخاطرة فهي سواء، لن أتخلى عن سعيد ومريم
مهما كانت قوة تلك الملعونة.

ارتديت قميصي بعد أن تأكدت من ثبات صفحة الكتاب على
صدري ودسست السكين في جيبي وخرجت متجها إلى الدار
وأنا أدعوا الله أن أصل في اللحظة المناسبة وأن يوفقني الله
فيما أسعى إليه ... أيا كانت نتيجته.

*****

أسمعي يا ليليث، يا أبنة الصوت

ايتها الزوجة الشرسة الشريرة

التي تفرق أجنحة الطيور

التي تسرق الأطفال بمحنتها

باسم الرب إله إسرائيل

من اليمين يمشي كأسد

ومن اليسار يترصد كنمر

ومن الخلف يختبئ كعجلات العربة

ومن الأمام يهاجم كثعبان

ترجمة تهويدة عبرية قديمة لحماية الأطفال من شر ليليث

انقطعت الكهرباء عن المنطقة فغُلفت المباني الشاهقة المتباعدة بظلام دامس وعتمة مخيفة، فظهرت ككتل عملاقة سوداء، وحوش قادمة من أعماق التاريخ تتربص في الظلام لتقتنص أرواح البشر، وزاد الأمر سوء انهمار الأمطار الغزيرة، عاصفة رعدية جاءت في غير موعدها شحنت الجو بالكهرباء، وشقت السماء بشرارات البرق فأدمتها، ودوى هزيم الرعد يتردد بصدى مخيف يصم الأذان.

وعلى مرمى البصر كانت الفيلا تقف وحيدة بحديقتها الواسعة التي بدت في الظلام والمطر شديدة الوحشة غارقة في الظلام، مكان مهجور مخيف يتربص بأي شخص يجرؤ على الاقتراب، الشر يسكن كل ركن فيها، ينتظر الفرصة المناسبة للهجوم على أي كائن حي يدنو منها، تطلع إليها د. حاتم في صمت ورهبة وهو يقف في مدخل أحد العمارات القليلة متقياً الأمطار الغزيرة وهو يحاول —عبثاً— استجماع شجاعته للتقدم دون جدوى.

لقد تأخرت مدام عفاف والساعة تجاوزت منتصف الليل بالفعل. لم يكن يدري حقا إن كانت ستأتي أم لا، المرأة كانت مرعوبة من حلم راودها ولن تقوى على مواجهة الواقع بحال، ولكنها كانت السبيل الوحيد لدخول الدار في هذا التوقيت دون أن يضطر في عمره هذا إلى التسلل والقفز من فوق الأسوار.

هذه أمور قد تكون مناسبة لشاب مثل سعيد وليس عجوزا هرما مثله، ولكن يبدو انه في النهاية سيضطر إلى وضع قدراته الجسدية موضع الاختبار إن لم تظهر مدام عفاف.

أخذ يقيس المسافات بنظره من بعيد ويفكر في كيفية دخول المكان وهو الذي لم يره من قبل إلا مرة وحيدة سريعة لم يكن يشك فيها في شيء يذكر، أنه حقا أخر من يصلح لهذه المهمة. لعن سعيد في سره ولعن حماقته أن ألقاه بيديه في أحضان تلك الغانية، كان من المفترض أن تكون تلك مهمته، ولكنه أضاع جنوده باكراً واقتنصت الملعونة أقوى قواته.

أرتفع رنين هاتفه فجأة فأنتفض فزعاً والتقطه بلهفة كادت تسقطه من يده، كان المتصل هو مدام عفاف، تنهد وهو يتوقع اعتذارها وفتح الاتصال وقال بصوت خفيض:

- الو أين أنت يا مدام لقد تأخر الوقت.

كان يهمس في الهاتف بصوت لا يكاد يسمع، وكأنه يخشى أن تسمعه ليلي من تلك المسافة وقد أكسبتها مخيلته قدرات شيطانية، ولما لا، ألم تعلم بوجود مدام عفاف بينهم، بل ربما هي من بثت إليها هذا الحلم لتزيدها رعباً وتدفعها للاستعانة بسعيد، ولكن لما؟ لماذا سعيد؟ ولماذا مريم؟

جاءه صوت سعيد عبر الهاتف قائلا:

- نحن نقترب من الدار أين أنت يا دكتور؟

- سعيد؟! ما الذي ... أنا متأكد أني رأيت اسم مدام عفاف على الشاشة ... ما الذي أتى بك؟ وماذا تفعل بجوال مدام عفاف؟

رفع شاشة الجوال أمام عينيه للحظة ليتأكد مما رأى ثم أعاده إلى أذنه وهو يقول:

- أنا أقف في مدخل أحد العمارات على الجهة المقابلة من الدار، أنا في انتظارك.

أغلق الخط ووقف منتظرا في قلق وترقب، هل مازال سعيد تحت سيطرتها؟ هل جاء ليفسد تلك المحاولة؟ أم جاء لينضم إليه؟ وماذا فعل بمدام عفاف؟

ولكن تصوراته توقفت عندما لمح ثلاثة ظلال تظهر من بعيد تختبئ من الأمطار أسفل شرفات المباني ويقتربون من موقعه بسرعة حتى وصلوا، فإذا بهم مدام عفاف وسعيد ومريم! التجأوا جميعا إلى المدخل مبللين لاهثين، وكانت مدام عفاف ترتجف فرقا لا يدري من المطر أم من مهمتها المخيفة، قال د. حاتم بعد أن هدئوا قليلاً:

- ماذا حدث؟ هل أستجد جديد؟ لم أتوقع رؤيتكما هاهنا في هذه الليلة تحديداً.

- أنا متأكدة أنكم مجموعة من الحمقى، وأنكم ستؤذون امرأة بريئة، ولكن رجائي أن تفيقوا قبل فوات الأوان.

كانت تلك العبارة من مريم فقال لها د. حاتم:

- إن كان هذا رأيك فلماذا أتيت؟

أشارت إلى مدام عفاف قائلة:

- لم تكن مدام عفاف لتأتي من دوني، لقد تمسكت بي بشدة، ولم أستطيع الرفض، والحقيقة أن الفضول كان سيقتلني وأنا أنتظر في المنزل لأعرف ما سيحدث، وها أنا هنا رغم علمي بحماقة فعلتكم.

نظر إلى سعيد وقال:

- وأنت يا سعيد، ما الذي أتى بك.

غمغم سعيد قائلا بصوت خفيض وكأنه يأبى الاعتراف بذلك:

- لم أكن لأتركها لتذهب وحدها.

ثم رفع صوته في حنق:

- لست جباناً أو رعديداً، لم أكن لأرسل امرأتان لمثل تلك المهمة وأجلس أنا في المنزل أنتظر عودتهما، إن عقلي يؤمن تماماً بحماقة ما نفعل، ولكن شيئا في قلبي يخبرني أن أثق بك، حقا لا أدري، حسنا ماذا سنفعل؟

تنهد حاتم في قلق واضح، إن جيشه المرتجل فاقد الثقة في قضيته، مزعزع القلب، ليس فيهم من يعتمد عليه إن جد الجد.

قال في توتر وهو يشير إلى الفيلا:

- كانت خطتي بسيطة لم أحسب حساب لقدومكما سأتسلل إلى الفيلا مع مدام عفاف التي سترشدني إلى مكان القبو ... أدخل وحدي ... أواجهها ... أموت أو أنتصر.

- يالا الحماقة.

قالتها مريم قبل أن تستطرد في حنق:

- ولنفرض أن ما تقوله صحيح، وإننا نواجه شيطانة ما جاءت من كتب التاريخ، كيف ستواجهها؟ ما الذي أعددته لمواجهتها؟

تردد د. حاتم للحظة أن يخبرها بما لديه وهو لا يضمن ولاءها تماماً، ولكن الأعين اجتمعت على وجهه بعد قولها، فزفر في ضيق وهو يخرج سكينه:

- هذا كل ما لدي.

التقط سعيد السكين وتأملها قائلا:

- هذا فقط؟ ستقتلها بسكين طهي!

- إن الأساطير تقول إن أشد ما تخشاه ليليث هو الملائكة الثلاثة الذين طاردوها سينوني وسسنسنوني

وسامينجيلوف ولقد نقشت أسماءهم على السكين وعلى الجهة الأخرى نقشت أية الكرسي.

هز سعيد رأسه بغير اقتناع وأخرج مسدس من طيات ثيابه وقال:

- أنا أحمل سلاحاً نارياً، ولكن لا أظنه يجدي لو كانت كما تقول، نحن لا نعلم بالفعل طبيعتها، قد نكون مخطئين، وحتى لو كنا على حق، فنحن لا نعلم هل هي شيطان، جنية، كائن ما خلقه الله غير ما نعلم، لا أريد أن أطلق النار عليها لأجد جثة أدمية بين يدي.

- لن نصل إلى هذا إلا بعد أن نتأكد، ولو كانت ما وصفته مدام عفاف صحيحاً فسنعرف فور دخولنا القبو.

قالت عفاف وهي مازالت ترتجف وكأنها تذكرت الكابوس الأن:

- إنه صحيح، لقد كان أقرب إلى الحقيقة منه إلى حلم، إنها رسالة منها بالتأكيد، هي دفعتني دفعاً لجمعكم هكذا، ولا شك لدي إنها بانتظارنا هناك، ألم تقل عندما حدثها سعيد "في النهاية ستأتون لي جميعا"؟ إنها تنتظرنا جميعاً.

زفرت مريم وقالت:

- حسنا حلم ... كابوس ... إنسية ... جنية... لقد علمتني حياتي أن أكون مستعدة دائما.

وأخرجت من حقيبتها بعض القلادات وزعتها عليهم وهي تقول:

- لقد قرأت عن الأسطورة، والمفترض أن ليليث بعد أن قتل الملائكة أبناءها تعهدت بقتل أبناء حواء انتقاما لأطفالها، فكاد الملائكة يغرقونها في البحر الأحمر، ففزعت وتعهدت لهم ألا تمس من يعلق قلادة عليها أسمها أو أسم أحد الملائكة الثلاث، هذه القلادات عليها أسم ليليث، ربما لن أشارك في جريمة قتل، ولكني أعرف كيف أحمي نفسي منها إن كنتم على حق.

تأمل د. حاتم القلادات متقنة الصنع وقال:

- من أين حصلت عليها.

قالت مريم في فخر:

- إن ليليث رمز لكل الحركات النسوية في العالم، فهي رمز لقوة الانثى، وهي اول امرأة مستقلة تتحدى النظام القمعي للرجل، وترفض قبول أي شيء أخر غير المساواة معه، إنها مصدر الهام العديد من النسويين، ولقد صادف أن انضممت إلى أحد جمعياتهم قريباً، وكانت هذه القلادات في قسم الهدايا بالجمعية، فابتعت

بعضها اليوم في زيارة سريعة للجمعية لجمع المعلومات.

- غريب اهتمامك بالأمر رغم رفضك له وعدم تصديقه.

- أنا امرأة قوية مستقلة أتحرك من منطلق معتقداتي الشخصية ولكنني لا أحب أن أترك شيئا للظروف.

تنهد حاتم فلم يكن من سبيل أمامه لتخليصها من سيطرة ليلى ولم يكن يملك الوقت لذلك فقال:

- هل هذا كل ما لدينا؟

قالت عفاف في لهفة:

- معي مصحفي.

ابتسم سعيد في حين قال د. حاتم:

- على بركة الله.

وتوجهوا مستترين بالأبنية المحيطة والظلام، والعاصفة تشتد سوءً على سوء وكأنها نذير بالنهاية.

نهاية ليليث.

أو نهاية أبطالنا.

****

كان الدخول إلى البناية سهلاً، فمدام عفاف تملك في جعبتها مفاتيح كل قفل بالمكان، ولحسن الحظ لم يقابلهم البواب العجوز،

الذي —لابد-قد التجأ إلى غرفته البعيدة اتقاء للمطر، تطلع د. حاتم إلى شجرة الصفصاف للحظة، رمز ليليث، قبل أن يتبع المجموعة التي أدخلتها مدام عفاف عبر البوابة الرئيسية للدار. إنها الواحدة صباحا وقد لجأ الجميع إلى أسرتهم والمربيات ساهرات في العنابر مطمئنين ولا يوجد مخلوق يتجول في الممرات في هذا التوقيت.

كانت تلك هي الزيارة الثانية لـد. حاتم، وقد أثار ذهوله وإعجابه النقوش الدقيقة والتماثيل البديعة التي انتشرت في كل ركن في الدار، فما كانت زيارته الأولى السريعة لتسمح له بتأمل الطراز المعماري للمكان الذي اتخذ طابعاً قوطياً بعيد عن النسق المعماري للمباني المحيطة به.

قادتهم مدام عفاف عبر الممرات الخالية حتى وصلوا على القبو وتوقفت قائلة:

- ها هو ... لن أتقدم أكثر يمكنكم الدخول بمفردكم

تأففت مريم قائلة:

- بالطبع، أنت خائفة بسبب الكابوس الذي رأيتيه، ولكني أؤكد لكم أنكم لن تجدوا شيئاً إلا قبو خالي ممتلئ بالمخلفات، أنا لا أفهم ما الضمان أنكم ستجدون د. ليلى بالداخل؟ لماذا لم نذهب إلى منزلها مثلاً، ما الذي يدفع

دكتورة جامعية للمبيت بقبو، وكيف تثقون تمام الثقة أنكم ستجدون عالماً خرافياً بالداخل؟

قال د. حاتم في صبر نافذ:

- لا يوجد ضمانات، ولا يوجد أيضا ما نخسره في تفحص القبو، ولكن لو كان الكابوس رسالة كما أظن فهي تعلم ـقطعاًـإننا قادمون، إنها دعوة للحضور وبالتأكيد ستكون في شرف استقبالنا، لم يعد لدي شك في حقيقة الكيان الذي نواجهه وإن كنت أجهل طبيعته، وعلى كل حال سنعلم الخطأ من الصواب بعد لحظة.

صمت الجميع في ترقب وأخرج سعيد سلاحه الناري استعداداً في حين تقدم د. حاتم إلى باب القبو.

مجرد باب حديدي صدأ ليس به ما يميزه، تم طلاءه قديماً بمادة مضادة للأكسدة حمراء اللون يبدوا أنها لم تجدي نفعاً مع انتشار الصدأ والتآكل في أركانه، وكان الباب موارباً كما وصفته مدام عفاف من قبل، وكأنما يدعوهم إلى الدخول.

تردد د. حاتم للحظة وقلبه يخفق بشدة، كان قد تناول حبة القلب قبل دخول الدار خوفاً من أن يخذله قلبه في لحظة المواجهة، ولكنه يعتقد الآن أن الأمر يفوق قدرات تلك الحبة الصغيرة.

دفع الباب بهدوء حذر مترقب جعل نبضات قلوب من حوله ترتفع حتى انفتح عن أخره وبدت أمامه درجات قليلة تتجه إلى الأسفل، ثم لا شيء.

ظلام دامس غلف القبو جعل الرؤية عسيرة، وإن تراءت له في الظلام أشباح تتحرك بسرعة في كل مكان وتختفي في الأركان الأشد إظلاماً، ازداد تعرقه رغم برودة الجو وشعر بأنفاسه تضيق وذعر شديد ينتابه يدفعه دفعاً للتراجع فتوقف في مكانه يلهث بشدة، تقدم سعيد ووضع كفه على كتفه مشجعاً ثم تجاوزه ووقف أمام المدخل للحظة حبس الجميع فيها أنفاسهم قبل أن ينزل الدرجات القليلة ويغوص في الظلام في ثقة شاهرا سلاحه.

- يالا حماقة الرجال.

قالتها مريم وهي ترقب المدخل بقلق عارم رغم ثقتها أنه لا شيء هناك في حين تراجعت مدام عفاف إلى الخلف متوقعة حدوث كارثة، ولكن شيء لم يحدث، ومن ثم قالت مريم في قلق:

- ماذا يحدث عندك يا سعيد؟ هل وجدت شيء؟ فليشعل أحدكم الأضواء.

تقدمت مدام عفاف بسرعة فأفسح لها د. حاتم المجال وهو يفكر لماذا لم يفعل ذلك من البداية-لتمد ذراعا بجوار الباب من الداخل

تبحث عن زر المصباح ولكن بحثها طال دون أن تجده فتقدمت خطوة للأمام وهي تطل بعنقها ولكن في اللحظة التالية حدث ما لم يكن متوقعاً.

ما أن تقدمت مدام عفاف خطوة إلى الأمام بداخل القبو حتى زلت قدمها على أول الدرج فتهاوت إلى الداخل وهي تصرخ صرخة قصيرة يملأها الرعب فأندفع د. حاتم ومريم لنجدتها وفي لحظات غلف الجميع الظلام وأنغلق الباب خلفهم بشدة خلفت دوى رهيب تردد في الطرقات الخاوية.

ثم ساد الصمت المكان ...

*****

أفاق سعيد على ضوء ساطع من حوله أعجزه عن فتح عينيه لبرهة حتى اعتادت عينيه على الضوء المبهر ففتح جفنيه ببطء وهو يتطلع إلى ما حوله لتتسع عينيه فزعاً رغما عنه.

لم يكن في عالمه الذي اعتاده، فعلى قدر علمه لم تكن السماء حمراء فاقعة اللون في يوم من الأيام، بلا سحابة واحدة، مضيئة بغير شمس، تحوم في أجواءها كائنات شيطانية، بوجوه شبه بشرية وأذناب طويلة لها أجنحة أشبه بأجنحة الوطاويط ولكن أكثر ضخامة.

أعتدل في جلسته ليهاله منظر الأرض التي كان يرقد عليها، كأنه يجلس على بركان يوشك على الانفجار في أي لحظة، الشقوق في كل مكان ضخمة غائرة تتقافز منها الماجما المنصهرة في مشهد مرعب مزق ما تبقى من ثباته.

ما هذا؟ وأين هو؟ وأين سلاحه؟

تطلع حوله يبحث عن سلاحه الناري فوجد مريم تنهض بدورها غير بعيدة، وبجوارها عفاف وفي الناحية الأخرى أستلقى حاتم على الأرض لا يبدي حراكاً.

لقد دخلوا جميعا.

نفس حلم مدام عفاف بنفس التفاصيل، فمن بعيد بدت المباني التي وصفتها من قبل تلمع تحت الضوء المبهر القادم من السماء بغير مصدر وكأن السماء تشع بذاتها.

ولكن أين سلاحه؟

عاد يتلفت حوله بحثاً عنه حتى وجده على حافة أحد الشقوق، فالتقطه بسرعة قبل أن تذيبه الحمم ونهض واقفاً منتظراً الخطوة التالية في مسلسل الرعب الذي بدأ للتو.

نهضت مريم بدورها وقد ارتسم على محياها الذعر الشديد، وكأنها تكذب عينيها، عاونت مدام عفاف على النهوض ووجه الأخيرة يعكس رعبها الشديد بعد أن عاشت الكابوس نفسه

مرتين، دموعها تنساب بلا توقف وقد فقد الجميع القدرة على النطق.

كان الجو خانقا حارا زادته الحمم المشتعلة أسفلهم وهجاً لفح وجوههم وهم يتفقدون بعضهم البعض، عاون سعيد د. حاتم على النهوض بعد أن أفاق أخيراً لتكون جملته الأولى الشهيرة هي:

- أين نحن؟

وكأنما سمعته السماء فزمجرت ككلبٍ عقور، وتبعثرت الكائنات الهائمة في كل اتجاه، وسمع الجميع صوتها يدوي بطريقة مسرحية فخمة وهي تقول:

- مرحباً بكم في عالمي.

ومن بعيد ظهر عرشها المكون من عظام الأطفال وجثث الرضع الحية التي تصارع للنجاة، وفوقه جلست هيا في خيلاء وغرور رهيب، لم تكن ترتدي غلالة سوداء شفافة، في الحقيقة لم تكن ترتدي شيئاً تقريباً غير إزار قصير فوق عورتها من الحرير الأسود يشبه ذلك الذي ترتديه الفتيات فوق ثوب السباحة على الشواطئ، ومن عنقها تدلت مجموعة من العقود والسلاسل بين ثدييها النافرين المستديرين، وقد غطتهما بشعر طويل أسود فاحم، ناعم كالحرير، غزير كالمطر، يصل إلى فخذيها، لم

يعجز الناظر إليهما عن رؤيتهما من تحته أثناء حركتها، وفوق رأسها التاج.

تاج عظيم تبرز منه قرون متشعبة كقرون الأيائل، ازدانت بعدد كبير من الأحجار الكريمة والمجوهرات، وكانت مبهرة بجمالها.

وكان واضحاً أنها قصدت ذلك.

أن تستعرض فتنتها بكل ما تعنيه الكلمة.

فتنتها وسطوتها فأسفل قدميها ـالتي كانت كهيئة أرجل الطيورـ جلست علياء محطمة ذابلة، شبه غائبة عن الوعي، تترنح رأسها في ثمالة وضعف.

تطلعت إلى الوجوه تستشف تأثير ظهورها الفاتن عليهم قبل أن تقول أخيراً:

- لقد أتيتما أخيراً، كنت قد بدأت الظن أن الخوف قد منعكم.

- كابوس، ليس هذا إلا كابوس وسنفيق منه جميعاً بعد قليل.

أخذت مدام عفاف تغمض عينيها وتفتحها ووجهها في شحوب هذه الورقة وهي تردد عبارتها السابقة فمالت ليليث إلى الأمام قائلة:

- ليس حلماً يا عزيزتي، لم يكن أيهما حلماً لقد أنهيت مهمتي، وبات الأمر له وحده، وكان لابد أن تلقوا مصيركم.

هتف د. حاتم:

- أي مهمة؟ ومن أنت حقا؟ وماذا تريدين؟

ضحكت ضحكة طويلة ممطوطة قبل أن تقول في دلال تحول إلى قوة وسطوة رهيبة، ووتيرة صوتها تتصاعد بحدة:

- ألا تعرف من أنا؟ أنا ليليتو وليليت[3]، عشتروت وعشتار، وميليتا، وإنيني وإينانا، ايزيس وأفروديت، وكل أنثى عبدت فوق هذه الأرض، أنا الأنثى الأولى والأحق بالعبادة والملك، أنا ليليث سيدة هذه الأرض ومن عليها، فأركعوا لربتكم.

- هيهات، لن نركع لغير الله، ولكني لا أريد أن أعرف أسماءك المدونة في الكتب، من أنت حقا أنسية أم شيطانة.

---

[3] ليس خطأ مطبعي ليليت وليليتو من أسماء ليليث

- ستركع في النهاية، ولكني سأجيبك، أنا اليوم سعيدة بانتصاري، وسأجيب على أسئلتكم جميعاً، ففي النهاية لن يخرج أحدكم حياً من هنا.

نهضت في دلال فأهتز نهديها وهي تنزل عن عرشها لتركل في طريقها علياء في ازدراء لتطيح بها بعيداً تئن في ألم أثار شفقتهم قبل أن تدور حول عرشها وهيا تقول:

- لست بأنسية ولست بشيطانة أن زوجة أدم الأولى قبل الملعونة حواء والأحق بنسلها خلقت من تراب الأرض كأدم على قدم المساواة ولكنه أراد السيطرة والتفرد بالأرض و ...

- كاذبة.

هدرت كلمة د. حاتم فالفضاء فأثارت الرياح التي عصفت حولهم وليليث تنظر إليه شذراً قبل ان تقول:

- وماذا تعلم أنت؟ وما يدريك؟

تقدم سعيد ليقول مسانداً معلمه:

- الله ورسوله يخبرانا بذلك، أن حواء زوجة سيدنا أدم الأولى والأخيرة، لم يتزوج غيرها، ومنها جاء كل البشر، خلقت من ضلعه ليحنو عليها، وتكون قريبة من قلبه، وتحت رعايته.

ضحكت ليليث حتى كادت السماء تتساقط عليهم قطعاً من قسوة ضحكتها ثم قالت:

- وهل تصدق كل ما جاء بالقرآن.

- بالطبع إنه كلام الله، لا يأتيه الباطل من فوقه ولا من تحته.

تهادت ليليث في مشيتها وهي تردد:

- كلام الله، الله الذي سلبني كل ما أملك، وسلبتني ملائكته قوتي وقتلت أطفالي، تريد أن تعرف من أنا؟ حسنا، ولكن أساطيركم اختلطت بالحقيقة في عقلي، فلم أعد أذكر الكثير عن نشأتي، ولكنني خلقت من تراب، قبل آدم وقبل حواء، حكمت هذه الأرض ومن عليها، دانت لي كل مخلوقاتها، حتى الجن والشياطين، وفي يوم جاءني لوسيفر⁴ حامل الضياء ليخبرني أن الله خلق آدم، خليفة له في الأرض.

ارتفعت نبرة صوتها وامتلأت حقداً وحنقاً وهي تستطرد:

- أنا ملكة هذه الأرض، خلق الله من ينازعني في ملكي، توسلت إلى لوسيفر ليدلني عليه، فأعارني أجنحته،

---

⁴ الشيطان

وطرت إلى الجنة لأقابله، ولكن الجنة كانت محروسة بملائكة شداد تمنع أي أحد من الاقتراب، حاولت إغواءه من خلف الأسوار عله يخرج، ولكنه أعرض عني، وأرتمي في أحضان حواء.

زادت نبرتها حنقاً وبغضاً وغضباً وحقداً جعل الهواء شحيحاً كافح معه أبطالنا للتنفس، ولكنها استطردت دون أن تلتفت إلى معانتهم:

- اللعينة، فضلها عليا أنا ليليث، أجمل من خلق الله، وصممت على الانتقام لكرامتي، ولعرشي المنتزع ظلماً، فعدت إلى الشيطان أرجوه أن يساعدني، فمنحني شكل الأفعى، وأختبئ في فمي، وتسللنا إلى الجنة وكان ما تعرفون، إلا شيء واحد.

توقفت لحظة تطلعت فيها إلى الوجوه اللاهثة التي تصارع الهواء ليدخل رئتيها، ولكنها لم تبالي وأكملت قائلة:

- لقد سرقت بعضا من ذرية آدم، وبعد أن هربت من الجنة تزوجت الشيطان، وأنجبت له الأبناء، طاردتني الملائكة وقتلت أطفالي الذين أنجبتهم منه، وكادوا يغرقوني في البحر، من بعدها أنجبت ذرية آدم، أطفالي

زنابق منتشرة في الأرض أبدلهم بأطفال حواء، وأصنع من عظام أطفالها عرشي وانتصاري.

لهث سعيد وهو يقول

- مازلت تكذبين، لم يضاجعك سيدنا أدم في الجنة، ولم تفوزي بذريته أبداً، فكيف لك أن تسرقي ذريته وقد تمثلت في هيئة ثعبان أو حية.

- ومن قال لك أنني ضاجعته، لم يكن أرضى أن يعتليني من سلب عرشي وخُلق مثلي من تراب.

هتف سعيد:

- أذا بحق السماء كيف تقولين إنك سرقت ذريته.

تقدمت ليليث حتى صارت على بعد سنتيمترات من سعيد، واقتربت من وجهه وشفتيها تكاد تلامس شفتيه، وقالت في دلال:

- كما سرقت ذريتك كلها.

تراجع سعيد في فزع وليليث تقهقه في سعادة، فهتفت مريم في إحباط:

- يا لعينة، أنت من أفسدت حياتي، وحطمتي بيتي وأسرتي، عليك اللعنة، لقد حرمتني أن يكون لي طفل من زوجي، فلماذا؟ ماذا فعلت لك لتدمري حياتي؟

قالت ليليث في فخر:

- هذا حق، أما عما فعلته فأنت لم تفعلي لي شيئاً، ولن تفعلي، ولكني وُكلت بإذلالكما، وإحضاركما ها هنا.

قال سعيد في غِل:

- سرقتي ذريتي يا لعينة، وحرمتني من الإنجاب، سأقتلك لهذا.

هتفت مريم:

- من الذي وكلك بأذيتنا يا لعينة، نحن لم نؤذي أحداً من قبل لينتقم منا.

هامت ليليث برأسها فترنح تاجها وهي تقول:

- أحدا؟ ... لا أعتقد أن شيطاناً من ملوك الجحيم يمكن أن يطلق عليه أحداً.

وبدون اتفاق مسبق هتف حاتم وسعيد ومريم في نفس الوقت:

- الشيطان مامون[5]؟

قهقهت ليليث في سعادة وقالت:

- إنه هو يا حمقى، هل ظننتما أنه يترككما هكذا بعد أن طردتموه من الأرض وأحرقتم طيفه وأجبرتموه على العودة إلى الجحيم، لقد عاقبه الشيطان على هزيمته ولم

يعد يستطيع العودة مرة أخرى، ولذلك طلب مني تدميركم وإذلالكم وإحضاركم هاهنا، في هذه الأرض الوسطى، التي يستطيع أن يمدني فيها بقوته لأنتقم له.

ثم هتفت في مسرحية وكأنها تقدم بطل المشهد قائلة:

- رحبوا معي بالشيطان مامون.

وبشكل لا يصدق تعاظم ظلها وأنتصب خلفها على هيئة شيطان رهيب أحمر العينان، ما أن أنتصب حتى زأر بقوة شديدة تشققت لها السماء وفرت شياطينها الهائمة في كل صوب، واختفى معها الهواء من الصدور، فخر أبطالنا على الأرض يلهثون في إرهاق من تأثير الحرارة وشح الهواء.

فقالت ليليث في سخرية:

- هؤلاء من رغبت في الانتقام منهم يا مامون؟ هؤلاء من هزموك وطردوك من الأرض؟ يالك من بائس، شيخ هرم وطفلين يحبوان في الأرض بلا حول ولا قوة.

زئر الشيطان مامون بقوة أكبر فارتجت الأرض وازدادت شقوقها اتساعاً وفاضت الحمم على سطح الأرض، فصرخت مدام عفاف وهي ترتجف من كل ما رأت:

- وما ذنبي أنا؟ أنا لم أفعل شيئاً، لماذا زججت بي في انتقامك؟

مطت ليليث شفتيها وهي تقول في لا مبالاة:

- فقط كنت في طريقي، أردت منك توصيل رسالة، وكنت أُمُل أنت تأتي أمها وليس أنت.

وأشارت لمريم ثم علياء:

- وهذه تحدتني، وحرمت أطفالي الغذاء، لذلك كان عقابها عندي عظيماً.

كان الجميع ملتصقاً بالأرض الأن وقد عادت القليل من الأنفاس لصدورهم مع تراجع ثورة ليليث، وأن كان الإرهاق والإجهاد الحراري قد نال منهم فرقدوا على الأرض منهكي القوى، إلا سعيد الذي وقف على ركبتيه قائلا:

- سأحطمك كما حطمتني، سأقتلك يا ليليث.

رفع سلاحه الناري وصرخ:

- هذه من أجل ابن حرمتني أن أراه.

وأطلق النار.

- ومن أجل منزلي الذي هدمت.

وأطلق طلقته الثانية.

- ومن أجل زوجتي التي سرقتها مني.

وأطلق طلقته الثالثة.

ولكن ليليث لم تتحرك قيد أنملة، بل بقيت ساكنة تنظر إليه في صبر حتى ينتهي وعلى شفتيها ابتسامة ساخرة، فنظر في دهشه لفوهة مسدسه، الدخان يتصاعد بالفعل، لقد انطلقت الرصاصات.

وكأنما ليتأكد فقط أطلق الثلاث طلقات المتبقية، ولكن شيئاً لم يحدث، بل جلجلت ضحكات ليليث وكأنها تقضي وقتاً ممتعاً، واقتربت منه ومالت عليه قائلة:

- يا مسكين، لقد كنت تريد هذا الطفل بحق.

نهضت مريم تتكئ على زراعيها وقالت والدموع تملأ وجهها:

- سامحني يا سعيد، سامحني يا حبيبي، لقد أبدلت الرصاصات بأخرى زائفة، لم أكن أعلم، ولم أحتمل أن أراك ترتكب جريمة، لم أكن أصدق وقتها، عبثت بعقلي الملعونة، سامحني.

تهدل زراع سعيد بجواره، وسقط المسدس من يده، في حين استطردت مريم وهي تواجه ليليث بعد أن نهضت على ساقيها بصعوبة، فقالت في تحدي:

- ليس بإمكانك مساسنا بضرر، أنت تعرفين جيداً عهدك، ألا تمسي من يحمل قلادة عليها اسمك، وجميعنا نفعل، لا تسطيعي الاقتراب منا.

ضحكت ليليث في استمتاع شديد وقالت:

- هذا الوعد للأطفال والنساء الحوامل يا صغيرة، لم أعد أبد ألا أمسكم بسوء، ثم من قال إني سأمس أحداكم بسوء، ألم تكن ترغب يا سعيد في طفل؟ حسنا سأمنحك إياه، ها هم أطفالي، رحب بهم، رحب بأطفالك وإخوانك.

تعالى صوتها حتى صار أقرب للصراخ:

- رحب بذريتي الذين سيقتاتون على لحمك الأن.

وانطلقت تقهقه في سعادة، ومن خلفها تلون الأفق بغبار الأرض المتصاعد من تحت ألاف بل ملايين الأكف والأقدام الصغيرة التي تقترب في سرعة.

لم يكونوا أطفالاً بل وحوشاً برؤوس شبه بشرية، بعضهم كالثعابين والحيات، والبعض كالسحالي، والبعض له ذيول ويسير على قدمين وله وجه أشبه بالشياطين، البعض يزحف، والبعض يجري، وكلهم تبرز أسنانهم الحادة في مشهد يزلزل اقوى القلوب ثباتاً.

ملايين الكائنات الغريبة الشيطانية تقترب في سرعة شديدة ولا يوجد مفر.

وليليث تقف وقد فتحت زراعيها في سعادة وهي تتلوي في متعة، وقد أعطت ظهرها لسعيد وفريقه ترحب بنسلها القادم ليتناول وجبته التي لن تكفي هذا العدد الرهيب من الأفواه الجائعة حتماً.

وكانت هذه هي لحظته المناسبة.

أخرج د. حاتم سكينه ونهض وهو يترنح في عزم حديدي على إنهاء الأمر رغم الألآم المنتشرة في صدره وتزحف إلى كتفه الأيسر، وأقترب من ليليث في هدوء حتى صار خلفها تماماً وصرخ فجأة:

- الله أكبر.

وهوى بنصله على ظهرها في نفس اللحظة التي التفتت فيها ليليث في سرعة فائقة على أثر تكبيرته الأخيرة، فأنغرس السكين في كتفها بقوة، صرخت ليليث صرخة مدوية وأمسكت بذراع د. حاتم ورفعته في الهواء كالطفل وهي تزوم في غضب عارم، وأطاحت بالسكين بعيداً فسقط بجوار عرشها، لتقول بثورة شديدة:

- ربما سأتلذذ أنا بالتهامك، لا، ستكون عبدا لي، لا، سأمزقك أرباً وأطعم أبنائي بلحمك وعظامك.

ورفعت ذراعها الحرة لتبرز منها مخالب قوية أشبه بمخالب الطيور الجارحة لتهوي بها بكل قوتها على صدره، فصرخت عفاف ومريم في حين أندفع سعيد يحاول إنقاذه، ولكن ذراع ليليث توقفت في الهواء وازدادت نظرة الغضب في عينيها، فتوقف الجميع في ترقب حتى الوحوش القادمة والتي تجاوزت بالفعل الأطلال البعيدة وصارت أقرب إلى الوصول مع كل لحظة.

ولكن كل شيء توقف، وليليث تمزق قميص د. حاتم لتكشف عن صدره العاري، وتنظر إلى الصورة التي انتزعها حاتم من كتابه وألصقها بصدره وقالت:

- بازوزو.[٦]

كانت الصورة لكائن غريب له جسد رجل ورأس أسد ومخالب نسر وزوجين من الاجنحة وذيل عقرب، يظهر رافعاً يمناه وخافضاً يسراه.

---

[٦] بازوزو Pazuzu ملك شياطين الريح في ديانة بلاد الرافدين القديمة مثّل الرياح الجنوبية الغربية وجالب العواصف والقحط.

أفلتت ليليث د. حاتم وتراجعت وهي تكشر عن أنيابها، فقال د. حاتم وهو يلهث:

- نعم بازوزو عدوك اللدود كنت أعرف إنك لن تجرأ على مهاجمتي وصورته على صدري.

صرخت ليليث وزئر الظل الضخم من خلفها فهجمت الكائنات المتوحشة عليهم من كل صوب وأحاطت بهم إحاطة السوار بالمعصم، في نفس الوقت الذي أستنفذ فيه أبطالنا فرصهم، ولم يعد لديهم ما يدفعون به ملايين الشياطين الصغيرة الجائعة، ولكن هذا لم يفت في عضد سعيد، فوقف كالأسد أمام د. حاتم الذي رقد على الأرض يئن في ألم وقد تمكنت منه أزمته القلبية التي عجزت حبوبه عن كبح جماحها، ومن خلفهم وقفت مريم وعفاف يقاتلون بكل ما أوتوا من قوة.

كانت الشياطين الصغيرة ضعيفة، مع صغر حجمها كانت تكفي ركله أو دفعة قوية لإبعادها، ولكن أعدادها كانت رهيبة وبدأت الجروح تنتشر في أجساد الأبطال، والدماء تتساقط زكية على الأرض المتشققة فتفور، كلما دفعوا شيطاناً أحتل العشرات مكانه، حتى انهارت عفاف، وتبعتها مريم، وسعيد يقاوم ويقاوم رغم نزيف جروحه، وفجأة توقف كل شيء، تزامناً مع زئير قوي من الشيطان مامون.

فجأة تراجعت الوحوش الصغيرة، فأنهار سعيد أرضاً وهو يلهث وكل جزء في جسده ملطخ بدماء جروحه، يتطلع إلى حيث وقفت ليليث متجمدة والظل الضخم من خلفها يخبو سريعاً. للحظات توقف المشهد تماماً قبل أن تنهار ليليث أرضاً فتبدو من خلفها علياء، علياء التي نسيها الجميع للحظات، وهي تحمل في يدها سكين د. حاتم وقد تلطخ بالدماء.

وفجأة صرخت علياء وكأنما استنفذ الحمل العصبي قدرتها على التحمل وانهالت على جسد ليليث بالسكين في طعنات متوالية وصرخاتها تدوي في المكان كالرعد حتى توقف جسد ليليث عن الحركة تماماً، وفي لحظات تفرق جيشها من الشياطين الصغيرة، وانهارت علياء أرضاً من فرط الجهد والانفعال والسكين مازال بيدها.

وببطء تشققت السماء وانهارت وتبدد الفضاء من حولهم ليجدا أنفسهم في القبو نفسه الذي دخلوه منذ قليل.

زحف سعيد على أربع مقترباً من علياء وجسد ليليث الممد أمامها وقال وهو يربت على كتفيها:

- أهدئي يا فتاة، لقد أنتهي الأمر، لقد قتلت الشيطانة التي عذبتك، أهدئي لقد أنقذتنا جميعا شجاعتك، شكرا لك.

أخذت علياء تبكي وهي تقول:

- لم ينتهي بعد يجب أن يموتوا معها ... لم ينتهي بعد ... لم ينتهي.

ظلت تردد الكلمات الأخيرة وكأنها تهذي بلا توقف، كان يريد تفقد الجميع من حوله ولكن جسده يئن المأ، فتطلع حوله يبحث عن رفاقه، ها هي مريم تحاول الجلوس، ثيابها ممزقة وجروحها تذرف الدماء كالدموع، مدام عفاف مستلقية على الأرض مغلقة العينان ولكنها تتنفس، جسدها مثخن بالجروح، ود. حاتم ...

كان د. حاتم يرقد بلا حراك جثة هامدة، ملابسه ممزقة ولكن جروحه هي الأقل بينهم، وكأن تلك الكائنات تعمدت مهاجمة الأكثر مقاومة بينهم.

أسرع إليه سعيد زحفاً وعبث بملابسه قليلا في لهفة حتى وجد علبة دواءه فأخرج حبة دسها في فمه وأنتظر للحظة أن تظهر أي نتيجة بلا جدوى، وضع رأسه على صدره في قلق، انضمت إليه مريم وجلست بجواره وهي تقول:

- لا أظنه يتنفس يا سعيد، هل مات؟

وانهمرت دموعها بغزارة، ولكن سعيد لم يكن ليستسلم، وأندفع الأدرينالين في دمائه فقفز يعتلي جسد د. حاتم ويضغط بكلا كفيه المضمومتين على صدره ضغطات متوالية قبل أن يفتح

فمه وينفخ فيه وهو يغلق فتحتي الأنف بيده للحظات قبل أن يعاود الضغط مرة أخرى.

ووسط انشغال الجميع التقطت علياء السكين وخرجت من القبو وهي تردد بلا انقطاع همساً أقرب إلى الجنون:

- لابد أن يموتوا معها ... لابد أن يموتوا معها.

سارت في الممرات ببطء كنذير الموت نحو عنبر الأطفال الرضع حتى وصلت إليه، فوقفت لحظة استجمعت فيه أنفاسها المضطربة، اقتربت من أسرة الأطفال الثلاثة عماد وطارق ويحيى وهي تشهر سكينها في الهواء، ولكن الأسرة كانت خالية تماماً من أي أثر لهم.

جن جنون علياء فقلبت الحواشي على الأسرة وطوحت بالأغطية في ثورة وهي تصرخ:

- لا، لن يهربوا بعد ما فعلوه بي، لابد أن يموتوا، لابد أن يموتوا معها.

ايقظت صرخاتها الأطفال الرضع في الأسرة الأخرى فصرخت فيهم وهي تبحث في كل مكان دون جدوى ووسط صراخها وجنونها وصراخ الرضع سمعت ضحكة بريئة لطيفة.

ضحكة طفل هانئ، لم تزعجه هموم الدنيا بعد، فأنقضت على الفراش الذي أتى منه الصوت، كان فراش يحيى، ووسط

الفوضى التي صنعتها في الفراش كان يحيى يرقد سعيداً هانئاً يركل بقدميه وذراعيه، فهتفت قائلة:

- ها أنت ذا؟ من أين ظهرت أيها الشيطان الصغير؟

ضحك الطفل ظنا منه أنها تلاعبه، ولكنها أمسكت بتلابيبه ورفعته عالياً تريد أن تغرس السكين بأحشائه، ولكن صوتاً أخر ارتفع من خلفها تلاه صوت ثالث، لقد عاد الصغار المختفين إلى أسرتهم، يرقدون في فوضاها، فرفعت سكينها متحفزة وهي تنظر إليهم في غل، ويحيى في كفها بعد سعادته يصرخ في ذعر وقالت:

- لن تخدعني براءتكم المزيفة، أعرف حقيقتكم أيها الشياطين، لابد أن تموتوا معها، لابد أن تموتوا.

وهوت بسكينها على صدر يحيى.

- ماذا تفعلين؟ هل جننت؟ اتركيه.

وفي اللحظة التالية أنقض عليها خيال لم تميزه في ظلام العنبر ليقبض على معصمها قبل أن تبلغ السكين صدر يحيى وأنتزعه منها ليلقيه بعيداً ثم هوى على وجهها بصفعة قوية فسقطت على الأرض تنتحب في مرارة، التقط الرجل الذي لم يكن إلا سعيد -الذي جذبته صرخاتها-يحيى قبل أن يسقط أرضاً وأعاده إلى فراشه وجلس بجوارها قائلاً:

- لقد انتهى الأمر يا علياء هؤلاء هما الأطفال حقاً لا الشياطين، لقد ذهبت كل الشياطين مع موتها، يكفي الدماء التي سالت اليوم، لا تضيفي دماء الأبرياء إلى قائمة اليوم.

انتحبت علياء وهي تقول:

- وما أدراك أنهم ذهبوا، أنت لا تعرف ما فعلوه بي، أنت لا تعرف ... لا تعرف.

وانهارت تبكي في حرقة، فضم سعيد رأسها إلى صدره وقال وهو يربت عليها:

- صدقيني لقد انتهى الأمر، لقد كنت شجاعة حتى النهاية، صدقيني أنت أشجع امرأة عرفتها، ولكن الأن يجب أن تتمالكي نفسك قبل أن تيقظي كل من في الدار، وسيكون تبرير ما حدث عسيراً، لدينا جثة في القبو وايدينا ملطخة بالدماء، يجب أن نرحل قبل أن يشعر بنا أحد.

اعتدلت وهي تمسح دموعها وقالت:

- كيف حال الرجل العجوز.

- لقد أفاق والحمد لله، ظننت للحظة أننا فقدناه، ولكننا جميعاً بحاجة لعناية طبية عاجلة، لا يمكن أن نلجأ لمستشفى، يجب أن نرحل الأن ونعتني بجراحنا

بأنفسنا، أن مريم ومدام عفاف يرافقانه إلى الخارج الأن، السيارة التي أتينا بها غير بعيدة، دعينا نلحق بهم قبل أن يلاحظنا أحد.

- أختي ممرضة ويمكنها المساعدة.

أستند سعيد إلى حاجز الفراش في إرهاق وقال وهو يبتسم:

- أنت رائعة يا عزيزتي، صدقيني لقد انتهي الأمر وحققت انتقامك كاملاً، والأن يجب أن نرتاح.

لقد انتهت ليليث وربما عادت إلى عالمها الذي أتت منه.

وأندحر الشيطان للمرة الثانية.

فهل سيعود؟

*****

"محكمة"

نهض جميع الجلوس بالقاعة احتراماً للقضاة الذين دلفوا لقاعة المحكمة وجلسوا خلف المنصة العالية للقضاء، وما أن استقروا حتى أشار أوسطهم للحضور بالجلوس في حين ظلت علياء واقفة في قفصها في ترقب للحكم النهائي عليها.

كان الجميع بالقاعة اليوم سعيد ومريم ود. حاتم ومدام عفاف وحتى سميرة جاءت لتشد من أزرها، الجميع ينظر إليها مشجعاً ومحاميها الذي وكله د. حاتم يقف أمام القاضي بانتظار الحكم بعد مرافعة عظيمة فند فيه القضية، الكل مترقب والجو مشحون بالتوتر.

نادى الحاجب على القضية بصوت جهوري وما أن انتهى حتى قال القاضي الأوسط على الفور:

ـ بعد الاطلاع على الأدلة المقدمة من النيابة العامة، ورغم اعتراف المتهمة وتقديمها لسكين عليه أثار دماء أدعت أنه سلاح الجريمة، وأن الدماء تعود للمجني عليها ليلى القاضي، إلا أن الأدلة كلها تتعارض مع اعتراف المتهمة بعدما ثبت أن الدماء على السكين تعود لحيوان يرجح أنه من الماعز، ونظراً لاختفاء الجثة في ظروف غامضة من مشرحة الطب الشرعي مما يتعذر معه مطابقة السلاح المقدم مع جروح المجني عليها، ونظرا للحالة الصحية التي عليها المتهمة التي تنفي قدرتها على الإتيان بهذه الجريمة، فإن هذه المحكمة لا تطمئن تماماً لاعتراف المتهمة مع انتفاء الأدلة على صحته، وعليه.

صمت للحظة قبل أن يستطرد بصوت جهوري:

- حكمت المحكمة حضورياً ببراءة المتهمة علياء موسى من الاتهام المسند إليها، وإطلاق سراحها من مبنى النيابة العامة مالم تكون مطلوبة على ذمة قضايا أخرى، وإحالة الأوراق إلى النيابة العامة للتحقيق رفعت الجلسة.

وعلى الفور نهض الجميع في سعادة بالغة وتعالت الهتافات "يحيا العدل، يحيا العدل" في حين انقض سعيد وحاتم ومريم وعفاف وسميرة على القفص يهنئون علياء التي غمرت الدموع وجهها، لا تعرف أهي دموع السعادة أم الحزن، فهتف سعيد فيها:

- افرحي يا فتاة لقد نلت حريتك بالفعل، وستستردين صحتك عما قريب، أنت اليوم أفضل بالفعل، لا تبكي.

هتفت مريم بدورها:

- إنها دموع السعادة، بالتأكيد سينهي المحامي أوراقك بسرعة وتعودين حرة في غضون ساعات، فأبشري.

قالت مدام عفاف بين دموعها:

- أبشري يا علياء، مبارك البراءة، وسامحيني يا بنيتي، إنني لم أشعر بألمك، لم أكن أعلم صدقيني.

قال د. حاتم والحارس يدفعها إلى داخل غرفة الحجز:

- حقا لا أفهم لماذا فعلت ذلك، لم يكن أحد يتهمك بشيء، لماذا زججت بنفسك في هذا الأمر.

قالت علياء وهي تقاوم الحارس:

- كانت الاتهامات تحوم حول الأستاذ سعيد، ولم أكن لأسمح بأن يتحمل جريرتي، أنه يستحق أن يعيش سعيداً مع أسرته، لقد أنقذني من نفسي مرة، وها أنا أرد له الجميل.

دفعها الحارس دفعة أخيرة إلى غرفة الحجز الخلفية التي ينتظر بها المتهمون، فانتظرت المجموعة قليلاً قبل أن يتوجهوا جميعا إلى الخارج بعدما وعدهم المحامي بسرعة إنهاء الإجراءات، وأمام المحكمة تجمعوا يودعون بعضهم، فأوقفتهم مريم قائلة:

- أن سعادتي اليوم لا توصف ببراءة علياء، ولكن لدي خبراً أخر سعيد كنت أرجئه حتى أتأكد وأطمئن أيضاً على محاكمة علياء.

تطلعت الوجوه إليها في شك وترقب في حين نظرت مدام عفاف بتمعن في وجهها قبل أن تشهق في سعادة وتحتضنها في لهفة قائلة:

- مبارك يا عزيزتي ألف مبروك أنها الفرحة الكبرى اليوم بعد براءة علياء، أن سعادتي لا توصف، مبارك يا سعيد.

هتف سعيد في حيرة:

- ماذا هناك أنا لا أفهم شيئا.

أجابه د. حاتم في سعادة والابتسامة تملأ وجهه:

- يا لك من أحمق، أن زوجتك حامل يا رجل ألا تفهم.

بهت سعيد وقال في دهشة:

- كيف الم تقم ... كيف؟

صرخ سعيد في سعادة بالغة وقفز في الهواء قبل أن يحتضن مريم ويرفعها من على الأرض ويدور بها في الهواء وهي تقهقه ضاحكة حتى أنزلها أرضاً وقال لها وهو يتطلع إلى عينيها في حب:

- مبارك يا عزيزتي، لم يخيب الله رجاءك وصبرك مبارك يا حبيبة عمري.

دمعت عيني مريم وقالت والفرحة تغمرها:

- لم أخبر حتى أمي بعد، أنتم أول من يطلع على سري، أردت أن نخبرها معا يا سعيد.

احتضنها سعيد وكأنه لم يرها منذ زمن وقال:

- سنفعل يا عزيزتي سنفعل، وسننجب بعده الكثير والكثير من الأطفال، سنملأ الأرض بأطفالنا، ونطرد منها أبناء ليليث.

وتعانق الجميع في سعادة

عادت الضحكة إلى الوجوه التي أثقلها الحزن

وعاد الأمل

التفت سميرة ومدام عفاف حول مريم يتبادلون الدعابات في سعادة في حين انتحى سعيد بحاتم قائلاً:

- كيف؟

- كيف ماذا؟ ألستما متزوجان!!

مسح سعيد رأسه في حيرة وقال:

- ألم تسرق ليليث ذريتي؟ إذا كيف حدث هذا؟

- هل تشك بزوجتك يا فتى؟ اسحب قولك الأن وإلا....

- لا طبعا لا يمكن أن أشك بمريم ولكني لا أفهم.

- هل تظن أن مخلوقة وضيعة مثلها قتلها سكين مطبخ ثلم لها القدرة أن تحكم الأرض بما فيها من مخلوقات وجن ومردة وشياطين؟ أو أن لها القدرة على سرقة ذرية أبونا أدم؟ أنها كاذبة يا فتى، إن أمثالها من

الشياطين يكذبون طوال الوقت يخلطون الحقائق بالأكاذيب حتى تضيع الحقيقة وتختل المفاهيم.

- ولكن الأطفال الثلاثة عادوا بعد وفاتها ألا يحتمل أن قدرتي على الإنجاب عادت أيضا بعد وفاتها.

- ولماذا لا تقول إن العلاج أوتي ثماره، الحقيقة التي أنا متأكد منها أن مشكلة الإنجاب ظهرت قبل لقاءك أو لقائي بليليث هي فقط استغلت الأمر لمصلحتها.

وضع حاتم كفيه على كتفي سعيد وقال أخيراً:

- لا تفكر في الأمر كثيراً، فليس هناك دليلاً واحداً على قول تلك الملعونة، فلا تدع الشكوك تلتهم فرحتك بوليدك المنتظر، وإياك ثم إياك أن تفسد الأمر على زوجتك، وسواء كان السبب هو العلاج أو وفاة ليليث فلن يغير هذا من الأمر شيئاً، لقد صار لك طفلاً من صلبك أتم الله حمل زوجتك على خير وأسعدكم به.

أبتسم سعيد وعادت السعادة إلى ملامحه، ثم انضما إلى النساء يشاركهن فرحتهن، وسؤال وحيد يدق عقله بقي بلا إجابة.

إذا كان الامر كذلك

هل أخطأ بمنع علياء من قتل الأطفال؟

*****

أنطلق بأقدامه الصغيرة في رعب يعدو فوق رمال الصحراء، الظلام يحيط به ولكن عيونه اعتادت على العمل بالظلام بكفاءة، فهو يرى هذا الطائر الليلي يحلق في الفضاء بوضوح يتحين الفرصة للانقضاض، وكانت انقضاضته تعني حياته، فما هو إلا فأر صغير تعيس الحظ ابتعد عن مأواه طلبا للطعام.

لم يكن يستطيع التوقف وفي نفس الوقت لا يجد مأوى قريبا فالرمال تحيط به من كل جانب، أخذ يناور ويدور في كل اتجاه والطائر يتابعه في صبر، يحسب كل شيء قبل الانقضاض، سرعة الفأر، سرعة الريح، يدرس حركته ومناورته في مهارة منتظرا اللحظة المناسبة، أنه لا يهاجم مكان الفأر أبدا، بل يهاجم المكان الذي سيكون به الفأر عندما تصل مخالبه إلى الأرض، ولترتيب ذلك يجب أن تكون حساباته دقيقة وغريزته يقظة.

وحانت اللحظة التي انتظرها الطائر الجارح، فالفأر يندفع في خط مستقيم فوق الرمال، وتقدير سرعته والمكان الذي سيكون فيه بعد لحظة أكثر سهولة، وأتخذ الطائر قراره وأنقض بسرعة بالغة.

وكان الفأر يعلم أن لحظته حانت عندما رأى انقضاضة الطائر، حاول أن يزيد من سرعته ولكنه كان ينطلق بأقصى سرعته بالفعل، وأقترب الطائر، لا مجال للمراوغة، سرعة الطائر في

الانقضاض مهولة، لا وقت لتبديل المسار أو الانحراف، وفجأة أنقلب كل شيء رأسا على عقب.

قبل أن يصل الطائر إلى المكان المتوقع بلحظة اصطدم الفأر بجسم كبير بالنسبة لحجمه فتوقف فجأة، في حين واصل الطائر اندفاعه ليصطدم بعنف بمنتصف الجسم الغريب الذي ظهر أمامه فجأة في نفس موضع إنقضاضه فتحطم عنقه على الفور وتدحرج على الرمال مصحوباً بصرخة ذلك الجسم الراقد على الرمال.

اعتدلت وهي تمسح صدرها في ألم إثر إنقضاضة الطائر، تطلعت حولها للحظة، ظلام ورمال، هذا كل ما التقطه بصرها من حولها.

أين هي؟

هل هي ميتة؟

لا ... هذا الألم في صدرها ينبئها إنها على قيد الحياة.

تطلعت إلى الطائر النافق والفأر يسحبه بعيداً وقد نال عشاءه بأغرب طريقة ممكنة ثم نظرت إلى السماء.

لقد نجت، ولكن إلى متى؟

لابد أن تعود.

ولكن إلى أين تمضي.

عادت تتلفت حولها في قلق ونهضت على قدميها تنفض الأتربة والرمال عن ثوبها.

ستجتاز هذه الصحراء حتما إنها ليست بعيدة.

فقط تحتاج أن تحدد اتجاهها.

سارت فوق الرمال بصعوبة حتى اعتلت أحد التلال القريبة وتلفتت حولها.

ها هي هناك.

أضواء المدينة تلمع من بعيد.

مسافة رهيبة للسير على الرمال.

ولكنها ستقطعها حتماً.

من أجل أطفالها.

وانطلقت في رحلتها الطويلة.

ترى هل ستصل في أمان؟

هل تستعيد أطفالها؟

حقا كنت أرغب أن نتابع رحلتها في الصحراء وحيدة وسط الضواري.

ولكن هذه قصة أخرى

*****

تمت